JULIO CORTAZAR

Nacido en Bruselas en 1914, de padres argentinos, en 1918 se trasladó con su familia a la República Argentina, donde cursó las carreras de magisterio y letras. Después de un primer año de universidad, fue maestro rural durante cinco años y colaboró en diversas publicaciones. En 1949 aparece su primer libro de ficción, de tema enciclopédicamente mitológico. Después de una corta estancia en Francia, su trabajo como traductor de la Unesco le permitió establecerse definitivamente en París poco después de la aparición de *Bestiario* (1951). Siguen años de traducciones y escritura constante: *Final de juego* (1956), *Las armas secretas* (1959), *Los premios* (1960) y la novela que le consagraría como un gran narrador, *Rayuela* (1963). Sus viajes a Cuba y al Chile de Allende han sido experiencias decisivas para su toma de conciencia política. Ha sido miembro del Tribunal Russell, y en la actualidad reside en París.

16

JULIO CORTAZAR

62/Modelo para armar

CLUB
BRUGUERA

2.ª edición: junio, 1982

La presente edición es propiedad de Editorial Bruguera, S. A.
Camps y Fabrés, 5. Barcelona (España)
© Julio Cortázar - 1968
Diseño de cubierta: Neslé Soulé

Printed in Spain
ISBN 84-02-07039-6 / Depósito legal: B. 17.015 - 1982
Impreso en los Talleres Gráficos de Editorial Bruguera, S. A.
Carretera Nacional 152, km 21,650. Parets del Vallès (Barcelona) - 1982

No serán pocos los lectores que advertirán aquí diversas transgresiones a la convención literaria. Para no citar más que algunos ejemplos, los personajes argentinos pasan del voseo al tuteo cada vez que le conviene al diálogo; un londinense que tomaba sus primeras lecciones de francés se pone a hablarlo con sorprendente soltura (para peor en versión española) apenas ha cruzado el canal de la Mancha; la geografía, el orden de las estaciones del subterráneo, la libertad, la psicología, las muñecas y el tiempo dejan evidentemente de ser lo que eran bajo el reino de Cynara.

A los posibles sorprendidos les señalo que, desde el terreno en que se cumple este relato, la transgresión cesa de ser tal; el prefijo se suma a los varios otros que giran en torno a la raíz *gressio*: agresión, regresión y progresión son también connaturales a las intenciones esbozadas un día en los párrafos finales del capítulo 62 de *Rayuela*, que explican el título de este libro y quizá se realizan en su curso.

El subtítulo «Modelo para armar» podría llevar a creer que las diferentes partes del relato, separadas por blancos, se proponen como piezas permutables. Si algunas lo son, el armado a que se alude es de otra naturaleza, sensible ya en el nivel de la escritura donde recurrencias y desplazamientos buscan liberar de toda fijeza causal, pero sobre todo en el nivel del sentido donde la apertura a una combinatoria es más insistente e imperiosa. La opción del lector, su montaje personal de los elementos del relato, serán en cada caso el libro que ha elegido leer.

«Quisiera un castillo sangriento», había dicho el comensal gordo.

¿Por qué entré en el restaurante Polidor? ¿Por qué, puesto a hacer esa clase de preguntas, compré un libro que probablemente no habría de leer? (El adverbio era ya una zancadilla, porque más de una vez me había ocurrido comprar libros con la certidumbre tácita de que se perderían para siempre en la biblioteca, y sin embargo los había comprado; el enigma estaba en comprarlos, en la razón que podía exigir esa posesión inútil.) Y ya en la cadena de preguntas: ¿Por qué después de entrar en el restaurante Polidor fui a sentarme en la mesa del fondo, de frente al gran espejo que duplicaba precariamente la desteñida desolación de la sala? Y otro eslabón a ubicar: ¿Por qué pedí una botella de Sylvaner?

(Pero esto último dejarlo para más tarde; la botella de Sylvaner era quizá una de las falsas resonancias en el posible acorde, a menos que el acorde fuese diferente y contuviera la botella de Sylvaner como contenía a la condesa, al libro, a lo que acababa de pedir el comensal gordo.)

Je voudrais un château saignant, había dicho el comensal gordo.

Según el espejo, el comensal estaba sentado en la segunda mesa a espaldas de la que ocupaba Juan, y así su imagen y su voz habían tenido que recorrer itinerarios opuestos y convergentes para incidir en una atención bruscamente solicitada. (También el libro, en la vitrina del boulevard Saint-Germain: un repentino salto adelante de la portada blanca NRF, un venir hacia Juan como antes la imagen de Hélène y ahora la frase del comensal gordo que pedía un castillo sangriento; como ir a sentarse obedientemente en esa mesa absurda del restaurante Polidor, de espaldas a todo el mundo.)

Desde luego Juan debía ser el único parroquiano para quien el pedido del comensal tenía un segundo sentido; automática, irónicamente, como buen intérprete habituado a liquidar en el instante todo problema de traducción en esa lucha contra el tiempo y el silencio que es una cabina de conferencias, había hecho trampa, si cabía hablar de trampa en esa aceptación (irónica, automática) de que *saignant* y *sanglant* se equivalían y que el comensal gordo había pedido un castillo sangriento, y en todo caso había hecho trampa sin la menor conciencia de que el desplazamiento del sentido en la frase iba a coagular de golpe otras cosas ya pasadas o presentes de esa noche, el libro o la condesa, la imagen de Hélène, la aceptación de ir a sentarse de espaldas en una mesa del fondo del restaurante Polidor. (Y haber pedido una botella de Sylvaner, y estar bebiendo la primera copa del vino helado en el momento en que la imagen del comensal gordo en el espejo y su voz que le llegaba desde la espalda se habían resuelto en eso que Juan no sabía cómo nombrar, porque cadena o coágulo no eran más

8

que una tentativa de situar al nivel del lenguaje algo que se daba como una contradicción instantánea, que cuajaba y huía simultáneamente, y eso no entraba ya en el lenguaje articulado de nadie, ni siquiera de un intérprete avezado como Juan.)

En todo caso no había por qué complicar los hechos. El comensal gordo había pedido un castillo sangriento su voz había concitado otras cosas, sobre todo el libro y la condesa, un poco menos la imagen de Hélène (quizá por más cercana, no más familiar pero más próxima a la vida de todos los días, mientras que el libro era una novedad y la condesa un recuerdo, curioso recuerdo por lo demás porque no se trataba tanto de la condesa como de frau Marta y de lo que había pasado en Viena en el hotel Rey de Hungría, pero todo era en última instancia la condesa y finalmente la imagen dominante había sido la condesa, tan clara como el libro o la frase del comensal gordo o el perfume del Sylvaner).

«Hay que admitir que tengo una especie de genio para festejar las nochebuenas», pensó Juan sirviéndose la segunda copa a la espera de los *hors d'oeuvres*. De alguna manera el acceso a lo que acababa de sucederle era un poco la puerta del restaurante Polidor, el haber decidido, de golpe y sabiendo que era estúpido, empujar esa puerta y cenar en esa triste sala. ¿Por qué entré en el restaurante Polidor, por qué compré el libro y lo abrí al azar y leí también al azar una frase cualquiera apenas un segundo antes que el comensal gordo pidiera un bife casi crudo? Apenas intente analizar meteré todo en la consabida fiambrera reticular y lo falsearé insanablemente. A lo sumo puedo tratar de repetir en términos mentales esto que ha ocurrido en otra zona, procurando distinguir entre lo que formaba parte de ese brusco conglomerado por derecho propio y lo que otras asociaciones pudieron incorporarle parasitariamente.

Pero *en el fondo* sé que todo es falso, que estoy ya lejos de lo que acaba de ocurrirme y que como tantas otras veces se resuelve en este inútil deseo de comprender, desatendiendo quizá el llamado o el signo oscuro de la cosa misma, el desasosiego en que me deja, la instantánea mostración de otro orden en el que irrumpen recuerdos, potencias y señales para formar una fulgurante unidad que se deshace en el mismo instante en que me arrasa y me arranca de mí mismo. Ahora todo eso no me ha dejado más que la curiosidad, el viejo tópico humano: descifrar. Y lo otro, la crispación en la boca del estómago, la oscura certidumbre de que por allí, no por esta simplificación dialéctica, empieza y sigue un camino.

Claro que no basta, finalmente hay que pensar y entonces el análisis, la distinción entre lo que forma verdaderamente parte de ese instante fuera del tiempo y lo que las asociaciones le incorporan para atraerlo, para hacerlo más tuyo, ponerlo más de este lado. Y lo peor será cuando trates de contarlo a otros, porque siempre llega un momento en que hay que tratar de contarlo a un amigo, digamos a Polanco o a Calac, o a todos a la vez en la mesa del *Cluny*, esperando quizá vagamente que el hecho de contarlo desencadene otra vez el coágulo, le dé por fin un sentido. Estarán allí, escuchándote, y también estará Hélène, te harán preguntas, querrán ayudarte a recordar, como si el recuerdo sirviera de algo despojado de esa otra fuerza que en el restaurante Polidor había sido capaz de anularlo como pasado, mostrarlo como cosa viva y amenazante, recuerdo escapado de su dogal de tiempo para ser, en el mismo instante en que desaparecía otra vez, una forma diferente de vida, un presente pero en otra dimensión, una potencia actuando desde otro ángulo de tiro. Y no había palabras, porque no había pensamiento posible para esa fuerza capaz de convertir jirones de recuerdo, imágenes aisladas y anodinas, en un repentino bloque vertiginoso; en una viviente constelación aniquilada en el acto mismo de mostrarse, una contradicción que parecía ofrecer y negar a la vez lo que Juan, bebiendo la segunda copa de Sylvaner, contaría más tarde a Calac, a Tell, a Hélène, cuando los encontrara en la mesa del *Cluny*, y que ahora le hubiera sido necesario poseer de alguna manera como si la tentativa de fijar ese recuerdo no mostrara ya que era inútil, que estaba echando paladas de sombra contra la oscuridad.

«Sí», pensó Juan suspirando, y suspirar era la precisa admisión de que todo eso venía de otro lado, se ejercía en el diafragma, en los pulmones que necesitaban aspirar largamente el aire. Sí, pero también había que pensarlo porque al fin y al cabo él era eso y su pensamiento, no podía quedarse en el suspiro, en una contracción del plexo, en el vago temor de lo entrevisto. Pensar era inútil, como desesperarse por recordar un sueño del que sólo se alcanzan las últimas hilachas al abrir los ojos; pensar era quizá destruir la tela todavía suspendida en algo como el reverso de la sensación, su latencia acaso repetible. Cerrar los ojos, abandonarse, flotar en una disponibilidad total, en una espera propicia. Inútil, siempre había sido inútil; de esas regiones cimerias se volvía más pobre, más lejos de sí mismo. Pero pensar cazadoramente valía al menos como reingreso en este lado, y así el comensal gordo había pedido un castillo sangriento y de golpe habían sido la condesa, la razón de que él estuviera sentado frente a un espejo en el restaurante Polidor, el libro comprado en el boulevard Saint-Germain y abierto en cualquier página, el coágulo fulminante (y también Hélène, por supuesto) en una concreción instantáneamente desmentida por su incomprensible voluntad de negarse en la misma afirmación, disolverse en el acto de cuajar, quitándose importancia después de herir de muerte, después de insinuar que no era nada importante, mero juego asociativo, un espejo y un recuerdo y otro recuerdo, lujos insignificantes de la imaginación ociosa. «Ah, no te dejaré ir así», pensó Juan, «no puede ser que una vez más me ocurra ser el centro de esto que viene de otra parte, y quedarme a la vez como expulsado de lo más mío. No te irás tan fácilmente, algo has de dejarme entre las manos, un pequeño basilisco cualquiera de las imágenes que ahora ya no sé si formaban parte o no de esa exposición silenciosa...» Y no podía impedirse sonreír mientras asistía, testigo sardónico, a un pensamiento que le alcanzaba ya la percha del pequeño basilisco, una asociación comprensible porque venía de la *Basilisken Haus* de Viena, y allí, la condesa... El resto lo invadía sin resistencia, era hasta fácil apoyarse en el hueco central, eso que había sido plenitud instantánea, mostración a la vez negada y escondida, para incorporarle ahora un cómodo sistema de imágenes analógicas conectándose con el hueco por razones históricas o sentimentales. Pensar en el basilisco era pensar simultáneamente en Hélène y en la condesa, pero la condesa era también pensar en frau Marta, en un grito, porque las criaditas de la condesa debían gritar en los sótanos de la Blutgasse, y a la condesa tenía que gustarle que gritaran, si no hubiesen gritado a la sangre le habría faltado ese perfume de heliotropo y marisma.

Sirviéndose otra copa de Sylvaner, Juan alzó los ojos hasta el espejo. El comensal gordo había desplegado *France-Soir* y los títulos a toda página proponían el falso alfabeto ruso de los espejos. Aplicándose, descifró algunas palabras, esperando vagamente que así, en la falsa concentración, que era a la vez voluntad de distracción, tentativa de repetir el hueco inicial por donde se había deslizado la estrella de evasivas puntas, concentrándose en una estupidez cualquiera como descifrar los títulos de *France-Soir* en el espejo y distrayéndose a la vez de lo que verdaderamente importaba, acaso la constelación brotaría intacta del aura todavía presente, se sedimentaría en una zona más allá o más acá del lenguaje o de las imágenes, dibujaría sus radios transparentes, la fina huella de un rostro que sería a la vez un clip con un pequeño basilisco que sería a la vez una muñeca rota en un armario que sería una queja desesperada y una plaza recorrida por incontables tranvías y frau Marta en la borda de un pontón. Tal vez ahora, entrecerrando los ojos, alcanzara a sustituir la imagen del espejo, territorio intercesor entre el simulacro del restaurante Polidor y el otro simulacro vibrando todavía en el eco de su disolución; quizá ahora pudiera pasar del alfabeto ruso en el espejo al otro lenguaje que se había asomado al límite de la percepción, pájaro caído y desesperado de fuga, aleteando contra la red y dándole su forma, síntesis de red y de pájaro en la que solamente había fuga o forma de red o sombra de pájaro, la fuga misma prisionera un instante en la pura paradoja de huir de la red que la atrapaba con las mínimas mallas de su propia disolución: la condesa, un libro, alguien que había perdido un castillo sangriento, un pontón al alba, el golpe de una muñeca destrozándose en el suelo.

El alfabeto ruso sigue ahí, oscilando entre las manos del comensal gordo, contando las noticias del día como más tarde en la zona (el *Cluny*, alguna esquina, el canal Saint-Martin que son siempre la zona) habrá que empezar a contar, habrá que decir algo porque todos ellos están esperando que te pongas a contar, el corro siempre inquieto y un poco hostil al comienzo de un relato, de alguna manera están todos allí esperando que empieces a contar en la zona, en cualquier parte de la zona, ya no se sabe dónde a fuerza de ser en tantas partes y tantas noches y tantos amigos, Tell y Austin, Hélène y Polanco y Celia Clac y Nicole, como otras veces le toca a alguno de ellos llegar a la zona con noticias de la Ciudad y entonces te toca a ti ser parte del corro que espera ávidamente que ese otro empiece a contar, porque de alguna manera en la zona hay como una necesidad entre amistosa y agresiva de mantener el contacto, de saber lo que ocurre ya que casi siempre ocurre algo que alcanza a valer para todos, como cuando sueñan o anuncian noticias de la Ciudad, o vuelven de un viaje y entran otra vez en la zona (el *Cluny* por la noche, casi siempre, el territorio común de una mesa de café, pero también una cama o un *sleeping car* o un auto que corre de Venecia a Mantua), la zona entre ubicua y delimitada que se parece a ellos, a Marrast y a Nicole, a Celia y a monsieur Ochs y a frau Marta, participa a la vez de la Ciudad y de la zona misma, es un artificio de palabras donde las cosas ocurren con igual fuerza que en la vida de cada uno de ellos fuera de la zona. Y por eso hay como un presente ansioso aunque ninguno de ellos esté ahora cerca del que los recuerda en el restaurante Polidor hay salivas de asco, inauguraciones, floricultores, hay Hélène siempre, Marrast y Polanco, la zona es una ansiedad insinuándose viscosamente, proyectándose, hay números de teléfono que alguien discará más tarde antes de dormirse, vagas habitaciones donde se hablará de esto, hay Nicole luchando por cerrar una valija, hay un fósforo que se quema entre los dedos, un retrato en un museo inglés, un cigarrillo que golpea contra el borde del atado, un naufragio en una isla, hay Calac y Austin, búhos y persianas y travías, todo lo que emerge en el que irónicamente piensa que en algún momento tendrá que ponerse a contar y que acaso Hélène no estará en la zona y no lo escuchará aunque en el fondo todo lo que él vaya a decir sea siempre Hélène. Bien puede suceder que no solamente esté solo en la zona como ahora en el restaurante Polidor donde los otros, incluso el comensal gordo, no cuentan para nada, sino que decir todo eso sea estar todavía más solo en una habitación donde hay un gato y una máquina de escribir; o quizá ser alguien que en el andén de una estación mira las combinaciones instantáneas de los insectos que revolotean bajo una lámpara. Pero también puede ocurrir que los otros estén en la zona como tantas otras veces, que la vida los envuelva y se oiga la tos de un guardián de museo mientras una mano busca lentamente la forma de una garganta y alguien sueña con una playa yugoslava, mientras Tell y Nicole llenan una valija con desordenadas ropas y Hélène mira largamente a Celia que se ha puesto a llorar de cara a la pared, como lloran las niñas buenas.

Puesto a pensar a la espera de que le trajeran los *hors d'oeuvre*, a Juan no le resultaba demasiado difícil rehacer el itinerario de la noche. Primero, quizá, venía el libro de Michel Butor comprado en el boulevard Saint-Germain; antes había un deambular desganado por las calles y la llovizna del barrio latino, sintiendo como a contrapelo el vacío de la nochebuena en París cuando todo el mundo se ha metido en su casa y solamente quedan gentes de aire indeciso y de alguna manera cómplice, se miran de reojo en los mostradores de los cafés o en las esquinas, casi siempre hombres pero también una que otra mujer que lleva un paquete quizá como una disculpa por estar ahí en la calle un venticuatro de diciembre a las diez y media de la noche, y a Juan le habían dado ganas de acercarse a alguna de las mujeres, ninguna de ellas joven ni bonita pero todas solitarias y como excepcionales, para preguntarle si realmente llevaba alguna cosa en el paquete o si no era más que un bulto de trapos o de diarios viejos cuidadosamente atados, una mentira que la protegía un poco más de ese andar a solas mientras todo el mundo estaba en su casa.

Lo segundo a tener en cuenta era la condesa, su sentimiento de la condesa que se había definido en la esquina de la rue Monsieur le Prince y la rue de Vaugirard, no porque en esa esquina hubiera nada que pudiese recordarle a la condesa como no fuera quizá un pedazo de cielo rojizo, un olor a húmedo que salía de un portal y que bruscamente habían valido como terreno de contacto, de la misma manera que la casa del basilisco en Viena había podido darle en su día un paso hacia el territorio donde esperaba la condesa. O acaso lo blasfematorio, la transgresión continua en que había debido moverse la condesa (si se aceptaba la versión de la leyenda, la crónica mediocre que Juan había leído años atrás, tanto tiempo antes de Hélène y de frau Marta y de la casa del basilisco en Viena), y entonces la esquina con el cielo rojizo y el portal mohoso se aliaban a la inevitable conciencia de que era nochebuena para facilitar el paso de la condesa, su de otra manera inexplicable presencia en Juan, porque no podía dejarse de pensar que a la condesa tenía que haberle gustado particularmente la sangre en una noche como ésa, entre campanas y misa del gallo el sabor de la sangre de una muchacha retorciéndose atada de pies y manos mientras tan cerca los pastores y el pesebre y un cordero que lavaba los pecados del mundo. De manera que el libro comprado un momento antes, el pasaje de la condesa y entonces sin transición la puerta anodina y lúgubremente iluminada del restaurante Polidor, la entrevisión de una sala casi desierta envuelta en una luz que la ironía y el mal humor sólo podían calificar de cárdena, con unas mujeres armadas de anteojos y servilletas, el leve calambre en la boca del estómago, la resistencia a entrar porque no había ninguna razón para entrar en un sitio semejante, el rápido y rabioso diálogo de siempre en esos castigos de la propia perversidad: Sí/ No/ Por qué no/ Tenés razón, por qué no/ Entra entonces, cuanto más lúgubre más merecido/ Por imbécil, claro/ *Unto us a boy is born, glory hallelujah*/ Parece la morgue/ Es, entrá/ Pero la comida debe ser horrenda/ No tenés hambre/ Es cierto, pero tedré que pedir algo/ Pedí cualquier cosa y bebé/ Es una idea/ Un vino helado, muy helado/ Ya ves, entrá. Pero si había que beber, ¿por qué entré en el restaurante Polidor? Conocía tantos barcitos simpáticos en la orilla derecha por el lado de la rue Caumartin, donde además siempre podría acabar festejando la nochebuena en el retablo de una rubia que me cantaría algún *noël* de la Saintonge o de la Camargue y nos divertiríamos bastante. Por eso, puesto a pensar, lo menos comprensible era la razón por la que finalmente había entrado en el restaurante Polidor después de ese diálogo, dando un empujón casi beethoveniano a la puerta, metiéndome en el restaurante donde ya unos anteojos y una servilleta a la altura del sobaco venían decididamente hacia mí para llevarme a la peor mesa, la mesa camelo de cara a la pared pero con la pared disfrazada de espejo como tal vez tantas otras cosas esa noche y todas las noches y sobre todo Hélène de cara a la pared porque del otro lado donde en circunstancias normales cualquier parroquiano hubiera podido sentarse dando el frente a la sala, la respetable dirección del restaurante Polidor había erigido una enorme guirnalda de material plástico con luces de colores para demostrar la preocupación que le merecían los sentimientos cristianos de su amable clientela. Imposible sustraerse a la fuerza de todo eso: si de todas maneras yo había consentido en sentarme a una mesa de espaldas a la sala, con el espejo proponiéndome su estafa por encima de la horrible guirnalda de navidad (les autores tables sont réservées, monsieur/ Ça ira comme ça madame/ Merci, monsieur/) algo que se me escapaba pero que a la vez tenía que ser profundamente mío acababa de forzarme a entrar y a pedir esa botella de Sylvaner que hubiera sido tan fácil y tan agradable pedir en otra parte, entre otras luces y otras caras.

Suponiendo que el que cuenta contara a su manera, es decir, que ya mucho estuviera tácitamente contado para los de la zona (Tell, que todo lo comprende sin palabras, Hélène, a quien nada le importa cuando te importa a ti) o que de unas hojas de papel, de un disco fonográfico, una cinta magnetofónica, un libro, un vientre de muñeca salieran pedazos de algo que ya no sería lo que están esperando que empieces a contar, suponiendo que lo contado no tuviera el menor interés para Calac o Austin y, en cambio, atrajera desesperadamente a Marrast o a Nicole, sobre todo a Nicole, que te ama sin esperanza, suponiendo que empezaras a murmurar un largo poema donde se habla de la Ciudad que también ellos conocen y temen y a veces recorren, si al mismo tiempo o como una sustitución te fueras sacando la corbata y te inclinaras para ofrecerla, previamente arrollada con mucho cuidado, a Polanco, que la contempla estupefacto y termina por pasársela a Calac, que no quiere aceptarla y consulta escandalizado a Tell, que aprovecha para hacerle trampa en el póker y ganarle el pozo; suponiendo absurdos así, que en la zona y en ese momento pudieran ocurrir cosas semejantes, habría que preguntarse si tiene sentido el que estén ahí esperando que empieces a contar, que en todo caso alguien empiece a contar, y si el buñuelo de banana en que está pensando Feuille Morte no reemplazaría harto mejor esa vaga expectativa de los que te rodean en la zona, indiferentes y obstinados a la vez, exigentes y burlones como tú mismo con ellos cuando te toca a ti escucharlos o verlos vivir sabiendo que todo eso viene de otra parte o se va quién sabe adónde, y que por eso mismo es lo que cuenta para casi todos ellos.

Y tú, Hélène, ¿también me mirarás así? Veré irse a Marrast, a Nicole, a Austin, despidiéndose apenas con un gesto que parecerá un encogimiento de hombros, o hablando entre ellos porque también ellos tendrán que contar, habrán traído noticias de la Ciudad o estarán a punto de tomar un avión o un tren. Veré a Tell, a Juan (porque puede ocurrir que también yo vea a Juan en ese momento en la zona), veré a Feuille Morte, a Harold Haroldson, y veré a la condesa o a frau Marta si estoy en la zona o en la Ciudad, los veré yéndose y mirándome. Pero tú, Hélène, ¿te irás también con ellos, o vendrás lentamente hacia mí con las uñas manchadas de desprecio? ¿Estabas en la zona o te soñé? Mis amigos se van riendo, nos encontraremos otra vez y hablaremos de Londres, de Boniface Perteuil, de la Ciudad. Pero tú, Hélène, ¿habrás sido una vez más un nombre que levanto contra la nada, el simulacro que me invento con palabras mientras frau Marta, mientras la condesa se acercan y me miran?

—Quisiera un castillo sangriento —había dicho el comensal gordo.

Todo era hipotético, pero se podía admitir que si Juan no hubiera abierto distraídamente el libro de Michel Butor una fracción de tiempo antes que el cliente hiciera su pedido, los componentes de eso que le apretaba el estómago se habrían mantenido dispersos. Y así había ocurrido que con el primer trago de vino helado, a la espera de que le trajesen una coquille Saint-Jacques que no tenía ganas de comer, Juan había abierto el libro para enterarse sin mayor interés de que en 1971 el autor de *Atala* y de *René* se había dignado contemplar las cataratas del Niágara, de los que dejaría una descripción ilustre. En ese momento (estaba cerrando el libro porque no tenía ganas de leer y la luz era pésima) oyó distintamente el pedido del comensal gordo y todo se coaguló en el acto de alzar los ojos y descubrir en el espejo la imagen del comensal cuya voz le había llegado desde atrás. Imposible separar las partes, el sentimiento fragmentado del libro, la condesa, el restaurante Polidor, el castillo sangriento, quizá la botella de Sylvaner, quedó el cuajo fuera del tiempo, el privilegiado horror exasperante y delicioso de la constelación, la apertura a un salto que había que dar y que él no daría porque no era un salto hacia nada definido y ni siquiera un salto. Más bien al revés, porque en ese vacío vertiginoso las metáforas saltaban hacia él como arañas, como siempre eufemismos o rellenos de la inaprehensible mostración (otra metáfora), y además la vieja de los anteojos le estaba poniendo por delante una coquille Saint-Jacques y esas cosas había que agradecerlas siempre de palabra en un restaurante francés o todo empezaba a andar de mal en peor hasta los quesos y el café.

(De la Ciudad, que en adelante se mencionará sin mayúscula puesto que no hay razón para extrañarla —en el sentido de darle un valor privilegiado por oposición a las ciudades que nos eran habituales— conviene hablar desde ahora porque todos nosotros estábamos de acuerdo en que cualquier lugar o cualquier cosa podían vincularse con la ciudad, y así a Juan no le parecía imposible que de alguna manera lo que acababa de ocurrirle fuese materia de la ciudad, una de sus irrupciones o sus galerías de acceso abriéndose esa noche en París como hubiera podido abrirse en cualquiera de las ciudades adonde lo llevaba su profesión de intérprete. Por la ciudad habíamos andado todos, siempre sin quererlo, y de regreso hablábamos de ella, comparábamos calles y playas a la hora del *Cluny*. La ciudad podía darse en París, podía dársele a Tell o a Calac en una cervecería de Oslo, a alguno de nosotros le había ocurrido pasar de la ciudad a una cama en Barcelona, a menos que fuera lo contrario. La ciudad no se explicaba, era; había emergido alguna vez de las conversaciones en la zona, y aunque el primero en traer noticias de la ciudad había sido mi paredro, estar o no estar en la ciudad se volvió casi una rutina para todos nosotros, salvo para Feuille Morte. Y ya que de eso se habla, con la misma razón hubiera podido decirse que mi paredro era una rutina en la medida en que siempre había entre nosotros alguno al que llamábamos mi paredro, denominación introducida por Calac y que empleábamos sin el menor ánimo de burla, puesto que la calidad de paredro eludía, como es sabido, a una entidad asociada, a una especie de compadre o sustituto o *baby sitter* de lo excepcional, y por extensión un delegar lo propio en esa momentánea dignidad ajena, sin perder en el fondo nada de lo nuestro, así como cualquier imagen de los lugares por donde anduviéramos podía ser una delegación de la ciudad, o la ciudad podía delegar algo suyo (la plaza de los tranvías, los portales con las pescaderas, el canal del norte) en cualquiera de los lugares por donde andábamos y vivíamos en ese tiempo.

No era demasiado difícil explicarse por qué había pedido una botella de Sylvaner, aunque en el momento de decidirlo no hubiera estado pensando en la condesa, puesto que el restaurante Polidor le interponía el descubrimiento entre lúgubre e irónico del espejo, llevándose su atención por otros lados. A Juan no se le escapaba que de alguna manera la condesa había estado presente en el acto aparentemente espontáneo de preferir el Sylvaner helado a cualquier otro vino de los que enorgullecían al restaurante Polidor, como en otros tiempos habría estado presente a través del recelo y del terror, ejerciendo entre sus cómplices y hasta sus víctimas una fuerza que nacía acaso de la manera de sonreír, de inclinar la cabeza, o más probablemente del tono de la voz o el olor de la piel, en todo caso una influencia insidiosa que no requería una presencia activa, que actuaba siempre como por debajo; y pedir sin reflexión previa una botella de Sylvaner, que contenía en sus primeras sílabas como en una charada las sílabas centrales de la palabra donde latía a su vez el centro geográfico de un oscuro terror ancestral, no pasaba, en definitiva, de una mediocre asociación fonética. Ahora el vino estaba allí vivo y fragante, ese vino que se había objetivado al margen de lo otro, del coágulo en fuga, y Juan no podía dejar de sentirlo como una burla irónica mientras bebía su copa y la saboreaba en un plano irrisoriamente accesible, sabiendo que no era más que una adherencia sin valor a lo que verdaderamente hubiese querido apresar y que estaba ya tan lejos. Pero, en cambio, el pedido del comensal gordo tenía otro sentido, exigía preguntarse si el hecho de haber mirado distraídamente el libro de Michel Butor un segundo antes que se escuchara la voz que pedía un castillo sangriento, había establecido una aceptable relación causal, o si en el caso de no haber abierto el libro y tropezado con el nombre del autor de *Atala*, el pedido del comensal gordo hubiera resonado en el silencio del restaurante Polidor para aglutinar los elementos aislados o sucesivos, en vez de mezclarse anodinamente a tantas otras voces y murmullos en la modorra distraída del hombre que bebía Sylvaner. Porque ahora Juan podía reconstruir el instante en que había escuchado el pedido, y estaba seguro de que la voz del comensal gordo se había hecho oír exactamente en uno de esos huecos que se producen en todo murmullo colectivo y que la imaginación popular atribuye no sin una oscura inquietud a una intervención desacralizada y redu-

cida a broma de buena sociedad: pasa un ángel.
Pero no siempre los ángeles se hacen perceptibles
a todos los presentes, y así ocurre que alguien
dice su palabra, pide su castillo sangriento exactamente en mitad del hueco que el ángel ha abierto en el sonido, y esa palabra adquiere un halo
y una resonancia casi insoportables que hay que
ahogar de inmediato con risas y frases manidas
y un nuevo concierto de voces, sin contar la otra
posibilidad que Juan había visto en seguida, la
de que sólo para él se hubiera abierto ese agujero en el sonido, puesto que a los comensales del
restaurante Polidor poco podía interesarles que
alguien pidiera un castillo sangriento en la medida en que para todos ellos no era más que un
plato del menú. Si no hubiera hojeado un segundo antes el libro de Michel Butor, ¿se habrían
congelado las conversaciones, le hubiera llegado
la voz del comensal gordo con esa recortada nitidez? Probablemente sí, incluso seguramente sí,
porque la elección de la botella de Sylvaner mostraba una persistencia por debajo de la distracción, la esquina de la rue de Vaugirard seguía
presente en la sala del restaurante Polidor, de
nada valían el espejo con sus nuevas imágenes,
la exploración del menú y la risa que se quería
lustral frente a la guirnalda con las lucecitas; allí
estabas, Hélène, todo seguía siendo un pequeño
clip con la imagen de un basilisco, una plaza con
tranvías, la condesa que de alguna manera lo resumía todo. Y yo había vivido demasiadas agre-
siones de esos estallidos de una potencia que venía de mí mismo contra mí mismo como para
no saber que si algunos eran meros relámpagos
que cedían a la nada sin dejar más que una frus-
tración (los *déjà vu* monótonos, las asociaciones
significativas pero mordiéndose la cola), otras veces, como eso que me acababa de ocurrir, algo se
citaba en un territorio entrañable, me hería de
lleno como un zarpazo irónico que fuese al mis-

mo tiempo el golpe de una puerta en plena cara. Todos mis actos en esa última media hora se situaban en una perspectiva que sólo podía tener sentido desde lo que me había sucedido en el restaurante Polidor anulando vertiginosamente cualquier enlace causal ordinario. Y así el hecho de haber abierto el libro y mirado distraídamente el nombre del vizconde de Chateaubriand, es mero gesto que lleva a un lector crónico a echar una ojeada a cualquier página impresa que entra en su campo visual, había como potenciado lo que inevitablemente había de seguir, y la voz del comensal gordo mutilando como se estilaba en París el nombre del autor de *Atala*, me había llegado distintamente en un hueco del rumor del restaurante que, sin el encuentro del nombre completo en una página del libro, no se hubiera producido para mí. Había sido necesario que mirara vagamente en una página del libro (y que comprara el libro media hora antes sin saber bien por qué) para que esa casi horrible nitidez del pedido del comensal gordo en el brusco silencio del restaurante Polidor desencadenase el zarpazo con una fuerza infinitamente más arrasadora que cualquiera de las evidencias tangibles que me rodeaban en la sala. Pero a la vez, puesto que mi reflexión se situaba a nivel verbal, a palabra impresa y pedido de un plato, a Sylvaner y castillo sangriento, de nada valía conjeturar que la lectura del nombre del autor de *Atala* había podido ser el factor desencadenante ya que ese nombre había necesitado a su vez (y viceversa) que el comensal gordo formulara su pedido, duplicando sin saberlo uno de los elementos que harían fraguar instantáneamente el todo. «Sí», se dijo Juan terminando la coquille Saint-James, «pero a la vez tengo el derecho de pensar que si no hubiera abierto el libro un momento antes, la voz del comensal gordo se hubiera confundido con el murmullo de la sala». Ahora que el comensal gordo seguía hablando animadamente con su mujer, comentando fragmentos del alfabeto ruso de *France-Soir*, a Juan no le parecía, por más atención que prestaba, que su voz dominara la de su mujer y las de los otros comensales. Si había escuchado (si había creído escuchar, si le había sido dado escuchar, si había tenido que escuchar) que el comensal gordo quería un castillo sangriento, el agujero en el aire tenía que haberlo abierto el libro de Michel Butor. Pero él había comprado el libro antes de llegar a la esquina de la rue de Vaugirard, y sólo al llegar a la esquina había sentido la presencia de la condesa, se había acordado de frau Marta y de la casa del basilisco, había reunido todo eso en la imagen de Hélène. Si había comprado el libro sabiendo que lo compraba sin necesidad y sin ganas, y sin embargo lo había comprado porque el libro iba a abrirle veinte minutos después un agujero en el aire por donde se descargaría el zarpazo, toda posible ordenación de los elementos parecía impensable y eso, se dijo Juan bebiendo su tercera copa de Sylvaner, era en el fondo el resumen más aprovechable, por decirlo así, de eso que le había ocurrido: lección de cosas, mostración de cómo una vez más el antes y el después se le destrozaban en las manos, dejándole una fina inútil lluvia de polillas muertas.

De la ciudad se irá hablando en su momento (hay incluso un poema que se citará o no se citará) así como de mi paredro podía hablar cualquiera de nosotros y él a su vez podía hablar de mí o de otros; ya se ha dicho que la atribución de la dignidad de paredro era fluctuante y dependía de la decisión momentánea de cada cual sin que nadie pudiese saber con certeza cuándo era o no el paredro de otros presentes o ausentes en la zona o si lo había sido y acababa de dejar de serlo. La condición de paredro parecía consistir, sobre todo, en que ciertas cosas que hacíamos o decíamos eran siempre dichas o hechas por mi paredro, no tanto para evadir responsabilidades sino más bien como si en el fondo mi paredro fuese una forma del pudor. Sé que lo era, sobre todo para Nicole o Calac o Marrast, pero, además, mi paredro valía como testimonio tácito de la ciudad, de la vigencia en nosotros de la ciudad, que habíamos aceptado a partir de la noche en que por primera vez se había hablado de ella y se habían conocido sus primeros accesos, los hoteles con verandas tropicales, las calles cubiertas, la plaza de los tranvías; a nadie se le hubiera ocurrido pensar que Marrast o Polanco o Tell o Juan habían hablado los primeros de la ciudad, porque eso era cosa de mi paredro, y así atribuir cualquier designio o cualquier ejecución a mi paredro tenía siempre una faceta vuelta hacia la ciudad. Eramos profundamente serios cuando se trataba de mi paredro o de la ciudad, y nadie se hubiera negado a acatar la condición de paredro cuando alguno de nosotros se la imponía por el mero hecho de darle ese nombre. Desde luego (todavía hay que aclarar estas cosas) las mujeres también podían ser mi paredro, salvo Feuille Morte; cualquiera podía ser el paredro de otro o de todos y al serlo le daba como un valor de comodín en la baraja, una eficacia ubicua y un poco inquietante que nos gustaba tener a mano y echar sobre el tapete llegado el caso. Incluso había veces en que sentíamos que mi paredro estaba como existiendo al margen de todos nosotros, que éramos nosotros y él, como las ciudades donde vivíamos eran siempre las ciudades *y* la ciudad; a fuerza de cederle la palabra, de aludirlo en nuestras cartas y nuestros encuentros, de mezclarlo en nuestras vidas, llegábamos a obrar como si él ya no fuera sucesivamente cualquiera de nosotros, como si en algunas horas privilegiadas saliera por sí mismo, mirándonos desde fuera. Entonces nos apresurábamos, en la zona, a instalar nuevamente a mi paredro en la persona de cualquiera de los presentes, a sabernos el paredro de otro o de otros, apretábamos las filas en torno a la mesa del *Cluny*, nos reíamos de las ilusiones; pero llegaba poco a poco el tiempo en que reincidíamos casi sin advertirlo, y de postales de Tell o noticias de Calac, del tejido de llamados telefónicos y mensajes que iban de destino a destino, se iba alzando otra vez una imagen de mi paredro que ya no era la de ninguno de nosotros; muchas cosas de la ciudad debieron venir de él, porque nadie las recordaba como dichas por otro, de alguna manera se incorporaban a lo que sabíamos y a lo que habíamos vivido de la ciudad, las aceptábamos sin discusión aunque fuera imposible saber quién las había traído primero; no importaba, todo eso venía de mi paredro, de todo eso respondía mi paredro.

La comida era mala pero por lo menos estaba frente a él, como la cuarta copa de vino helado, como el cigarrillo entre los dedos; todo lo demás, las voces y las imágenes del restaurante Polidor le llegaban por la vía del espejo y quizá por eso, o por estar ya en la segunda mitad de la botella de Sylvaner, Juan acabó sospechando que la alteración del tiempo que se le había vuelto evidente a través de la compra del libro, el pedido del comensal gordo y la tenue sombra de la condesa en la esquina de la rue de Vaugirard, encontraba una curiosa rima en el espejo mismo. La brusca ruptura que había aislado el pedido del comensal gordo y que vanamente había querido situar en términos inteligibles de antes y después, rimaba de alguna manera con ese otro desencadenamiento puramente óptico que el espejo proponía en términos de delante y detrás. Así, la voz que había pedido un castillo sangriento había venido desde atrás, pero la boca que pronunciaba las palabras estaba ahí en el espejo, delante de él. Juan se acordaba distintamente de haber alzado la vista del libro de Michel Butor y mirado la imagen del hombre gordo en el preciso momento en que iba a hacer el pedido. Desde luego sabía que eso que estaba viendo era el reflejo del comensal gordo, pero de todas maneras la imagen se situaba delante de él; y entonces se produjo el hueco en el aire, el paso del ángel, y la voz le llegó desde atrás, la imagen y la voz se dieron desde direcciones opuestas para centrarse en su atención bruscamente despierta. Y precisamente porque la imagen estaba delante fue como si la voz viniera desde mucho más atrás, desde un atrás que no tuviera nada que ver con el restaurante Polidor ni con París ni con esa maldita nochebuena; y todo eso rimaba, por decirlo de algún modo con los antes y los después en los que vanamente había yo querido insertar los elementos de eso que cuajaba como una estrella en mi estómago De sólo una cosa podía estar seguro: de ese hueco en el rumor gastronómico del restaurante Polidor en el que un espejo de espacio y un espejo de tiempo habían coincidido en un punto de insoportable y fugacísima realidad antes de dejarme otra vez a solas con tanta inteligencia, con tanto antes y atrás y delante y después.

Más tarde, con el sabor a borra de un mal café, caminó bajo la llovizna hacia el barrio del Panteón, fumó refugiado en un portal, borracho de Sylvaner y cansancio, obstinándose todavía vagamente en reavivar esa materia que cada vez se volvía más lenguaje, arte combinatoria de recuerdos y circunstancias, sabiendo que esa misma noche o al día siguiente en la zona, todo lo que contara estaría irremisiblemente falseado, puesto en orden, propuesto como enigma de tertulia, charada de amigos, la tortuga que se saca del bolsillo como a veces mi paredro sacaba del bolsillo al caracol Osvaldo para alegría de Feuille Morte y de Tell: los juegos idiotas, la vida.

De todo eso iba quedando Hélène, como siempre su sombra fría en lo más hondo del portal donde me había refugiado de la llovizna para fumar. Su fría distante inevitable sombra hostil. Otra vez, siempre: fría distante inevitable hostil. ¿Qué venías a hacer aquí? No tenías derecho a estar entre las cartas de esa secuencia, no eras tú quien me había esperado en la esquina de la rue de Vaugirard. ¿Por qué te obstinabas en sumarte, por qué una vez más oiría tu voz hablándome de un muchacho muerto en una mesa de operaciones, de una muñeca guardada en un armario? ¿Por qué llorabas otra vez, odiándome?

Seguí andando solo, sé que en algún momento me hice llevar hasta el barrio del canal Saint-Martin por mera nostalgia, sintiendo que allí tu sombra menuda se volvería menos enemiga, quizá porque alguna vez habías consentido en caminar conmigo a lo largo del canal, mientras a la altura de cada vago reverbero yo sentía brillar un instante, entre tus senos, el clip con la imagen del basilisco. Vencido por la noche, por el restaurante Polidor, la sensación del zarpazo en pleno vientre cedía como siempre a la inercia:

volveríamos a vivir por la mañana, *glory halle-lujah.* Fue entonces, creo, cuando de tanta fatiga me vino la oscura comprensión que había buscado con armas inútiles frente al espejo del restaurante Polidor, y entendí por qué tu sombra había estado todo el tiempo ahí, rondando como rondan las larvas el círculo mágico, queriendo entrar en la secuencia, ser cada uña del zarpazo. Tal vez fue en ese momento cuando, al final de un interminable caminar, entreví la silueta de frau Marta en el pontón que se deslizaba sin ruido por un agua como de mercurio; y aunque eso había ocurrido en la ciudad, al término de una interminable persecución, ya no podía parecerme imposible ver a frau Marta en esa nochebuena de París, en ese canal que no era el canal de la ciudad. Me desperté (hay que darle un nombre, Hélène) en un banco, al alba; todo me facilitaba una vez más la explicación atendible, el sueño donde se mezclan los tiempos, donde tú, que en ese momento dormirías sola en tu departamento de la rue de la Clef, habías estado conmigo, donde yo había llegado hasta la zona para contar esas cosas a los amigos, y donde mucho antes había cenado como en un banquete fúnebre, entre guirnaldas y alfabetos rusos y vampiros.

Entro de noche a mi ciudad, yo bajo a mi ciudad
donde me esperan o me eluden, donde tengo que
　　　　　　　　　　　　　　　　　[huir
de alguna abominable cita, de lo que ya no tie-
　　　　　　　　　　　　　　　[ne nombre,
una cita con dedos, con pedazos de carne en un
　　　　　　　　　　　　　　　　[armario,
con una ducha que no encuentro, en mi cuidad
　　　　　　　　　　　　　　　[hay duchas,
hay un canal que corta por el medio mi ciudad
y navíos enormes sin mástiles pasan en un silen-
　　　　　　　　　　　　　　[cio intolerable

hacia un destino que conozco pero que olvido al
[regresar,
hacia un destino que niega mi ciudad
donde nadie se embarca, donde se está para
[quedarse
aunque los barcos pasen y desde el liso puente
[alguno esté mirando mi ciudad.

Entro sin saber cómo en mi ciudad, a veces otras
[noches
salgo a calles o casas y sé que no es en mi
[ciudad,
mi ciudad la conozco por una expectativa
[agazapada,
algo que no es el miedo todavía pero tiene su
[forma y su perro y cuando es mi ciudad
sé que primero habrá el mercado con portales y
[con tiendas de frutas,
los rieles relucientes de un tranvía que se pierde
[hacia un rumbo
donde fui joven pero no en mi ciudad, un barrio
[como el Once en Buenos Aires, un olor a colegio,
paredones tranquilos y un blanco cenotafio, la
[calle Veinticuatro de Noviembre
quizás, donde no hay cenotafios pero está en mi
[ciudad cuando es su noche.

Entro por el mercado que condensa el relente de
un presagio indiferente todavía, amenaza bené-
[vola allí me miran las fruteras
y me emplazan, plantan en mí el deseo, llegar
[adonde es necesario y podredumbre,
lo podrido es la llave secreta en mi ciudad, una
[fecal industria de jazmines de cera,
la calle que serpea, que me lleva al encuentro
[con eso que no sé,
las caras de las pescaderas, sus ojos que no miran
[y es el emplazamiento,
y entonces el hotel, el de esta noche porque ma-
[ñana o algún día será otro,

mi ciudad es hoteles infinitos y siempre el mismo
[hotel,
verandas tropicales de cañas y persianas y vagos
[mosquiteros y un olor a canela y azafrán,
habitaciones que se siguen con sus empapelados
[claros, sus sillones de mimbre
y los ventiladores en un cielo rosa, con puertas
[que no dan a nada,
que dan a otras habitaciones donde hay ventila-
[dores y más puertas,
eslabones secretos de la cita, y hay que entrar y
[seguir por el hotel desierto
y a veces es un ascensor, en mi ciudad hay tantos
[ascensores, hay casi siempre un ascensor
donde el miedo ya empieza a coagularse, pero
[otras veces estará vacío,
cuando es peor están vacíos y yo debo viajar
[interminablemente
hasta que cesa de subir y se desliza horizontal, en
[mi ciudad
los ascensores como cajas de vidrio que avanzan
[en zig-zag
cruzan puentes cubiertos entre dos edificios y
[abajo se abre la ciudad y crece el vértigo
porque entraré otra vez en el hotel o en las
[deshabitadas galerías de algo
que ya no es el hotel, la mansión infinita a la que
[llevan
todos los ascensores y las puertas, todas las
[galerías,
y hay que salir del ascensor y buscar una ducha
[o un retrete
porque sí, sin razones, porque la cita es una
[ducha o un retrete y no es la cita,
buscar la dicha en calzoncillos, con un jabón y
[un peine
pero siempre sin toalla, hay que encontrar la toalla
[y el retrete,
mi ciudad es retretes incontables, sucios, con
[portezuelas de mirillas

sin cerrojos, apestando a amoníaco, y las duchas
están en una misma enorme cuadra con el piso
                                            [mugriento
y una circulación de gentes que no tienen figura
                                    [pero que están ahí
en las duchas, llenando los retretes donde tam-
                                [bién están las duchas,
donde debo bañarme pero no hay toallas y no
                                                    [hay
donde posar el peine y el jabón, donde dejar la
                                [ropa, porque a veces
estoy vestido en mi ciudad y después de la ducha
iré a la cita, andaré por la calle de las altas aceras,
                            [una calle que existe en mi ciudad
y que sale hacia el campo, me aleja del canal y
                                            [los tranvías
por sus torpes aceras de ladrillos gastados y sus
                                                [setos,
sus encuentros hostiles, sus caballos fantasmas y
                                    [su olor de desgracia.

Entonces andaré por mi ciudad y entraré en el
                                                [hotel
o del hotel saldré a la zona de los retretes
                        [rezumantes de orín y de excremento,
o contigo estaré, amor mío, porque contigo yo
                        [he bajado alguna vez a mi ciudad
y en un tranvía espeso de ajenos pasajeros sin
                        [figura he comprendido
que la abominación se aproximaba, que iba a
                        [ocurrir el Perro, y he querido
tenerte contra mí, guardarte del espanto,
pero nos separaban tantos cuerpos, y cuando te
[obligaban a bajar entre un confuso movimiento
no he podido seguirte, he luchado con la goma
                        [insidiosa de solapas y caras,
con un guarda impasible y la velocidad y campa-
                                                [nillas,
hasta arrancarme en una esquina y saltar y estar
                        [solo en una plaza del crepúsculo

y saber que gritabas y gritabas perdida en mi
                              [ciudad, tan cerca e inhallable,
para siempre perdida en mi ciudad, y eso era el
                              [Perro, era la cita,
inapelablemente era la cita, separados por siem-
                              [pre en mi ciudad donde
no habría hoteles para ti ni ascensores ni duchas,
              [un horror de estar sola mientras alguien
se acercaría sin hablar para apoyarte un dedo
                              [pálido en la boca.

O la variante, estar mirando mi ciudad desde la
                              [borda
del navío sin mástiles que atraviesa el canal, un
                              [silencio de arañas
y un suspendido deslizarse hacia ese rumbo que
                              [no alcanzaremos
porque en algún momento ya no hay barco, todo
              [es andén y equivocados trenes,
las perdidas maletas, las innúmeras vías
y los trenes inmóviles que bruscamente se des-
              [plazan y ya no es el andén,
hay que cruzar para encontrar el tren y las male-
                              [tas se han perdido
y nadie sabe nada, todo es olor a brea y a uni-
                              [formes de guardas impasibles
hasta trepar a ese vagón que va a salir, y recorrer
              [un tren que no termina nunca
donde la gente apelmazada duerme en habitacio-
                              [nes de fatigados muebles,
con cortinas oscuras y una respiración de polvo
y de cerveza, y habrá que andar hasta el final
del tren porque en alguna parte hay que
                              [encontrarse,
sin que se sepa quién, la cita era con alguien que
              [no se sabe y se han perdido las maletas
y tú, de tiempo en tiempo, estás también en la
                              [estación pero tu tren
es otro tren, tu Perro es otro Perro, no nos
                              [encontraremos, amor mío,

te perderé otra vez en el tranvía o en el tren, en
[calzoncillos correré
por entre gentes apiñadas y durmiendo en los
[compartimientos donde una luz violeta
ciega los polvorientos paños, las cortinas que
[ocultan mi ciudad.

Hélène, si les dijera que todo lo que están esperando (porque están ahí, esperando que alguien
empiece a contar, a poner orden), si les dijera que
todo se resume en ese lugar sobre la chimenea
de mi casa en París, entre una pequeña escultura de Marrast y un cenicero, donde hay el espacio preciso que siempre reservé para posar tu
carta, esa que no me escribiste nunca. Si les dijera de la esquina de la rue de l'Estrapade donde
te esperé a medianoche en la llovizna, dejando
caer una colilla tras otra en el charco sucio donde temblaba una estrella de saliva. Pero contar,
tú lo sabes, sería poner orden como quien diseca
pájaros, y también en la zona lo saben y el primero en sonreír sería mi paredro, el primero en
bostezar sería Polanco, y también tú, Hélène,
cuando en lugar de tu nombre fuera poniendo
anillos de humo o figuras de lenguaje. Mira, hasta el final me resistiré a aceptar que eso tuvo que
ser así, hasta el final preferiré nombrar a Frau
Marta que me lleva de la mano por la Blutgasse
donde todavía se dibuja en su niebla de moho el
palacio de la condesa, me obstinaré en sustituir
a una niña de París por una de Londres, una cara
por otra, y cuando me sienta acorralado al borde
de tu nombre inevitable (porque siempre estarás
ahí para obligarme a decirlo, para castigarte y
vengarte a la vez en mí y por mí), me quedará
el recurso de volver a jugar con Tell, de imaginar entre tragos de slívovitz que todo sucedió
fuera de la zona, en la ciudad si quieres (pero allí
puede ser peor, allí pueden matarte), y además

estarán los amigos, estarán Calac y Polanco jugando con canoas y laudistas, estará la noche común, la de este lado, la protectora con periódicos y Tell y hora de Greenwich.

Hélène, ayer me enviaron desde Italia una postal cualquiera con una vista de Bari en colores. Mirándola al revés con los ojos entornados, panal de infinitas celdas centelleantes con su orla marina en lo más alto, se diluía en una abstracción de una prolija delicadeza. Entonces recorté un sector donde no sobresalían edificios notables, ni avenidas de ilustre anchura; ahí está, apoyado en el pote donde guardo lápices y pipas. Lo miro y no es una ciudad italiana; urdimbre minuciosa de diminutos compartimientos rosados y verdes, blancos y celestes, organiza una instancia de pura belleza. Tú ves, Hélène, así podría yo contar mi Bari, cabeza abajo y recortada, en otra escala, desde otro peldaño, y entonces ese punto verde que valora todo el plano superior de mi pequeña joya de cartón apoyada en el pote, ese punto verde que será (podríamos verificarlo con dos horas de avión y un taxi) la casa del número tanto de la calle tal, donde viven hombres y mujeres que se llaman así y así, ese punto verde vale de otra manera, puedo hablar de él como lo que es para mí, derogando una casa y sus habitantes. Y cuando me mido contigo, Hélène, creo que desde siempre eres el punto verde pequeñito en mi recorte de cartulina, puedo mostrarlo a Nicole o a Celia o a Marrast, puedo mostrártelo a ti cuando nos enfrentamos en una mesa del *Cluny* y hablamos de la ciudad, de los viajes, entre bromas y anécdotas y el caracol Osvaldo que se refugia dulcemente en la mano de Feuille Morte. Y detrás está el miedo, la negativa a admitir lo que esta noche me tiraron a la cara un espejo, un comensal gordo, un libro abierto al azar, un olor a moho saliendo de un portal. Pero ahora escúchame, aunque estés durmiendo sola en tu departamento de la rue de la Clef: el silencio también es traición. Hasta el final pensaré que puedo haberme equivocado, que las evidencias que te manchan contra mí, que me vomitan cada mañana en una vida que ya no quiero, nacen quizá de que no supe encontrar el verdadero orden y de que tú misma no entendiste nunca lo que estaba pasando, Hélène, que no entendiste la muerte del muchacho en la clínica, la muñeca de monsieur Ochs, el llanto de Celia, que simplemente echaste mal las cartas, inventaste un gran juego que te vaticinó lo que no eras, lo que todavía me obstino en querer que no seas. Y si me callara traicionaría, porque las barajas están ahí, como la muñeca en tu armario o la huella de mi cuerpo en tu cama, y yo volveré a echarlas a mi manera, una y otra vez hasta convencerme de una repetición inapelable o encontrarte por fin como hubiera querido encontrarte en la ciudad o en la zona (tus ojos abiertos en esa habitación de la ciudad, tus ojos enormemente abiertos sin mirarme); y callar entonces sería vil, tú y yo sabemos demasiado de algo que no es nosotros y juega estas barajas en las que somos espadas o corazones pero no las manos que las mezclan y las arman, juego vertiginoso del que sólo alcanzaremos a conocer la suerte que se teje y desteje a cada lance, la figura que nos antecede o nos sigue, la secuencia con que la mano nos propone al adversario, la batalla de azares excluyentes que decide las posturas y las renuncias. Perdóname este lenguaje, el único posible. Si me estuvieras escuchando asentirías, con ese gesto grave que a veces te acerca un poco más a la frivolidad del narrador. Ah, ceder a esa moviente armazón de redes instantáneas, aceptarse en la baraja, consentir a eso que nos mezcla y nos reparte, qué tentación, Hélène, qué blando boca arriba sobre un mar en calma. Mira a Celia, mira a Austin, esos alciones flotando en la conformidad. Mira a

Nicole, pobrecita, que sigue mi sombra con las manos juntas. Pero demasiado sé que para ti vivir es hacer frente, que nunca aceptaste autoridad; aunque sólo sea por eso, sin siquiera hablar de mí o de tantos otros que también jugaron los juegos, me obligo a ser esto que no escucharás o escucharás irónica, dándome así la última razón de que lo diga. Ya ves que no hablo para otros aunque sean otros los que escuchan: dime, si quieres, que sigo jugando con palabras, que también yo las mezclo y las tiro en el tapete. Reina de corazones, ríete una vez más de mí. Dilo: No podía impedirlo, era cursi como un corazón bordado. Yo seguiré buscando el acceso, Hélène, cada esquina me verá consultar un rumbo, todo entrará en la cuenta, la plaza de los tranvías, Nicole, el clip que llevabas la noche del canal Saint-Martin, las muñecas de monsieur Ochs, la sombra de Frau Marta en la Blutgasse, lo importante y lo nimio, todo lo barajaré otra vez para encontrarte como quiero, un libro comprado al azar, una guirnalda con luces, y hasta la piedra de hule que buscó Marrast en el norte de Inglaterra, la piedra de hule para tallar la estatua de Vercingétorix encargada y pagada a medias por la municipalidad de Arcueil para consternación de vecinos bien pensantes.

«Menos mal», pensó mi paredro, «menos mal que éste renuncia por un momento al ditirambo y a la mántica, y se acuerda de cosas como la piedra de hule, por ejemplo. No está completamente perdido si todavía es capaz de acordarse de la piedra de hule».

—Estamos esperando, che —dijo mi paredro—. Ya sabemos lo que pasó en el restaurante, si es que en realidad pasó alguna cosa. ¿Y después?

—Seguramente llovía finito —dijo Polanco—. Siempre es así cuando uno.

—¿Cuándo uno qué? —preguntó Celia.

Polanco miró a Celia y movió tristemente la cabeza.

—A todos nos ocurren cosas así —insistió Celia—. Son formas de paramnesia, es sabido.

—Bisbis bisbis —dijo Feuille Morte que se excitaba muchísimo con los términos científicos.

—Cállese, m'hijita —le dijo Polanco a Celia—. Déjese de andarle poniendo corchos a las botellas, la sed está antes que la saciedad y vale mucho más. Claro que en el fondo estuviste muy bien, porque cuando éste se entusiasma con sus coágulos o lo que sea se nos pone verdaderamente.

Hélène seguía callada, fumando despacio un cigarrillo rubio, atenta y ajena como siempre que yo hablaba. No la había mencionado ni una sola vez (¿qué les conté, finalmente, qué rara mezcla de espejos y Sylvaner para alegrarles la nochebuena?), y sin embargo era como si se supiese aludida, se refugiaba detrás del cigarrillo, en alguna observación casual a Tell o a Marrast, seguía cortésmente el relato. Si hubiéramos estado solos creo que me hubiera dicho: «No soy responsable de la imagen que anda a tu lado», sin sonreír pero casi amablemente. «Si me ocurriera soñar contigo, tú no serías responsable», podría haberme dicho Hélène. «Pero eso no era un sueño», le hubiese contestado yo, «y tampoco sé con certeza si tenías algo que ver o si te incorporaba por rutina, por estúpida costumbre». No era difícil imaginar el diálogo, pero si hubiese estado solo con Hélène ella no me hubiera dicho eso, probablemente no me hubiera dicho nada, atenta y ajena; una vez más la incluía sin derecho, imaginariamente, como un consuelo por tanta distancia y tanto silencio. Ya nada teníamos que decirnos Hélène y yo, que nos habíamos dicho tan poco. De alguna manera que a los dos se nos escapaba y que quizá estaba tan clara en

lo que había sucedido esa noche en el restaurante Polidor, no coincidíamos ya en la zona o en
la ciudad, aunque nos encontráramos en una
mesa del *Cluny* y habláramos con los amigos, a
veces entre nosotros brevemente. Sólo yo me obstinaba todavía en esperar; Hélène permanecía
allí, atenta y ajena. Si en el último reducto de
mi honradez ella y la condesa y Frau Marta se
sumaban en una misma abominable imagen, ¿no
me había dicho alguna vez Hélène —o me lo diría después, como si yo no lo hubiese sabido
desde siempre— que la única imagen que podía
guardar de mí era la de un hombre muerto en
una clínica? Intercambiábamos visiones, metáforas o sueños; antes o después seguíamos solos,
mirándonos tantas noches por encima de las tazas de café.

Y puesto que de sueños se trata, cuando
a los tártaros les da por los sueños colectivos, materia paralela a la de la ciudad
pero cuidadosamente deslindada porque a
nadie se le ocurriría mezclar la ciudad con
los sueños, que sería como decir la vida
con el juego, se vuelven de una puerilidad
que repugnaría a las personas serias.
Casi siempre empieza Polanco: Mirá, soñé
que estaba en una plaza y que encontraba
un corazón en el suelo. Lo levanté y latía,
era un corazón humano y latía, entonces
lo llevé a una fuente, lo lavé lo mejor que
pude porque estaba lleno de hojas y de polvo, y fui a entregarlo a la comisaría de la
rue de l'Abbaye. Es absolutamente falso,
dice Marrast. Lo lavaste pero después lo en-
volviste irrespetuosamente en un diario viejo y te lo echaste al bolsillo del saco. Cómo
se lo va a echar al bolsillo del saco si estaba en mangas de camisa, dice Juan. Yo es-

taba en mangas de camisa, dice Juan. Yo
estaba correctamente vestido, dice Polanco,
y el corazón lo llevé a la comisaría y me
dieron un recibo, eso fue lo más extraordinario del sueño. No lo llevaste, dice Tell,
te vimos cuando entrabas en tu casa y escondías el corazón en un placard, ese que
tiene un candado de oro. Vos imaginate a
Polanco con un candado de oro, se ríe gro-
seramente Calac. Yo el corazón lo porté a
la comi, dice Polanco. Bueno, consiente Nicole, a lo mejor ése era el segundo, porque
todos sabemos que encontraste por lo menos dos. Bisbis bisbis, dice Feuille Morte.
Ahora que lo pienso, dice Polanco, encontré
cerca de veinte. Dios de Israel, me había olvidado de la segunda parte del sueño. Los
encontraste en la Place Maubert debajo de
una montaña de basura, dice mi paredro,
te vi desde el café *Les Matelots*. Y todos latían, dice Polanco entusiasmado. Encontré
veinte corazones, veintiuno con el que ya
había llevado a la policía, y todos estaban
latiendo como locos. No lo llevaste a la policía, dice Tell, yo te vi cuando lo escondías
en el placard. En todo caso latía, concede
mi paredro. Pede ser, dice Tell, el latido me
tiene por completo sin cuidado. No hay
como las mujeres, dice Marrast, que un corazón esté latiendo o no lo único que ven
es un candado de oro. No te pongas misó-
gino, dice mi paredro. Toda la ciudad estaba cubierta de corazones, dice Polanco, me
acuerdo muy bien, era rarísimo. Y pensar
que al principio solamente me acordaba de
un corazón. Por algo se empieza, dice Juan.
Y todos latían, dice Polanco. De qué les podía servir, dice Tell.

¿Por qué el doctor Daniel Lysons, D. C. L., M. D., sostenía en la mano un tallo de *hermodactylus tuberosis*? Lo primero que hizo Marrast, que por algo era francés, consistió en explorar la superficie del retrato (pintado en mala época por Tilly Kettle) buscando una explicación científica, críptica o nada más que masónica; después consultó el catálogo del Courtauld Institute, que se limitaba insidiosamente a proporcionar el nombre de la planta. Era posible que en tiempos del doctor Lysons las virtudes emolientes o revulsivas del *hermodactylus tuberosis* justificaran su presencia en las manos de un D. C. L., M. D., pero no se podía estar seguro y esto, a falta de mejor cosa por el momento, tenía preocupado a Marrast.

Otra cosa que lo preocupaba en esos días era un anuncio del *New Statesman* que microscópica y recuadradamente decía: *Are you sensitive, intelligent, anxious or a little lonely? Neurotics Anonymous are a lively, mixed group who believe that the individual is unique. Details s. a. e., Box 8662.* Marrast había empezado por meditar sobre el anuncio en la penumbra de la habitación del Gresham Hotel; junto a la ventana apenas entornada para no dejar entrar las horrendas siluetas de los edificios de la acera opuesta de Bedford Avenue y sobre todo el ruido de los autobuses 52, 52A, 895 y 678, Nicole pintaba aplicadamente gnomos sobre papel canson y soplaba de cuando en cuando los pincelitos.

—Es inútil —había dicho Marrast después de estudiar el anuncio—. Como ellos me creo sensible, ansioso y un tanto solitario, pero es un hecho que no soy inteligente puesto que no consigo entender la relación entre esas características y la noticia de que los Neuróticos Anónimos creen en la individualidad como algo único en su género.

—Oh —dijo Nicole, que no parecía haber escuchado demasiado—. Tell sostiene que muchos de esos anuncios están en clave.

—¿Tú crees que yo sería un buen neurótico anónimo?

—Sí, Mar —dijo Nicole, sonriéndole como desde lejos y recogiendo el color necesario para la capucha del segundo gnomo de la izquierda.

Marrast dudó un rato entre tirar el periódico o pedir los detalles ofrecidos en el anuncio, pero al final decidió que el problema del tallo de *hermodactylus tuberosis* era más interesante y combinó las dos cosas escribiendo a la casilla de correo 8662 para decir secamente que los Neuróticos Anónimos serían mucho más útiles a la sociedad y sobre todo a sí mismos si dejaban tranquilas sus individualidades únicas en su género y concurrían en cambio a la sala segunda del (seguían los detalles) para tratar de resolver el enigma del tallo. Envió la carta como anónimo, cosa que le parecía eminentemente lógica aunque Calac y Polanco no dejaron de hacerle notar que su apellido se situaba demasiado más allá de los white cliffs of Dover como para que los sensibles y ansiosos neuróticos le hicieran demasiado caso. Los días de Londres iban pasando en cosas así porque Marrast no tenía ganas de ocuparse de la piedra de hule después de unas primeras diligencias aburridas, y eso que apenas volviera a Francia tendría que ponerse a esculpir la efigie imaginaria de Vercingétorix que ya tenía medio vendida a la municipalidad de Arcueil y que por falta de una buena piedra de hule no había podido empezar. Todo eso iba como quedando adelante, en un futuro que no le interesaba demasiado; prefería andar por Londres, casi siempre solo aunque a veces Nicole salía con él y vagaban silenciosos, con espaciados comentarios corteses, por el West End o al término del viaje de cualquier autobús que tomaba sin siquiera mirar el número. En esos días todo estaba estancado para Marrast, le costaba despegarse de cada cosa, de cada mesa de café o de cada cuadro de un museo, y cuando volvía al hotel y encontraba a Nicole que seguía pintando gnomos para un libro infantil y se negaba a salir o salía por pura bondad hacia él, la repetición cotidiana de las mismas frases previstas, de las mismas sonrisas en los mismos ángulos de la conversación, toda esa mueblería entre cursi y angustiosa que era su lenguaje de entonces lo llenaba de un oscuro pánico. Entonces se iba a buscar a los dos argentinos instalados en un hotel cercano, o se pasaba las tardes en algún museo o leyendo el periódico en los parques, recortando anuncios por hacer algo, para irse acostumbrando poco a poco a que Nicole no le preguntara dónde había estado, que simplemente alzara la vista de los gnomos y le sonriera con la sonrisa de otros tiempos pero nada más que eso la sonrisa vacía, la costumbre de una sonrisa donde tal vez habitaba la lástima.

Dejó pasar cuatro o cinco días, y una mañana volvió al Courtauld Institute donde hasta entonces lo habían tenido por chiflado porque se quedaba interminablemente delante del retrato del doctor Daniel Lysons y casi no miraba el *Te rerioa* de Gauguin. Como al pasar le preguntó al menos ceremonioso de los guardianes si la pintura de Tilly Kettle tenía alguna celebridad que él, pobre francés ignorante aunque escultor, ignoraba. El guardián lo miró con alguna sorpresa y condescendió a informarle que, cosa curiosa ahora que lo pensaba, en esos días una buena cantidad de gente se había obstinado en estudiar atentamente el retrato, por lo demás sin resultados notables a juzgar por sus caras y sus comentarios. La más empecinada parecía ser una señora que había aparecido con un enorme tratado de botánica para verificar la exactitud de la atribución vegetal, y cuyos chasquidos de lengua habían sobresaltado a varios contempladores de otros cuadros de la sala. A los guardianes los alarmaba ese inexplicable interés por un cuadro tan poco concurrido hasta entonces, y ya habían informado al superintendente, noticia que provocó en Marrast un regocijo mal disimulado; se esperaba en esos días a un inspector de la dirección de museos, y se llevaba una contabilidad discreta de los visitantes. Marrast llegó a enterarse con una perversa diferencia de que el retrato del doctor Lysons había tenido más público esa semana que el *Bar des Folies-Bergères* de Manet, que era un poco la Gioconda del Instituto. Ya no podía dudar de que los Neuróticos Anónimos se habían sentido tocados en lo más vivo de su sensibilidad, su inteligencia, su ansiedad y su (little) soledad, y que el enérgico latigazo postal los estaba arrancando a la autocompasión demasiado tangible en el anuncio para precipitarlos a una actividad cerca de cuyos fines ninguno de ellos, empezando por el instigador, tenía la menor idea.

La menor idea. Relativo, porque Marrast era de los que tendían a entender complicando (según él, provocando) o a complicar entendiendo (según él y quizá otros, porque todo entender *multiplica*), y esa disposición acentuadamente francesa era un tema recurrente en las charlas de café con Juan o Calac o mi paredro, gente con la que se veía en París y que discutía con el empecinamiento que suscita esa especie de privilegio diplomático, de salvoconducto intelectual y moral que flota en la atmósfera de los cafés. Ya en esos días londinenses Calac y Polanco habían puesto en duda la fecundidad de las interferencias desatadas por Marrast, y en algo debían tener razón los dos salvajes pampeanos puesto que el tallo de *hermodactylus tuberosis* seguía tan enigmático como al principio. Pero el tallo había sido apenas un pretexto para salir desganadamente de ese círculo dentro del cual Nicole pintaba gnomos o andaba con él por las calles, sabiendo que al final, que ni siquiera era un final, habría más gnomos y más silencios apenas rotos por los comentarios corteses y neutrales que podía provocar una vitrina de tienda o una película. A Marrast no lo consolaba que los neuróticos anónimos hubieran encontrado un motivo para salir momentáneamente de sus propios círculos, pero haber desatado esa actividad valía como una compensación vicaria, un sentirse menos encerrado en el suyo. «La embriaguez del poder», se dijo echando una última mirada al retrato del doctor Lysons. «Consuelo de idiotas, siempre.» A todo esto su diálogo con el guardián era el perfecto estereotipo que podía seguirse sin dejar de pensar por cuenta propia. Es raro de todos modos / Sí, señor, antes no lo miraba nadie / Y ahora, de golpe, así... / Empezó hace unos tres días, y sigue / Pero no veo a nadie que se interese demasiado / Es temprano, señor, la gente viene a partir de las tres / Yo no le encuentro nada de particular a ese retrato / Yo tampoco, señor, pero es una pieza de museo / Ah, eso sí / Un retrato del siglo dieciocho / (Del diecinueve) Ah, claro / Sí, señor / Bueno, tengo que irme / Muy bien, señor /

Algunas variantes entre el martes y el sábado.

Como eran apenas las once de la mañana y Nicole le había pedido que la dejara terminar una de las láminas antes del almuerzo, a Marrast le sobraba tiempo para encontrarse con Mr. Whitlow, que tenía una pinturería al por mayor del lado de Portobello Road, y averiguar si no podrían enviarle a Francia una piedra de hule de ciento cincuenta metros cúbicos. Mr. Whitlow juzgó que la cosa era posible en principio siempre que Marrast le explicara mejor cómo tenía que ser la piedra de hule porque no parecía un mineral que abundara en las canteras de Sussex, y quién y cuándo y cómo la iba a pagar. A Marrast le tomó poco tiempo advertir que la municipalidad de Arcueil no constituía una noción demasiado precisa para Mr. Whitlow, a pesar de sus connotaciones estéticas que un pinturero no hubiese debido ignorar, y sospechó que detrás de tanta ignorancia se escondía un típico resentimiento británico por la indiferencia que Francia explayaba acerca de la vida y la obra de Turner o de Sickert.

—Quizá sería bueno que usted se diera una vuelta por Northumberland —aconsejó Mr. Whitlow con un aire estudiado que a Marrast le recordó el gesto de quitarse una mosca de la manga sin parecer demasiado descortés con el insecto.

—Me convendría más comprar la piedra en Londres —dijo Marrast, que odiaba el campo y las abejas.

—Para esas piedras no hay como Northumberland, y yo puedo darle una presentación para un colega que en un tiempo le vendía materiales a Archipenko y a Sir Jakob Epstein.

—Me sería difícil viajar ahora —dijo Marrast—. Tengo que quedarme en Londres a la espera de que se resuelva un problema en un museo. ¿Por qué no le escribe a su colega y averigua si tiene piedras de hule y si puede enviar una a Arcueil?

—Desde luego —dijo Mr. Whitlow, que parecía pensar lo contrario

—Me daré una vuelta la semana que viene. Ah, ya que estamos, ¿conoce al superintendente del Courtland Institute?

—Oh sí —dijo Mr. Whitlow—, precisamente es un pariente lejano de mi mujer. («El mundo es pequeño», pensó Marrast con más delicia que sorpresa.) Harold Haroldson, un ex pintor de naturalezas muertas, escandinavo por la rama paterna. Perdió un brazo en la primera guerra, un tipo excelente. Nunca pudo acostumbrarse a pintar con la mano izquierda. Curioso que un hombre pueda ser solamente su mano derecha para algunas cosas, ¿verdad? En el fondo creo que encontró el gran pretexto para colgar la paleta, nadie le hacía caso. Insistía en amontonar zapallos en sus cuadros, no es un tema que halague. Entonces Sir Winston lo nombró superintendente y ahí hace maravillas con la pintura de los demás. ¿A usted le parece que en realidad somos dos, el de la izquierda y el de la derecha? ¿Uno útil y el otro inservible?

—Es una cuestión sutil —dijo Marrast—, habría que explorar más a fondo la noción del hombre-microcosmo. Y yo, con esta preocupación de la piedra de hule...

—En todo caso es el superintendente —dijo Mr. Whitlow—. Pero si usted quiere verlo por lo de la piedra, le prevengo que entre sus funciones no figura la de...

—De ninguna manera —dijo Marrast—. Lo de la piedra me lo va a arreglar usted con su colega de las montañas, estoy seguro. Simplemente me alegro de haberle preguntado por él, y que resulte ser un pariente suyo, porque simplifica mi deber. Dígale —articuló distintamente Marrast— que tenga cuidado.

—¿Cuidado? —dijo Mr. Whitlow, poniendo por primera vez un cierto contenido humano en la voz.

De lo que siguió, sólo las palabras de Marrast tenían algún interés: No es más que una presunción /.../ Estoy sólo de paso en Londres y no creo ser el más indicado para /.../ Una conversación escuchada por casualidad en un *pub* /.../ Hablaban en italiano, es todo lo que puedo decirle /.../ Prefiero que no mencione mi nombre, usted puede decírselo directamente, como pariente /.../ De nada, no faltaba más.

Más tarde, después de una interminable caminata por el Strand basada en el cálculo hipotético del número de gnomos que le faltaba pintar a Nicole, se concedió el lujo de admitir con una satisfacción de electricista que el inesperado parentesco de Harold Haroldson y Mr. Whitlow había cerrado eficazmente uno de los contactos del circuito. Las primeras soldaduras habían estado aparentemente desprovistas de toda relación entre sí, como ir uniendo piezas de un meccano sin proponerse ninguna construcción en particular, y de golpe, pero eso no era tan nuevo entre nosotros cuando se lo pensaba un poco, la piedra de hule llevaba a Mr. Whitlow y éste a Harold Haroldson que a su vez conectaba con el retrato del doctor Lysons y los neuróticos anónimos. A mi paredro una cosa así le hubiera parecido natural, y probablemente también a Juan que tendía a verlo todo como en una galería de espejos, y que por lo demás ya debía haberse dado cuenta de que Nicole y yo habíamos entrado a formar parte, desde una tarde en una carretera italiana, de ese calidoscopio que él se pasaba la vida queriendo fijar y describir En Viena (si estaba en Viena, pero debía estar porque Nicole había recibido una postal de Tell tres días antes, andaba por Viena y se estaba metiendo como siempre en historias absurdas, aunque poco derecho tenía yo a decir eso de Juan a menos de media hora de mi conversación con Mr. Whitlow y la noticia sobre la especialista en botánica que se pasaba las tardes estudiando el tallo del *hermodactylus tuberosis*), en Viena podría ocurrir que Juan tuviera tiempo sobrado para pensar en nosotros, en Nicole perdida en algo que ni siquiera era un abandono porque nadie la había abandonado, y en mí tomándome ahora esta cerveza tibia y preguntándome qué iba a hacer, qué me quedaba por hacer.

Con un dedo libre, pues los otros se dividían entre el vaso y el cigarrillo, Marrast dibujó una especie de topo con espuma de cerveza y lo vio disiparse poco a poco en el mantel de plástico amarillo. «Sería tan simple si él la quisiera», pensó, retocando la barriga del topo. También Juan

podia estar pensando alguna cosa así, la rosa del
calidoscopio se hubiera fijado graciosamente, con
su aburrida simetría inevitable, pero nadie podía
ser y quitar a la vez una astillita azul o una cuenta púrpura, si agitaba el tubo y la figura se ar-
maba por su cuenta ya no se podía ser a la vez
la mano y la figura. Quizá, pensó Marrast empezando otro dibujo, todavía se pudiera confiar en
algún juego de fuera, algo al margen de sentimientos y voluntades y en todo caso nadie le quitaba ahora la sardónica diversión de pensar en
la cara de Harold Haroldson cuando recibiera la
segura y casi fatal llamada telefónica de Mr. Whitlow. «Entrenémonos», pensó Marrast mirando el
reloj que marcaba el último gnomo de Nicole en
el Gresham Hotel, «no hagamos como ella, inmóvil en su silla, dejándose usar por lo que le ocurre, astillita azul en la rosa de Juan. Muy pronto,
por desgracia, uno de los tres hará lo convencional, dirá lo que hay que decir, cometerá la tontería estatuida, se irá o volverá o se equivocará
o llorará o se matará o se sacrificará o se aguan-
tará o se enamorará de otro o le darán una beca
Guggenheim, cualquiera de los pliegues de la gran
rutina, y dejaremos de ser lo que fuimos, nos
volveremos la masa bien pensante y bien actuan-
te. Mejor entrenarse, hermano, en juegos más
dignos del ocio del artista, no hay más que imaginar la cara de Harold Haroldson en este mismo
momento, se reforzarán las guardias, usted no
se me mueve de la sala dos, pondremos células
fotoeléctricas, hay que pedir créditos, hablaré con
Scotland Yard, me subirá la presión, iré a ver al
doctor Smith, desde ahora poco azúcar en el café,
preferiría que no vayamos al continente, querida,
es un momento crítico en el instituto, mis obligaciones, comprendes». Encogiéndose de hombros
echó por la borda la infinita serie de consecuencias posibles (ya había llegado al momento en
que la esposa de Harold Haroldson devolvía el

juego de valijas especialmente compradas para el viaje a Cannes, mi esposo se ve precisado a renunciar a sus vacaciones, oh sí es tan lamentable pero las circunstancias) y caminó hacia el hotel con la idea de buscar a Calac y a Polanco para que almorzaran con él y Nicole, la estopa necesaria, el relleno de los diálogos, el alivio de no tener que encontrar los ojos de Nicole, de que Nicole mirara a los amigos y se riera de las noticias y las aventuras de Harold Haroldson y de la piedra de hule, otra vez en la zona con los dos tártaros argentinos, en la zona donde todavía era posible entenderse con dignidad, sin el clima de la habitación del Gresham Hotel, el silencio al entrar o las frases amablemente explicativas, los gnomos terminados y secos, el beso que él posaría en el pelo de Nicole, la sonrisa bondadosa de Nicole.

No me acuerdo demasiado bien de cómo llegué hasta el canal Saint-Martin. En taxi, quizá, en algún momento sé que tomé un taxi y pedí que me llevara a la Bastille; desde ahí pude caminar hasta la République en todo caso recuerdo que anduve un rato bajo la llovizna, que el libro de Butor se fue mojando hasta que lo abandoné en un portal, y que al final dejó de llover y yo fui a sentarme en uno de los bancos escondidos detrás de las rejas y los setos de las compuertas del canal.

A esa hora sentía con una amarga claridad el error de la nochebuena, el haber estado como esperando dentro del tiempo algo que en el restaurante Polidor me había caído encima para desmigajarse en el mismo acto, como agraviado por mi indignidad, mi incapacidad de abrirme a la razón de esos signos. Me había agazapado en vez de ceder a la distracción, que hubiera sido como salir de alguna manera del territorio estúpido de la esperanza, de eso donde ya no había nada que esperar. Pero ahora, tal vez porque estaba tan cansado y húmedo y Sylvaner y nochebuena, dejé de seguir esperando para sentir por un momento que la razón de esos signos no sería tampoco una razón una clave cualquiera; más bien una conducta ciegamente impuesta, un valor que de pronto mostraría o iluminaría alguna cosa, quizá una caída. Sentí sobre todo que sería una caída, pero tampoco hubiera alcanzado a comprender ese sentimiento de que algo acababa fofamente, como yéndose. «Hélène», dijo una vez más Juan, mirando el agua espesa donde se retorcía lentamente un farol de alumbrado. «¿Tendré que aceptarlo aquí, tendré que consentir para siempre en lo que nos ocurrió en la ciudad? La que duerme sola en su casa de la rue de la Clef, ¿es la mujer que subió al tranvía, la que perseguí hasta el fondo de la noche? ¿Serás eso que rueda hasta lo más hondo de esto que soy yo mientras te pienso? Hélène, ¿seré de verdad ese muchacho muerto que lloraste sin lágrimas, que me tiraste a la cara junto con los pedazos de la muñeca?»

Se trataba de ir al Courtauld Institute para que Nicole trabara por fin relación con el retrato del doctor Lysons pero como todavía no eran las tres se quedaron un rato más en el hotel y Marrast contó que esa mañana había llegado tarde a la lección de francés por culpa de Calac y de Polanco, sin contar que su alumno el laudista no había estudiado los verbos en *er* aunque en cambio habían hablado muchísimo de la poesía de Laurie Lee mientras almorzaban en Soho. Por su parte Nicole estaba en condiciones de anunciar que había pintado el último gnomo de la serie (59 en total) y que el editor había telefoneado al mediodía desde París para proponerle la ilustración de un diccionario enciclopédico para niños, dándole un plazo de un año, un adelanto bastante bueno y mucha libertad de pincel. Marrast la besó en la punta de la nariz para felicitarla, especialmente por la terminación del 59º gnomo, y a Nicole le interesó saber si había almorzado bien con Austin el laudista o solamente otra vez y como siempre steak and kidney pie, una especie de fijación de Marrast especie de bobo. Todo tenía un sabido aire de ceremonia preestablecida, de bien ordenada sustitución. Cuando él la besó otra vez, buscándole los labios, Nicole le devolvió levemente el beso y se echó atrás en el viejo sillón pegado a la ventana. Marrast se apartó sin decir nada, se puso a fumar yendo y viniendo por la habitación angosta y larga. No quedaba más que seguir hablando de las novedades del día, preguntarse qué estarían haciendo Hélène o mi paredro, dónde andarían Juan y Tell, todo eso hasta las tres menos veinte para no llegar demasiado temprano al museo. Interrumpir el paseo a lo largo de la habitación, desplazarse una que otra vez a lo ancho aunque poco espacio había para moverse en ese sentido, y contarle a Nicole de Mr. Whitlow y de Harold Haroldson, de cómo Harold Haroldson había resultado ser pariente de Mr. Whitlow y cómo la piedra de hule había venido a mezclarse por la vía de Mr. Whitlow con la activa concurrencia de los neuróticos anónimos a la sala segunda del museo. Además (porque de algo había que seguir hablando hasta las tres menos veinte) Marrast pensaba que ya era tiempo de pensar en trabajar en la estatua, y tenía una noción bastante precisa de cómo iba a ser la efigie imaginaria de Vercingétorix, es decir que como primera medida el orden pedestal-estatua se daría invertido, un poco como en la estructura del palacio de los dogos en Venecia, Nicole debía acordarse muy bien puesto que habían visitado Venecia al final de la primavera y ella parecía tan contenta hasta esa tarde en la carretera de Vene-

54

cia a Mantua, cerca de unas casas rojas, cuando bruscamente se entristeció como si la postal que les habían mandado Juan y Tell desde alguna de sus ciudades de trabajo, Praga o Ginebra, una postal con osos y blasones y una frase amistosa como siempre, contuviera un secreto mensaje que por supuesto no contenía pero que Nicole había puesto en ella como ocurre con tantos mensajes, y las casas rojas al costado de la carretera habían quedado en la memoria de Marrast como una referencia a esa hora en que todo había llegado a una especie de saturación, no porque antes no se pudiera sospechar la tristeza o el desconcierto en Nicole, pero hasta entonces su desasimiento no les había impedido hablar y mirar juntos tantas cosas en tantas ciudades por las noches y cruzar puentes a la carrera y beber café en los parques. De manera que para volver a Vercingétorix, la estatua invertiría radicalmente los elementos tradicionales, y esa innegable novedad plástica y visual expresaría según estaba convencido Marrast una concepción dinámica del héroe galo, que parecería así surgir como un tronco de la tierra, en pleno centro de la plaza de Arcueil, sosteniendo con ambos brazos, en vez de la espada y el escudo infinitamente estúpidos y favorecedores de palomas, la parte más voluminosa de la piedra de hule, trastrocándose así de paso en términos escultóricos la tradicional desproporción entre la parte sumergida y la visible de un iceberg, que a Marrast le había parecido siempre un símbolo de la peor insidia natural, de manera que aunque un iceberg y el héroe de Alésia tuvieran muy poco en común, el inconsciente colectivo no dejaría de recibir el choque por vías sublimales a la vez que en el plano estético se tendría la grata sorpresa de asistir a una estatua que alzaría contra el cielo lo más pesado y aburrido de sí misma la materia cotidiana de la existencia, proyectando el basamento fecal y lacrimoso hacia el azur en una trasmutación genuinamente heroica. Desde luego todo eso sería absolutamente abstracto, pero la municipalidad no dejaría de señalar a los habitantes de Arcueil, mediante una placa adecuada, la identidad del personaje conmemorado.

—Calac y Polanco estuvieron discutiendo como de costumbre —le digo a Nicole—, pero esta vez la gran novedad fue que lo hicieron en inglés y sobre las golondrinas en pleno subte, supongo que para practicar.

—¿Se entendía algo? —pregunta Nicole.

—Bueno, ya lo hablan lo bastante como para que varios pasajeros los escucharan estupefactos. Había una señora vestida de rosa, of course, que miraba para todos lados como si fuera a avistar una bandada de golondrinas en plena estación de Leicester Square que debe estar a unos treinta metros bajo tierra

—¿Pero qué podían discutir sobre las golondrinas? —dice Nicole limpiando un pincelito.

—Sus costumbres, si meten la cabeza bajo el ala, si son tontas, si son mamíferos, cosas por el estilo.

—Son tan simpáticos cuando discuten —dice Nicole—. En español, sobre todo, se ve que lo hacen para divertirse. ¿También hablarán de golondrinas? Habría que preguntarle a mi paredro, a lo mejor en la Argentina hay muchísimas golondrinas y eso es un gran tema de discusión.

—A mi paredro o a Juan —le digo—. Ese país austral está tan bien representado entre nosotros

Nicole no hace ningún comentario, baja la vista y vuelve a limpiar el pincelito; cada vez es peor, cada vez nos acercamos más a ese punto en que hay que danzar prudentemente en torno a un nombre, cuidando de no decirlo, de proceder por alusiones o conjuntos, jamás de frente. Y luego que cuando ella ha dicho: «mi paredro», ¿de quién podía hablar? ¿Por qué tenía yo que decir ese otro nombre? Pero si no lo decimos más, ¿qué va a pasar con ese pozo, con ese embudo negro? Hasta ahora nos ha salvado la cortesía y el afecto. ¿Nada más que golondrinas, ahora, a partir de ahora?

Desde luego las discusiones no versan en absoluto sobre golondrinas, como puede comprobarlo cualquiera que entienda el idioma de los dos tártaros.

—De todos los que conozco, usted es el más cronco —dice Calac.

—Y usted el más petiforro —dice Polanco—. Me llama cronco a mí, pero se ve que nunca se ha huesnado la cara en un espejo.

—Lo que usted busca es pelearme, don —dice Calac.

Los dos se huesnan con una mulga tremenda. Entonces Polanco saca una tiza y dibuja un zote en el piso.

—Usted es el más cronco —dice Calac.

—Y usted el más petiforro —dice Polanco.

Calac tora el zote con la suela del zapato. Parece como si estuvieran a punto de amafarse.

—Usted es el más cronco —dice Calac.

—Y usted el más petiforro —dice Polanco.

—Lo que usted busca es pelearme —dice Calac.

—Usted me toró el zote —dice Polanco.

—Yo se lo toré porque usted me motó de petiforro.

—Y lo moto de nuevo, si vamos a eso.

—Porque usted es un cronco —dice Calac.

—Un cronco es mucho más que un petiforro —dice Polanco.

Polanco saca un trefulgo del bolsillo y le pega a Calac que no se remune.

—Ahora usted me va a rebuyar lo de que soy un cronco —dice Polanco.

—Yo a usted le rebuyo cualquier cosa y le toro cualquier zote —dice Calac.

—Entonces yo le amafo este trefulgo en el mondongo.

—Lo mismo usted será un cronco.

—Y usted un pobre petiforro.

—Y a un cronco como usted se le toran todos los zotes aunque saque un trefulgo de seis estrellas.

—Yo a usted este trefulgo se lo amafo —dice Polanco que lo huesna pegadísimo—. A mí nadie me tora el zote ni me anda motando de cronco.

—La culpa de lo que pase la tendrá usted que me motó primero —dice Calac.

—Primero me motó usted —dice Polanco—. Yo entonces lo contramoté como correspondía y usted me toró el zote y me rebuyó lo de que soy un cronco.

—Yo se lo rebuyí porque usted me huesnó primero.

—¿Y usted por qué me toró el zote?

—Yo se lo toré porque usted me estaba huesnando feo, y a mí no me huesna ningún petiforro aunque me saque un trefulgo.

—Ya está bien, ya está bien —dice Juan—. Parece una sesión de la conferencia del desarme en Ginebra, te lo digo de primera fuente.

—El trefulgo ese, ¿nunca se lo amafaste? —pregunta mi paredro, que siempre se hace el que está al tanto.

—Avisá —dice Polanco—. Ponele que después se me herrumbre, con lo que me cuesta tenerlo en forma. Las armas es cosa delicada, che.

—Mi pecho sería la vaina de plata que no merece esa porquería —dice Calac—. Andá, ponétela de vuelta en el bolsillo que lo que más le gustan son las pelusas.

Mi profesión me condenaba a los hoteles, lo que no era demasiado agradable cuando pensaba en mi departamento en París ordenado por quince años de preferencias, manías de soltero, tendencias de la mano izquierda o de los cinco sentidos, discos y libros y botellas en su justo lugar obediente, silenciosa atención de madame Germaine con un plumero los miércoles y sábados, la vida sin problemas pecuniarios, el Luxemburgo al pie de las ventanas; pero para defender todo eso la sardónica paradoja de tomar un avión cada tres semanas rumbo a conferencias donde el algodón, la coexistencia pacífica, la asistencia técnica y el UNICEF solventaban sus problemas en diversas lenguas que ingresaban electrónicamente en las cabinas de interpretación para trasmutarse, nueva alquimia del verbo, en sesenta dólares diarios. ¿Por qué quejarme? Los hoteles me gustaban y me repelían a su manera, territorios neutros desde donde, entre otras cosas, siempre parecía más fácil acceder a la ciudad, sentir en cualquier momento su permeable antagonismo. Acabé por descubrir que en cualquiera de los hoteles donde me tocara vivir, me ocurría entrar con más frecuencia en el hotel de la ciudad para volver a andar interminablemente por sus habitaciones de empapelados claros, buscando a alguien que en el momento no hubiera podido nombrar; llegué a sentir que los hoteles donde me alojaba en esos años eran de alguna manera intercesores, y en todo caso me bastaba empezar a vivir en un nuevo hotel, como ahora en el Capricorno de Viena, para que un sentimiento de rechazo físico a las novedades en las canillas, los conmutadores, las perchas y las almohadas me arrancara a las rutinas parisienses y me pusiera por así decirlo en las puertas de la ciudad, una vez más al borde de eso que empezaba en las calles cubiertas, se abría en la plaza de los tranvías y terminaba, como lo había visto mi paredro, en las torres cristalinas y el canal del norte por donde se deslizaban los pontones.

Todo se había ido complicando en esos días otoñales de Viena en parte por la historia de Frau Marta y de la chica inglesa, pero sobre todo, por la muñeca de monsieur Ochs y esa aptitud de Tell para precipitar menudas tempestades de chaleco que hasta entonces habían divertido tanto a los tártaros cuando se hablaba de ellas en la zona, al regreso de los viajes y las aventuras. La primera señal la dio esa danesa loca, que poco iba por cuenta propia a la ciudad, cuando asombró a Juan con una crónica de calles de altas aceras por donde había andado, una topografía familiar e inconfundible que hubiera hecho palidecer a Nicole o a mi paredro si la hubiesen escuchado bruscamente encaramada a los labios burlones de Tell, en cualquiera de las noches del *Cluny*. Tell estaba segura de haber visto de lejos a Nicole y quizá a Marrast que vagaban por el barrio de los mercados, y era como si Nicole anduviera buscando (y no los encontraba, y era tristísimo) esos collares de grandes piedras azules que se vendían en las calles de Teherán. Mientras se lo contaba en la cama mirándose los dedos de los pies con una sostenida atención, mezclándolo con el contenido de una postal de Polanco desde Londres donde se anunciaban actividades totalmente incomprensibles de Marrast en torno a una piedra y un cuadro, Juan recordó —pero recordar era volver de allí instantáneamente cuando se trataba de la ciudad— que también él había estado en algún momento en el barrio de los mercados y que al cruzar la plaza de los tranvías había creído reconocer a lo lejos la silueta de Hélène. Se lo dijo a Tell puesto que siempre le había dicho todo lo que se refería a Hélène, y Tell lo besó jugando y lo consoló burlonamente hablándole de

Frau Marta y de la conversación que había escuchado por casualidad a la hora del desayuno. Así se fue mezclando todo desde un principio, la muñeca y la casa del basilisco, Frau Marta y la plaza de los tranvías en la ciudad, y Tell que hasta entonces había sido un poco el testigo amable de los juegos entró de golpe como por derecho propio en la calle de las altas aceras y también por haber escuchado con su tranquilo cinismo la conversación entre Frau Marta y la chica inglesa en el comedor del Capricorno.

En algún momento de esos días, distraído en pleno trabajo, pensé en esa alegre intromisión de Tell y me dolió comprobar que me desasosegaba, que su intervención más activa en las cosas de la ciudad y su descubrimiento casual sobre Frau Marta podían alterar ese sentimiento de evasión y de reposo que ella había sabido darme en esos años desde que nos conocíamos y nos acostábamos juntos. Sin énfasis, con una libertad de gata que siempre le había agradecido, Tell sabía sumarse bellamente a cualquier viaje de trabajo y a cualquier hotel para darme ese aplazamiento de París con todo lo que París era entonces para mí (con todo lo que París no era entonces para mí), ese interregno neutral en el que se podía vivir y beber y hacer el amor como si se gozara de una dispensa, sin faltar a una fe jurada, yo que no había jurado ninguna fe. Dos o tres semanas en una tierra de nadie, trabajando para el viento y jugando a quererse, ¿no eran exactamente el hueco donde tan bien cabía la fina cintura de Tell? Amiga de bares y aduanas, de escalas técnicas en la madrugada y camas donde no se fijarían los recuerdos con el triste olor del tiempo, Tell había sido Roma, Lugano, Viña del Mar, Teherán, Londres, Tokio, y por qué no ahora Viena con sus cafés amables, sus dieciséis Brueghel, sus cuartetos de cuerda y su viento de esquinas. Todo hubiera debido ser una vez más como siempre, las postales con noticias de Nicole a quien Tell protegía, y de los tártaros que la hacían revolcarse de risa en la cama; pero ahora también ella había estado en la ciudad, había visto por primera vez la calle de las altas aceras, y casi al mismo tiempo había conocido en Viena a Frau Marta y a la chica inglesa. No podía darse cuenta de que de alguna manera se había pasado de mi lado, estaba por dentro de eso que hasta ahora me había ayudado a soportar con su cariño desenvuelto y libre; ahora era como un cómplice y yo empezaba a sentir que ya no podría hablarle de Hélène como hasta entonces, confiarle amistosamente mi tristeza de Hélène. Se lo dije mientras me afeitaba junto a la ventana y ella me miraba desde la cama, desnuda y hermosa como solamente Tell a las nueve de la mañana.

—Ya lo sé, Juan, no tiene ninguna importancia. Me parece que te has cortado la mejilla. La ciudad es de todos ¿no? Alguna vez me podía tocar a mí conocerla por algo más que tus relatos, las noticias de mi paredro, algún vago paseo. No veo por qué ha de cambiarnos. Siempre le podrás hablar de Hélène a tu nórdica vehemente, you know.

—Sí, pero tú eres otra cosa, una especie de refugio o de cajita con vendas para primeros auxilios, si me permites el símil («Me encanta», dijo Tell), y de pronto estás tan cerca, has andado en la ciudad al mismo tiempo que yo, y aunque parezca absurdo eso te distancia, te vuelve parte activa, estás del lado de la lastimadura, no del vendaje.

—Lo siento mucho —dijo Tell—, pero la ciudad es así, uno entra y sale de ella sin pedir permiso y sin que se lo pidan. Siempre fue así, me parece. Y la cajita con vendas la estás necesitando de veras, te vas a manchar el piyama.

—Sí, querida. Pero ya ves, yo buscaba a Hélène y tú viste a Nicole.

—Ah —dijo Tell—. Y tú piensas que yo he visto a Nicole porque me gustaría que la buscaras a ella y no a Hélène

—Por Dios, no —dijo Juan secándose la cara y maniobrando con algodones y alcohol—. Pero ya ves que tú misma sientes la diferencia, le das a nuestra coincidencia en la ciudad una especie de valor moral, estableces posibles preferencias. Tú y yo estábamos en otro plano, éste.

Su mano tendida abarcaba la cama, el cuarto, la ventana, el día, Nueva Delhi, Buenos Aires, Ginebra.

Tell se levantó, se acercó a Juan. El le rozó los senos con la mano todavía tendida, dibujó su flanco con una larga caricia que fue a perderse en la orilla y regresó lentamente por el interior del muslo. Tell se apretó contra él y lo besó en el pelo.

—También podría suceder que la encuentre alguna vez en la ciudad —dijo—. Ya sabes que si puedo te la traeré gran bobo.

—Oh —dijo Juan despegándose el algodón—, ya verás que es imposible. Pero me gustaría saber cómo llegaste allá, cómo te diste cuenta de que estabas en la ciudad. Las otras veces contabas cosas inciertas, que podían ser meros sueños o una imitación inconsciente de las noticias de mi paredro. Pero ahora no, evidentemente. Cuéntame, Tell.

Lo qué nos salva a todos es una vida tácita que poco tiene que ver con lo cotidiano o lo astronómico, una influencia espesa que lucha contra la fácil dispersión en cualquier conformismo o cualquier rebeldía más o menos gregarios, una catarata de tortugas que no termina nunca de hacer pie porque desciende con un movimiento retardado que apenas guarda relación con nuestras identidades de foto tres cuartos sobre fondo blanco e impresión dígito-pulgar derecho, la vida como algo ajeno pero que lo mismo hay que cuidar, el niño que le dejan a uno mientras la madre va a hacer una diligencia, la maceta con la begonia que regaremos dos veces por semana y por favor no me le eche más de un jarrito de agua, porque la pobre se me desmejora. Hay veces en que Marrast o Calac me miran como preguntándome qué hago ahí en vez de dejar libre el agujero que ocupo en el aire; a veces los miro yo, a veces es Tell o Juan y casi nunca Hélène pero una que otra vez también Hélène, y en esos casos los mirados devolvemos individual o colectivamente la mirada como queriendo saber hasta cuándo van a seguir mirándonos así, y entonces fatalmente agradecemos que Feuille Morte, nunca mirada y menos mirante, nos indique ingenuamente la salida al recreo y a los juegos.

—Bisbis bisbis —dice Feuille Morte, contentísima de poder hablar.

Para gentes como la señora de Cinamomo es imposible comprender las sesiones de infantilismo que suelen desencadenar esas miradas. Casi siempre es mi paredro el que arranca a partir de Feuille Morte. «Guti guti guti», dice mi paredro. «Ostás ostás fetete», dice Tell. El más excitado es siempre Polanco. «Poschos toquetoque sapa», dice Polanco. Como esto suele suceder en una mesa del *Cluny*, no faltan parroquianos que se sobresaltan perceptiblemente. A Marrast le fastidia que la gente sea tan poco plástica, y levanta en seguida la voz. «Tete tete fafa remolino», dice Marrast con un dedo admonitorio. «Bisbis bisbis», dice Feuille Morte. «Guti guti», dice mi paredro. «Ptac», dice

Calac. «Poschos toconto», dice Polanco. «Ptac», insiste Calac. «Pete sofo», dice Nicole. «Guti guti», dice mi paredro. «Honk honk honk», dice entusiasmado Marrast. «Bisbis bisbis». dice Feuille Morte. «Honk honk», insiste Marrast que tiende siempre a taparnos la voz. «Guti guti», dice mi paredro. «Ostás fetete», dice Tell. «Ptac», dice Calac. «Honk honk», dice Marrast. «Pete sofo», dice Nicole.

A esta altura de las cosas es frecuente que mi paredro saque del bolsillo la jaula del caracol Osvaldo, incorporación mundana que es recibida con grandes muestras. Basta levantar la trampa de mimbre para que Osvaldo aparezca en toda su húmeda inocencia y empiece a pasearse por las medialunas o los terrones de azúcar que cunden en la mesa. «Guti guti», le dice mi paredro acariciándole los cuernos, cosa que a Osvaldo no le agrada en absoluto. «¡Bisbis bisbis!», clama Feuille Morte para quien Osvaldo es como un hijo. «Ompi ompi ompi», dice Tell que hace siempre lo posible para que Osvaldo se encamine hacia su lado. «¡Bisbis bisbis!», grita Feuille Morte que no acepta esos favoritismos.

Como los movimientos del caracol Osvaldo distan de asemejarse a los de un leopardo, mi paredro y los demás pierden rápidamente el interés y se dedican a cosas más serias mientras Tell y Feuille Morte prosiguen en voz baja su empresa de hipnosis y colonización. «Vosches muni», dice Polanco. «Muni feta», dice Calac, siempre atento a replicarle. «Petiforro», murmura Polanco. «De todos los que conozco uted es el más cronco», dice Calac.

Mi paredro se apresura entonces a guardar al caracol Osvaldo porque toda tensión en el grupo lo entristece, y además Curro ha venido ya dos veces a anunciar que si no hacemos desaparecer esa babosa va a llamar a la policía, detalle que no deja de tener su sentido

—Vos, Curro —dice mi paredro—, hubieras hecho mucho mejor en quedarte en Astorga, aquí en París desentonás demasiado, pibe. Sos realmente el gallego insano de que habla fray Luis de León, aunque algunos digan que se refería a un viento.

—Ustedes guardan la babosa o yo llamo a un flic —dice Curro, guiñándonos un ojo a la vez que levanta la voz para dar satisfacción a la señora de Cinamomo que prolifera en la cuarta mesa a la izquierda del lado del boulevard Saint-Germain.

—Está bien —dice Juan—, puede retirarse.

—Bisbis bisbis —dice Feuille Morte.

Todo esto, como es natural, le parece sumamente estúpido a la señora de Cinamomo ya que, hay que ser francos, parecería que una señora ya no puede venir a pasar un rato de sano esparcimiento en un café. Te lo dije, Lila, vas a ver que terminarán en la cárcel, parecen locos y se pasan todo el tiempo sacando cosas raras de los bolsillos y diciendo estupideces.

—No se aflija, tía —me dice Lila.

—Cómo no me voy a afligir —le contesto—. Me da una deprimencia, te juro.

—Usted quiere decir una depresión —pretende corregirme Lila.

—Nada de eso, m'hijita. La depresión es como algo que te va haciendo bajar y bajar, y al final quedás más aplastada que una raya, acordate de ese animal del acuario. En cambio la deprimencia te va subiendo todo alrededor, vos te debatís pero es inútil, y al final lo mismo quedás por el suelo como una hoja.

—Ah —dice Lila que es tan respetuosa.

—Anduve por una calle de aceras muy altas —dijo Tell—. Es difícil de explicar, la calzada estaba como en el fondo de una trinchera, parecía un arroyo seco, y la gente caminaba por las dos aceras a varios metros más arriba. En realidad no había gente, un perro y una vieja, y a propósito de vieja tengo que contarte después algo muy curioso, y al final se salía al campo, creo, se acababan los edificios, era el límite de la ciudad.

—Oh, el límite —dice Juan—. Nadie lo conoce, sabes.

—En todo caso la calle me resultaba familiar, porque ya otros han andado por ella. ¿Tú no me contaste de esa calle? Habrá sido Calac, entonces, a él le pasó algo en esa calle de las aceras altas. Es una región que te encoge el alma, que te da una tristeza sin razones, nada más que por estar ahí y andar por esas aceras que en realidad no son aceras sino caminos de tierra con matas de pasto y huellas de pisadas. En fin, si prefieres que me vuelva a París, ya sabes que hay dos trenes diarios y además los aviones, los Caravelle tan bonitos.

—No seas tonta —dijo Juan—. Si te he dicho lo que sentía es precisamente para que te quedes. Lo sabes bien, todo lo que nos desune es en el fondo lo que nos deja vivir tan bien juntos. Si empezáramos a callarnos lo que sentimos, los dos perderíamos la libertad.

—La sencillez no es tu fuerte —se burló Tell.

—Me temo que no, pero tú me entiendes. Desde luego, si prefieres irte...

—Estoy muy bien aquí. Me pareció solamente que todo podía cambiar, que si empezábamos a hacer reflexiones como las tuyas de hace un rato...

—No tenían nada que ver contigo, me inquietó que los dos hubiéramos estado en la ciudad, pensé que alguna vez podríamos encontrarnos allí, comprendes, en alguna de esas habitaciones o en la calle de las aceras altas, enredarnos en una de esas marchas, de esos infinitos desencuentros. Tú estás aquí eres tan diurna. Me inquieta pensar que desde ahora, como Nicole o Hélène...

—Oh, no —dijo Tell, dejándose caer de espaldas en la cama y flexionando las piernas en una bicicleta invisible— No, Juan, allá no nos encontraremos, querido. es impensable, es una pompa de jabón cuadrada.

—Cúbica, burra —dijo Juan, sentándose al borde de la cama y estudiando la gimnasia de Tell con mirada crítica—. Eres maravillosa, danesita loca. Impúdica, con todos tus misterios al aire, atlética, septentrional hasta un bergmanismo insoportable, tan sin sombra, tan de bronce macizo. A veces me pregunto, sabes, cuando me miro al espejo, cuando te cuento de Hélène, manchándolo todo como siempre, me pregunto por qué tú...

—Sh, no tires el anzuelo por ese lado, siempre te dije que también yo entiendo mi libertad a mi manera. ¿Realmente crees que te pediría tu opinión si me diese la gana de volverme a París o a Copenhague donde madre desesperada mantiene última esperanza regreso hija chiflada?

—No, espero que no me la pedirías —dijo Juan—. Ya ves, entonces, si hago bien en decirte lo que me pasa.

—En realidad yo debería ofenderme —reflexionó Tell cesando en el ciclismo para arrollarse como un caracol y poner un pie en el estómago de Juan—. Si tuviera un dedo de frente en alguna parte. Debo tenerlo. me parece, pero nunca lo he encontrado. No estés triste, tu danesa loca seguirá queriéndote a su manera. Ya verás que no nos encontraremos nunca en la ciudad.

—Ya no estoy tan seguro —murmuró Juan—. Pero tienes razón, no cometamos la vieja inepcia de potenciar el futuro, ya bastante futuro estropeado para siempre llevo acumulado en la ciudad y fuera de la ciudad y en cada poro. Sabes, me das una especie de felicidad funcional, de razonable humanidad cotidiana y es mucho, y te lo debo solamente a ti que eres como un caballito fragante. Pero hay momentos en que me siento un cínico, en que los tabúes de la raza me muestran las pinzas; entonces pienso que hago mal, que te cosifico, si me permites el término, que abuso de tu alegría, te pongo ahí y te aparto, te tapo y te destapo, te llevo conmigo para después dejarte caer cuando es la hora de estar triste o estar solo. Y tú en cambio jamás has hecho de mí un objeto, a menos que en el fondo me tengas lástima y me guardes como una buena acción cotidiana, tu mérito de girl-scout o algo así.

—Ah, el orgullo del macho —dijo Tell, metiendo un pie en plena cara de Juan—. ¡Dejarme solo!, gritó el torero. ¿Te acuerdas aquella vez, en Arles? Lo dejaron solo y, Dios mío, cuando pienso en lo que pasó... Pero no te tengo lástima, hijo mío, una cosa no puede tener lástima de un hombre.

—No eres una cosa. No quise decir eso, Tell.

—No quisiste decirlo pero vaya si lo dijiste.

—En todo caso lo dije como un reproche, acusándome.

—Oh pobrecito, pobrecito —se burló Tell pasándole el pie por la cara—. Ah, atención, así no, ya sé lo que va a ocurrir si seguimos hablando de esto, esa manita la sacas de ahí, creo recordar que tenías una sesión a las diez y media.

—Demonios, sí, y son las nueve y cuarenta.

—¡La vieja! —gritó Tell, enderezándose en todo
su esplendor de walkiria dorada—. Te cuento
mientras acabas de vestirte, es muy emocionante.
De emocionante no tenía gran cosa, por lo menos al principio, la parte en que Juan se había
quedado en la cama hasta muy tarde y Tell, digna aunque dolorida, había bajado sola a tomar el
desayuno en la sala naranja del hotel Capricorno, ocasión en la cual había escuchado sin proponérselo el diálogo entre la vieja y la chica inglesa, al principio la vieja estaba en una mesa
del fondo y desde ahí había empezado a hablar
en un inglés básico con la chica turista, hasta
que le preguntó si podía hacerle compañía y la
chica dijo oh sí señora, y desde mi mesa y casi
refugiada detrás de un inmenso vaso de jugo de
pomelo·vi cómo la vieja se instalaba en la mesa
de la chica con no poco trabajo porque la operación de sentarse participaba en ella del acto de
trepar primero y deslizarse después, oh gracias
señora, una conversación previsible sobre proce-
dencias, itinerarios, impresiones, aduanas y cli-
mas, oh sí señora, oh no señora. Juan no llegaría
a saber jamás, y Tell mucho menos, por qué había sido tan necesario prestar cada vez mayor
atención al diálogo y que del diálogo surgiese
el convencimiento de que había que seguir escuchando y que para eso era forzoso mudarse inmediatamente del hotel, cosa que hicieron esa
misma tarde para instalarse en el Hotel del Rey
de Hungría viejo y destartalado pero tan cerca de
la Blutgasse en el ceniciento dédalo barroco de la
antigua Viena. Vivir cerca de la Blutgasse era lo
único que podía consolar a Juan de haber abandonado la comodidad y la higiene y el bar del
Capricorno, pero no había otra manera de seguir
escuchando a Frau Marta a la hora del desayuno
cuando la chica inglesa, tan oh sí gracias señora
de que le hubiera recomendado ese hotel mucho

más barato y más típico, se sentaba a la mesa de Frau Marta y le contaba sus excursiones de la víspera con mucho Schönbrunn y mucha casa de Schubert pero que de alguna manera sonaban siempre como si fuesen la misma excursión y todas las excursiones, la guía Nagel con su tapita colorada y en versión inglesa oh sí señora.

Nicole había terminado de lavar los pinceles y cerraba con cuidado la caja de colores; un gnomo resplandeciente se secaba al borde de la mesa, protegido por una barrera de revistas y libros.

—Huele a encerrado —había dicho Marrast que seguía paseándose por la habitación—. ¿Por qué no salimos en vez de seguir nombrando a la gente? Parecemos fantasmas que hablan de otros fantasmas; es malsano.

—Sí, Mar —dijo Nicole. No iba a reprocharle que él había empezado a dejar caer los nombres, primero Juan y después Hélène, entre golondrinas y anécdotas de Austin y crónicas de un interminable viaje en subte con Calac y Polanco. No lo había hecho deliberadamente, pero de Marrast venía la primera mención tangencial y liviana de Juan y después, como el resto de ceniza que se deja caer del cigarrillo, Hélène al final de un párrafo, el dibujo cerrándose perfecto. Todo eso podía pensarse sin rencor ni reproche, no hubiera sido justo reprocharle a Marrast, al bueno y paciente y dolorido Marrast que fumaba yendo y viniendo como un gran oso por la habitación; era casi lógico que en algún momento, cuando se agotaba la estopa de las palabras de relleno, Marrast acabara por ceder a lo único que todavía podía acercarlos desde otro tiempo tan cercano pero ya tan diferente, y que en mitad de una frase asomara el nombre de Juan puesto que no había razón aparente para que no asomara mezclado con el de los otros amigos, y que se acordara casi inmediatamente de que esa noche había soñado con Hélène y lo dijera y siguiera fumando, yendo y viniendo monótonamente por la pieza. Mirándolo apenas, porque ahora le costaba cada vez más encontrarse con sus ojos, Nicole pensó en el Marrast de antes, hombre de guerra, reitre de la escultura en actitud de continua provocación tan lejos del oso que se aquietaba y encogía cada vez que se acercaba para mirar los gnomos o para besar a Nicole que le devolvía mal el beso y le hablaba de las menudas ocurrencias del día como ahora en que uno había hablado de golondrinas y el otro de enciclopedias hasta que todo se había como paralizado con la mención de Juan y de Hélène, pero eso había que perdonárselo a Marrast y no costaba nada perdonárselo cuando se veían sus ojos tristes, no se trataba siquiera de perdonarlo porque la culpa no era de él, no era de nadie, la peor de las culpas instalada ahí como una intrusa que había acabado por hacerse aceptar.

Si él me besara otra vez le devolvería de verdad su beso para quitarle al menos por un rato tanta desesperanza; pero ya no lo intenta, sigue fumando y paseando por la habitación, vuelve a hablar del retrato del doctor Lysons y ni siquiera le importa la hora, llegaremos tarde al museo, nos quedaremos como tantas veces mirando la puerta cerrada de cualquier cosa, empezarán las sustituciones propuestas livianamente como si nada de eso tuviera importancia, bajar hasta Charing Cross o entrar en un cine o sentarse a mirar las palomas de Leicester Square hasta que llegue la hora de encontrarnos con Calac y Polanco o volver al hotel a seguir pintando gnomos y a leer novelas y periódicos, con el pequeño transistor entre los dos como un refuerzo para la estopa, una materia que permite ahorrar palabras y solamente deja libres las miradas, esas gatas flacas que se cruzan avergonzadas por el cielo raso, se rozan para separarse bruscamente, se evitan lo más posible hasta la hora de acostarse y apagar la luz.

Ahora él va a fumar otro cigarrillo, se sentará junto a la ventana del atardecer mirando el mediocre espectáculo de Bedford Avenue con las oficinas de enfrente, los autobuses que tanto nos entusiasmaban la primera vez que vinimos a Londres y que habíamos decidido tomar sistemáticamente hasta agotar toda la red de comunicaciones (llegamos hasta el 75 A, después se nos acabó el dinero y hubo que volver a París donde Mar tenía trabajo). No es difícil prever sus movimientos, la tristeza lo vuelve rutinario. Veo asomar el cigarrillo del paquete, los cuatro pasos que conducen al sillón de mimbre, la mirada que se pierde ociosa más allá de la ventana, aliviadamente más allá de mí y de lo que nos rodea. Ya se habrá olvidado del museo, de que son las cuatro de la tarde y que llegaremos tarde si es que llegamos. Hay como un agujero, una carencia. ¿Por qué no se arranca el cigarrillo de la boca y me lo aplasta en el pecho? ¿Por qué no viene hacia mí y me golpea, me desnuda a manotazos, me viola sobre el linóleo manchado, sin molestarse siquiera en tirarme como un trapo en la cama? Todo eso él debería hacerlo, es capaz de hacerlo, necesitaría hacerlo. Mar, cómo proyecto en ti esta pasiva rutina que me aplasta, cómo espero el castigo que yo misma soy incapaz de infligirme. Te pongo en las manos un diploma de verdugo, pero tan en secreto que no puedes saberlo mientras amablemente hablamos de golondrinas. No podría mirarme ahora en un espejo, vería un agujero negro, un embudo que se traga el presente con un gorgoteo repugnante. Y no seré capaz de matarme ni de irme, no seré capaz de liberarlo para que salga otra vez a la calle. Si estuvieras aquí, Tell, si vieras esto. Cuánta razón tenías la noche en que me dijiste que yo era una mujer de harén, que sólo servía para servir. Estabas furiosa porque no me iba contigo a visitar a no sé quién en el sur de Francia, me reprochaste que no fuera capaz de tomar iniciativas como tú, de decidir mis actos dejando un mensaje garabateado con lápiz o un aviso telefónico. Tenías razón, soy incapaz de decidirme a nada y estoy como matando a Mar que me conoció diferente, que luchó conmigo en una batalla de libertades amenazadas, que me tomó por la fuerza, su fuerza y la mía juntas en un conocimiento que las reconciliaba. Tendría que decírselo, tendría que deshacer este nudo viscoso, tendríamos que llegar al museo antes que cierre para ver el retrato.

—Las golondrinas, date cuenta.

—Me imagino la cara de la señora de rosa en el subte.

—No era exactamente una señora, más bien una especie de budinera con flecos rosa por todas partes. Un poco como la señora de Cinamomo, te acuerdas, la primera noche en que mi paredro y Polanco sacaron a Osvaldo de la jaula y lo pusieron en la mesa

—Claro que me acuerdo —dice Nicole—. Pero al final nos hicimos amigos de la señora de Cinamomo, fue un gran triunfo.

—Gracias a su hija que se enamoró perdidamente de Calac. Ella misma le dijo más tarde que había sido una noche estelar, Calac nos repitió la frase y mi paredro casi se ahoga.

—Era maravilloso —dijo Nicole—. ¿No te dan ganas de estar otra vez en el *Cluny*? No sé, en París una se siente más cerca de tantas cosas.

—Hasta que se está en París —le dije—. A las pocas semanas empieza la nostalgia de Roma o de Nueva York, es sabido.

—No hables tan impersonalmente. Lo dices por mí y es cierto, y también por Juan y por Calac.

—Oh, Juan, en Juan es pura deformación profesional, el beduino poligloto, el intérprete trans-humante. Pero en Calac y en ti me parece sín-toma de otra cosa, una especie de *tedium vitae*.

—Para combatir ese tedio —dijo Nicole levan-tándose— podrías mostrarme ese retrato que tanto te distrae en estos días. Son casi las cua-tro y cuarto.

—Las cuatro y cuarto —repitió Marrast—. Lle-garemos tarde, es seguro. Será mejor dejarlo para mañana por la mañana, se me ocurre que habrá algunos neuróticos anónimos estudiando el tallo. Créeme, se preparan grandes acontecimientos.

—Que nos distraerán mucho —dijo Nicole.

—Por supuesto. ¿Ya te conté de Harold Harold-son?

—Apenas, cuéntame.

—Mejor en el museo, mañana, al pie del tallo misterioso.

—Todo lo dejamos para mañana, Mar —dijo Nicole.

Marrast se le acercó, hizo un gesto vago que terminó en una caricia en su pelo.

—¿Qué podemos hacer, querida? Yo, al menos, todavía caigo en la tontería de pensar que quizá mañana será diferente. Que despertaremos de otra manera, que llegaremos a tiempo a cual-quier parte. ¿Te dije que soñé con Hélène, ver-dad? No sé, había más verdad en ese sueño que en toda esta tarde.

—Ya sé, Mar —dijo Nicole como desde muy lejos.

—Y fíjate, precisamente cuando salía de ese sueño vi todo tan claramente; ese nadar entre dos aguas, cuando se siente la verdad aquí, en pleno estómago, esa verdad que después nos ne-gamos con los ojos abiertos. Te puse un nombre en ese momento, un nombre que te va tan bien y que es tan verdadero: la malcontenta.

Al principio Nicole me había mirado como si no comprendiera, repitió la palabra dibujándola con los labios más que con la voz, hizo un gesto evasivo, alejando una sombra; sentí como si al darle ese nombre la hubiera azotado levemente con una rama mojada.

—La malcontenta —repitió Nicole—. Sí, ahora recuerdo, el canal de Venecia, las villas de Palladio. La historia de la prisionera en esa villa, la malcontenta, las escalinatas entre los árboles. Sí, Mar. Pero qué puedo hacer, Mar.

Cuando me llama Mar estamos siempre más cerca, pero ahora es como un soborno involuntario y me hace daño. No me puedo impedir tomarle una mano y pegarla a mi cara, empujarle suavemente la mano de aquí para allá para que me acaricie la cara, una caricia guiada, una excursión en la que todo está previsto, propinas, entradas a los monumentos, alojamientos y comidas. La mano se deja guiar, tibia, resbala por mi mejilla y después cae sobre la falda de Nicole, hoja seca, golondrina muerta.

—Es una explicación como cualquier otra —le digo—, el encuentro fortuito de una villa de Palladio con una mujer que de golpe ha descubierto que no me quiere. Parecería a primera vista que falta la célebre mesa de operaciones, pero también está como te darás cuenta, vaya si también está.

—No, Mar —dice Nicole—. Por favor no, Mar.

—Me acuerdo tan bien, te entristeciste de golpe, a plena luz, íbamos camino de Mantua para ver los gigantes de Giulio Romano, y te sentí llorar en silencio, frené poco a poco, me acuerdo de cada instante y de cada cosa, había un grupo de casas rojas a la izquierda, frené porque quería mirarte la cara pero no era necesario, porque todo parecía tan sabido aunque jamás hubiéramos dicho una palabra, comprendí que llevábamos muchas semanas de un lento engaño que a nadie engañaba, y que de golpe no podías más y lo estabas confesando, que eras la malcontenta, la prisionera, y ya no me acuerdo si te dije algo pero sé que seguimos hasta Mantua y que nos encantaron la iglesia de Leo Battista Alberti y el Palazzo del Tè.

Nicole tiene siempre esos gestos, esa inesperada manera de alzar la cabeza y mirar en los ojos como quien aparta una rama de árbol, una tela de araña, buscando el paso.

—Pero yo no estoy prisionera, Mar. Tú no me tienes prisionera.

—Sí, a nuestra manera. Sin candados, claro. Besándonos de cuando en cuando, yendo al cine.

—No es culpa tuya, Mar. No deberías dolerte tanto, ya no debería. Me cuidas, te quedas, los días pasan.

—Cincuenta y dos gnomos.

—Si soy la malcontenta no es por culpa tuya. Encontraste la palabra justa, pero no eres tú quien me encierra en esta inercia. Hay una sola cosa que no comprendo, y es que todavía estés aquí conmigo, Mar

—Sacher Masoch —le digo, acariciándole el pelo.

—Pero tú no eres así, Mar.

—La existencia precede a la esencia, querida.

—No, tú no eres así, no naciste para ser así. Ya ves, yo debería...

—Sh, no hables de deberes. Ya lo sé, por lo demás, pero sería inútil. Siempre hay otro asiento en el avión del fugitivo, un lugar donde ponerse detrás o al lado, siempre se puede ser la sombra o el eco. No hagas eso que deberías hacer porque allí estaré, malcontenta.

Más tarde, como siempre, me maldeciría por ese lenguaje sentimental, entre chantaje y venganza, en todo caso hostigamiento inútil. Nicole debía entenderlo así porque agachó la cabeza y se puso a ordenar sus dibujos, a guardar los lápices. Volví a acariciarle el pelo, le pedí perdón y ella dijo rápidamente: «No, no eres tú quien...», y se detuvo, y sin saber por qué sonreímos al mismo tiempo y nos besamos largamente; sentí que nuestras caras y nuestras bocas componían el reloj de arena donde una vez más empezaba a correr el fino chorro de un tiempo silencioso e inútil. Ya era tarde para ir al museo, la luz de la habitación tomaba ese tono marchito que iba tan bien con su olor y los rumores del pasillo. En ese aplazamiento que repetiría ya tantos otros desde la tarde en la carretera de Mantua, con las casas rojas a la izquierda, se abría una zona de ritos y de juegos, de antiguas ceremonias que llevaban al amor de los cuerpos egoístas, empecinados negadores de la otra soledad que estaría esperándolos a los pies de la cama. Era la tregua precaria, la tierra de nadie donde caerían enlazados, se desnu 'arían entre murmullos, confundiendo las manos y las ropas, ahincándose en una falsa eternidad recurrente. Jugarían a los sobrenombres o a los animalitos, en una secuencia graduada y conocida y siempre deliciosa. Tontísimo, diría Nicole. No soy nada tonto, diría Marrast. Usted es un gran tonto y un malo/ No lo soy en absoluto/ Sí que lo es/ No/ Sí/ No/ Sí/ Entonces yo a usted le estropeaba su jardín/ Mi jardín es lindo y usted no me lo estropea/ Sí, yo le mandaba muchísimos animalitos/ No me importa/ Primero le mandaba todos los topos/ Sus topos son tontos/ Tres marmotas/ Tampoco me importa/ Varios lirones/ Usted es un malo/ Y todos los puercos espines/ Mi jardín es mío y no lo toca nadie/ Su jardín es suyo, pero yo le mando los animalitos/ A mí sus animalitos no me importan y mi jardín está bien defendido/ No está defendido, y mis animalitos le comerán todas las flores/ No/ Los topos le comerán las raíces/ Sus topos son malos y tontos/ Y las marmotas harán pis contra los rosales/ Sus marmotas son malolientes y estúpidas/ Usted habló mal de las tres marmotas/ Porque son estúpidas/ En-

tonces yo le mandaba todas las marmotas en vez
de solamente tres/ Lo mismo todas son estúpi-
das/ Y todos los lirones/ No me importa/ Ahora
salga a ver su jardín y verá lo que le han hecho
mis animalitos/ Usted es tonto y malo/ ¿De verdad soy tonto y malo?/ Usted no es malo pero
es tonto/ Entonces retiro tres puercos espines/
No me importa/ ¿Soy tonto?/ No, no es tonto/
Entonces retiro todos los lirones y un topo/
Cualquier cosa que retire me da igual/ Para que
vea lo bueno que soy retiro todos los animalitos/
Usted es malo/ ¿De manera que soy malo?/ Es
malo y tontísimo/ Entonces, dos topos/ No me
importa/ Todos los puercos espines.

Retrato de Hélène morenamente seda,
canto rodado que en la palma de la mano
finge entibiarse y la va helando hasta que-
marla, anillo de Moebius donde las palabras
y los actos circulan solapados y de pronto
son cruz o raya, ahora o nunca; Hélène Arp,
Hélène Brancusi, tantas veces Hélène Haj-
du con el filo de la doble hacha y un gusto
a sílex en el beso, Hélène arquero flechado,
busto de Cómodo adolescente, Hélène dama
de Elche, doncel de Elche, fría astuta indiferente crueldad cortés de infanta entre su-
plicantes y enanos, Hélène *mariée mise à
nu par ses célibataires, même,* Hélène respiración del mármol, estrella de mar que as-
ciende por el hombre dormido y sobre el
corazón se hinca para siempre, lejana y
fría, perfectísima. Hélène tigre que fuera
gato que fuera ovillo de lana. (La sombra
de Hélène es más densa que las otras y más
fría; quien posa el pie en sus sargazos siente subir el veneno que lo hará vivir para
siempre en el único delirio necesario.) El
diluvio es antes y después de Hélène; todo

teléfono espera escorpión gigante, la orden de Hélène para romper el cable que lo ataba al tiempo, grabar con su aguijón de brasa el verdadero nombre del amor en la piel del que todavía esperaba tomar el té con Hélène, recibir la llamada de Hélène.

Había tantas otras cosas en juego como lo supimos pronto, pero al principio fueron sobre todo las manos de Frau Marta y el olor a musgo del Hotel del Rey de Hungría hundido en la Schulerstrasse, con la ventana de nuestra habitación abierta a la Domgasse, ojo del hotel mirando hacia el pasado (ahí a pocos metros nacía la Blutgasse con su nombre inequívoco aunque no aludiera al palacio de la condesa, ahí se entraba en un terreno de supuestas coincidencias, de fuerzas que habían terminado por imponer diagonalmente el nombre de la calleja, hacerlo coincidir con el que debió murmurar el pueblo cuando el gran terror), y el perfume de musgo y cuero viejo que nos esperaba dudosamente en la habitación donde el gerente nos había instalado en persona y que era una habitación histórica, la *Ladislao Boleslavski Zimmer* con su inscripción gótica en la doble puerta y sus espesas paredes que no hubieran dejado entrar el más horrible de los gritos, así como probablemente alguna vez (porque sabíamos a donde daba la pared medianera en la que se apoyaba la cabecera de nuestra crujiente cama) habría ahogado la voz y el piano de Mozart mientras en la casa de al lado componía *Las bodas de Fígaro* según lo explicaba la guía Nagel y lo comentaba entusiastamente la chica inglesa a la hora del desayuno en la mesa de Frau Marta, puesto que nadie iba a Viena sin visitar la *Figaro Haus* con ayuda de la guía Nagel y emocionarse de nueve a doce y de catorce a diecisiete, entrada cinco chelines.

Ni Tell ni yo hubiéramos podido precisar cuándo empezaron las asociaciones de ideas, desde luego ni a ella ni a mí se nos había ocurrido distintamente que la vieja pudiera ser algo así como una presencia de la condesa puesto que siempre habíamos coincidido melancólicamente en que no hay reencarnaciones o que si las hay el reencarnado no se entera y la cosa carece entonces de todo interés. La atmósfera del hotel debió influir, o el tedio que de a ratos nos ganaba y que combatíamos así, antes de darnos cuenta de que había algo más, que no era únicamente frivolidad de desocupados la que nos había obligado a mudarnos del Capricorno abandonando las toallas perfectas, el bar con sus sillones funcionales, y que de alguna manera teníamos la obligación de seguir adelante, irónicos y desencantados y a la vez ansiosos de que ocurriera algo que no podíamos prever. Desde un principio nos habíamos fijado, en el doble sentido de la palabra, en las manos de Frau Marta, así como Tell aquella mañana en el Capricorno se había fijado en la manera aracnoide con que Frau Marta enredaba verbalmente a la chica inglesa para ganarse el derecho de trepar hasta su mesa. Esas manos habían acabado por obsesionarnos (estoy exagerando, pero todos nosotros contábamos siempre cualquier cosa regocijándonos de antemano con la indignación de mi paredro, que nos trataba de histéricos), unas manos que revolvían casi todo el tiempo en un vetusto bolso negro de donde salían y entraban carnets y libretas con tapa de hule, papeles sueltos, monedas, cabos de lápiz y una regla transparente con la que Frau Marta subrayaba algunas de las anotaciones que escribía para guiar a la chica inglesa en sus paseos por Viena, oh sí señora, alborozada y un poco temerosa al ver a Frau Marta que sacaba la regla con un aire de traviesa colegiala pasa de uva y puntillas ajadas, para subrayar dos veces el nombre y la dirección del Hotel del Rey de Hungría donde, según había escuchado Tell, la informante gozaba de particular predicamento y de precios módicos.

Calac ha insistido muchas veces en que mi sensibilidad para con las manos es enfermiza, y que un psicoanalista, etcétera. En la *Closerie des lilas*, al término de un raro encuentro en que había aceptado una invitación a beber vino blanco y se había mostrado menos distante que otras veces, Hélène me dijo que mis manos eran penosas, demasiado sensibles, con algo de mensaje que ya no tiene destinatario pero sigue proponiéndose sobre las mesas, en los bolsillos, bajo las almohadas, en la piel de una mujer, peinando cabellos, escribiendo cartas, abriendo las puertas de los infinitos cuartos donde transcurre la vida de un intérprete. ¿De qué hubiera servido responderle que el destinatario del mensaje estaba ahí, precisamente al alcance de mis manos, que su pelo y su almohada y su piel se negaban a recibir al mensajero? Hélène hubiera sonreído como desde lejos, hubiera dicho algo sobre las lámparas de la *Closerie des lilas* que seguían siendo las más dulces de todos los restaurantes de París. Según Tell las manos de Frau Marta tenían algo de lechuzas, de garfios negruzcos; mirándolas desde mi mesa cada mañana yo había acabado por sentir, como quizá Hélène mirando mis manos aquella noche, la emisión de un lenguaje incomprensible, el continuo hacer y deshacer de jeroglíficos en el aire de la mesa del desayuno, entre panecillos y potes de confituras, una lenta hipnosis que se valía de la regla transparente, la libreta con tapa de hule, los escamoteos en el bolso negro, mientras la chica inglesa narraba sus paseos y se dejaba aconsejar sobre el Belvedere, la Maria am Gestade Kirche, la cámara del tesoro en la Hofburg.

Curiosamente (lo señalo con alguna irritación)

la idea de la condesa se le ocurrió a Tell, la empleó al principio como simple metáfora y luego para terminar de convencerme de que nos mudáramos al Hotel del Rey de Hungría. Cuando empezaron a hostigarme las manos de Frau Marta y los desayunos en el destartalado salón se fueron convirtiendo poco a poco en una sutil tortura entre mermeladas y panecillos y un exasperado deseo de escuchar, de entender sin violar la etiqueta y las corteses sonrisas matinales, terminé por aceptar que la evocación de la condesa valía al menos como una hipótesis de trabajo, puesto que a esa altura de nuestra insensata mudanza al hotel no veíamos otra salida digna que la de seguir hasta el final y hacernos una idea precisa de las intenciones de Frau Marta. De manera que al volver de las sesiones de la conferencia me enteraba en detalle de las pesquisas de Tell que se divertía en grande siguiendo a la chica inglesa o a Frau Marta cuando no tenía mejor cosa que hacer, y por lo visto no la tenía. Sin decírselo, me preocupaba un poco ese vampirismo mental que la condesa había ejercido en Tell por culpa mía, las primeras noches de Viena cuando yo le había hablado largamente de la condesa y la había llevado desde el Capricorno a que viera la Blutgasse, sin imaginarme que tan pocos días más tarde habitaríamos a pocos metros de sus fachadas cenicientas, con una ventana suspendida sobre el aire estancado de la ciudad vieja. Ahora era Tell quien me hostigaba con noticias en las que Frau Marta sustituía de algún modo a la condesa en la imaginación de esa danesa loca, pero yo había desatado sin proponérmelo un retorno de imágenes y de atmósferas que finalmente nos estaban absorbiendo entre risas y bromas, sólo creyendo a medias lo que algo en nosotros había quizá aceptado desde el principio. Para mí el juego tuvo casi en seguida más cartas que para Tell, en esos días llegó la muñeca de monsieur

Ochs, el relieve de un basilisco incorporó otras presencias en la danza vienesa, como luego habría de sumarse un libro de Michel Butor en París y al final (por ese final había sido quizá el principio) la imagen de un muchacho muerto en una clínica. Desde su lado diurno y atorbellinado, Tell jugaba con el mínimo de cartas: la vieja, la chica inglesa, el hotel habitado por sombras que trizaban el tiempo, e impalpablemente la condesa como alguien que también hubiera podido estar hospedándose en el hotel, quizá porque había decidido que pintaran su palacio —Tell era capaz de imaginarlo y hasta de decirlo seriamente— y entre tanto le resultaba más cómodo alojarse en el Hotel del Rey de Hungría. Con esa baraja inocente y ambigua entraba Tell en el juego para mi más secreto regocijo. Porque hasta ese momento las asimilaciones y las pesquisas nos parecían divertidas y cada noche, ya muy tarde, cuando yo me había ido olvidando del trabajo del día con ayuda del whisky o haciendo el amor con Tell en la habitación de Ladislao Boleslavski, salíamos a las callejas silenciosas recorríamos el viejo barrio de la iglesia de los jesuitas, y en algún momento ingresábamos en la Blutgasse esperando escépticamente adivinar la silueta de Frau Marta en cada rincón mal iluminado, sabiendo muy bien que no íbamos a encontrarla a esa hora, aunque más no fuera porque la condesa debía rondar otras ruinas, la torre del castillo donde siglos atrás había muerto de frío y de abandono, donde la habían emparedado para que no siguiera desangrando muchachas.

Bajé por Wardour Street fumando sin ganas, dejándome llevar por la pendiente de la noche y de las calles, soslayé el Támesis, elegí un *pub* y empecé a beber imaginando vagamente que Nicole se habría acostado sin esperarme, aunque en algún momento había dicho que esa noche iba a dibujar los primeros proyectos para el diccionario enciclopédico: Abanderado, abanico, abedul, abeja, abeto. ¿Por qué no me contrataban a mí para ilustrar los términos abstractos, abandono, abatimiento, aberración, ablandamiento, abnegación, abobado? Hubiera sido tan fácil, no había más que beber ginebra y cerrar los ojos: todo estaba ahí, abandonado y abobado y abatido. Aunque ahora si cerraba los ojos entreveía una imagen de la ciudad de esas que volvían en la duermevela, en los momentos de distracción o cuando se estaba concentrado en otra cosa, siempre por sorpresa, jamás obedientes a los llamados o a las esperanzas. Sentí de nuevo, porque esas recurrencias de la ciudad participaban de la visión y del sentimiento, eran un estado, un interregno efímero, la vez que me había encontrado con Juan en la calle de las arquerías (otra palabra a ilustrar, Nicole las dibujaría con un trazo fino y una perspectiva profunda, probablemente también ella se acordaría de los interminables soportales de piedra rojiza si le había tocado pasar por esa parte de la ciudad, y los dibujaría para su diccionario enciclopédico y nadie sabría nunca que esa calle con soportales era una calle de la ciudad), andando junto a Juan sin hablarnos, cada cual siguiendo un derrotero que coincidía paralelamente durante algunas cuadras hasta bruscamente apartarse, Juan saltando de golpe a un tranvía que pasaba por la gran plaza, como si hubiera reconocido a un pasajero, y yo torciendo a la izquierda para llegar al hotel de las verandas de caña y buscar como tantas otras veces un cuarto de baño. Y ahora en ese *pub* donde la luz se parecía demasiado a la oscuridad, me hubiera gustado encontrarme con Juan para decirle que en un hotel de Londres lo estaban esperando, decírselo amistosamente como quien emprende la ilustración de la palabra aberración o de la palabra abnegado, las dos igualmente inaplicables Era previsible que Juan hubiera alzado las cejas con un aire entre sorprendido y ausente (otra palabra abstracta) y que al otro día su amistad afectuosa y cortés por Nicole hubiera asumido las formas circulares u oblongas de las cajas de bombones compradas en cualquiera de los muchos aeródromos por donde siempre andaba, o uno de esos rompecabezas ingleses que encantaban a Nicole, para marcharse otra vez camino de alguna conferencia internacional, confiando sin demasiada preocupación en que la distancia suturaría las heridas. como no hubiera dejado de expresarlo la señora de Cinamomo de la que tanto nos acordábamos en esos días con Polanco y Calac y Nicole a la hora de reírnos.

Desde luego, hablando de abstracciones, no solamente Juan estaba en Viena sino que tampoco yo le hubiera dicho nada si un cambio de planes impensable lo hubiese traído a Londres. Ninguno de nosotros era verdaderamente serio (Hélène, quizás, pero en el fondo sabíamos tan poco de ella), y lo que nos había reunido en la ciudad, en la zona, en la vida, era precisamente un alegre y obstinado pisoteo de decálogos. Cada uno a su manera, el pasado nos había enseñado la inutilidad profunda de ser serios, de apelar a la seriedad en los momentos de crisis, de agarrarse por las solapas y exigir conductas o decisiones o renuncias; nada podía ser más lógico que esa tácita complicidad que nos había reunido en torno de mi paredro para entender de otra manera la existencia y los sentimientos, caminar por rumbos que no eran los aconsejables en cada circunstancia, dejándonos llevar, saltando a un tranvía como lo había hecho Juan en la ciudad, o quedándonos en una cama como yo seguía haciéndolo con Nicole, sospechando sin razones ni demasido interés que todo eso tendía o distendía a su manera lo que en el plano de la razón sensata se hubiera traducido en explicaciones, cartas, mucho teléfono y quizá tentativas de suicidio o viajes repentinos a la acción política o a las islas del Pacífico. Mi paredro, me parece, había sostenido alguna vez que nos basábamos mucho más en un mínimo común múltiplo que en un máximo común divisor, aunque vaya a saber lo que había querido decir Curioso que a pesar de la quinta ginebra, que esa noche tenía un raro gusto a jabón, detrás de todo eso que estaba pensando hubiera algo que se asemejaba a la alegría (palabra para ilustrar), a la casi jubilosa aceptación (otra, realmente tendrían que contratarme) de que la malcontenta llenaba por fin un hueco, no precisamente ella sino la noción de la malcontenta, el contenido de esa palabra que al fin venía a colmar un hueco que había durado demasiado tiempo. Se la había dicho esa misma tarde: «Malcontenta», y ella había bajado la cabeza para ordenar sus pincelitos. De alguna manera acabábamos de abolir el hueco de esos meses; la duda, un hueco, la esperanza, un hueco aún más grande, el rencor, el hueco de los huecos, modalidades del gran agujero, de eso que yo había combatido toda mi vida con un martillo y un cincel, con algunas mujeres y toneladas de arcilla echadas a perder. Ahora no quedaba nada, el terreno estaba nivelado y se podía pisar en firme después de esas semanas y semanas de hueco desde la tarde en que nos habíamos detenido en la carretera de Venecia a Mantua y yo había sabido que Nicole estaba triste, había sentido por primera vez de lleno eso que ahora era la malcontenta. El resto, prolija invención de huecos, primero la negación esperanzada, el no es posible, el sigamos todavía un poco, y después las tentativas para ir colmando vicariamente el hueco, por ejemplo el tallo del *hermodactylus tuberosis* y los neuróticos anónimos. ¿Por qué habíamos venido a Londres, por qué seguir juntos? De los dos, Marrast tenía por lo menos algún mérito (pero era él quien lo pensaba) puesto que había tratado de hacer algo para colmar ese hueco, se había inventado una especie de acción paralela, yendo y viniendo al Courtauld Institute, controlando el resultado de su invención y las reacciones de Harold Haroldson mientras Nicole seguía sentada junto a los gnomos, escuchando de a ratos el transmisor y aceptando sin gusto ni disgusto todo lo que le proponían Calac y Polanco y Marrast, yendo al cine o a los *musicals* y comentando las noticias de Tell que en esos días se había vuelto misteriosa y bastante Sheridan Le Fanu. Oh, sí, Marrast tenía muchos méritos, pensaba Marrast bebiendo la sexta ginebra que le habían servido dubitativamente, aunque el verdadero mérito hubiera sido mandar todo al diablo y consagrarse exclusivamente a la piedra de hule, terminar de colmar el maldito hueco echándole adentro la piedra de hule que buscaba Mr. Whitlow en las canteras de Northumberland, saltarle encima con el martillo y el cincel como Hamlet tirándose al agujero que había sido Ofelia, recortar la figura de Vercingétorix en la masa misma del antiguo hueco, negándolo y aboliéndolo a martillazos y trabajo y mucho sudor y vino tinto, inaugurar qué carajo un tiempo exclusivamente de piedra de hule y héroes ancestrales, sin casas rojas ni rompecabezas corteses ni gnomos secándose en la mesa. ¿Y ella, *entre tanto*? Estarías llorando por mí, ciertamente por mí y no por ti, pobrecita, porque también tú odias los huecos y toda lástima de ti misma te hubiera parecido el más fétido de los agujeros, y todo tu amor por Juan (que te regalaba bombones y rompecabezas y se iba) había estado como ensordecido desde quién sabe cuándo por el temor a hacerme daño, a que yo lo descubriera y me desesperara sin ser siquiera capaz de dejarte atrás para siempre como una estatua terminada. Y yo prolongaba esa tortura, yo mismo torturado por la esperanza, y una vez más me había marchado golpeando la puerta (o, a veces, cerrándola con una paciencia infinita para no despertarla o distraerla), inaugurando otro plazo de vagabundeo y neuróticos anónimos y borracheras en vez de saltar de una vez por todas sobre la piedra de hule y restituir a la malcontenta a su enciclopedia y a las futuras cajas de bombones. «Pero ahora es diferente», pensó «ahora ya no queda esperanza, ya nos hemos dicho las palabras del exorcismo. Ahora hay la malcontenta y ésa es la palabra que colma definitivamente el agujero de la esperanza, ésa es la verdadera piedra de hule. Sólo una cosa me queda por hacer y es irme, porque sé que si vuelvo nos besaremos, haremos el amor, habrá otro plazo, otro interminable tenderse del arco, otro armisticio florido con paseos y cortesía y tanto afecto, gnomos y noticias y hasta proyectos, putrefacción de putrefacciones, cuando todo eso se acabó en mi pie derecho frenando junto a las casas rojas, un martes por la tarde». Cuando salió del *pub* le pareció que las calles subían, que no le era tan fácil andar como un rato antes. Por supuesto que subían, como que una vez más lo estaban llevando de vuelta al hotel.

Hay veces que el día se hace largo sin Juan. ¿De qué pueden estar discutiendo esos birmanos, esos turcos, toda esa gente que mi pobre tontolín tiene que hacer hablar en español y que lo deja vacío y aburrido? Si no me tuviera a mí esperándolo, digámoslo con toda modestia, seguramente se bebería una botella de slívovitz con lo cual al otro día sus interpretaciones simultáneas o consecutivas marcarían una nueva era en las relaciones internacionales, eso es segurísimo. Si vamos al caso yo le invento la noche, no sólo en el sentido previsible que provocaría las risotadas de Polanco, sino que lo lavo de palabras, de ganarse la vida, de no tener el valor de renunciar a lo que no le gusta, de que sea yo y no Hélène la que poco a poco se irá desnudando bajo su amarga fiebre.

Siempre es así, Tell inútil que me mires con esa cara desde el espejo (debería depilarme las axilas, dicho sea de paso, tengo tiempo antes que llegue Juan que odia el olor del depilatorio pese a las enfáticas afirmaciones de la señora Elizabeth Arden). A falta de un futuro que valga la pena, es decir un futuro con Hélène, hay que inventarlo y ver qué pasa, echarle barriletes, globos sondas, enviarle palomas mensajeras, láseres y radares, cartas de destinatario incierto. Como si yo por divertirme le mandara a Hélène la muñeca que tan absurdamente me ha regalado mi tontolín. En la segunda copa de Campari (lo he comprobado muchas veces, es científico, nena) hay ya como una esperanza chiquita, no cabe duda de que el alcohol *sends me* como decía Leroy, me ayuda a inventar un futuro más excitante con Frau Marta y chicas turistas y este hotel apolillado y fantasmal donde estoy segura de que van a pasar cosas. Yes, it sends me, cuántas veces lo repetía Leroy mientras escuchábamos discos y fumábamos toda la noche y decidíamos los viajes que no hicimos nunca, pobre Leroy, la foto en el diario de Cleveland, la camilla donde lo llevaban al hospital, su auto rojo enroscado en un tronco de árbol. Pobre Leroy con esa manera monótona de amarme, tan distinto de Juan que está siempre como esperando que le descubra una nueva manera de apoyar las rodillas, de acariciarme la cintura, de llamarme a él. Pobre Leroy, parecería que un negro muerto está dos veces muerto. *Copenhague Blues*, si realmente es eso. Otro Campari, finalmente no había nada de bueno en la segunda copa, recuerdos daneses, el pasado boca arriba con los ojos abiertos, todos esos

muertos que a veces mandan postales o se acuer-
dan de mi cumpleaños, mamita querida, papá in-
geniero, hermanos que me infligen despiadada-
mente un nuevo sobrino cada año, damn the
dirty bunch. Mejor, oh cuánto mejor, niña del
espejo (pero ahí te quedan pelos, todavía) esta
invención que estamos haciendo de un futuro
idiota pero divertido con mi tontolín, a costa de
la pobre Frau Marta con sus faldas plisadas y su
regla milimetrada, ese aire de rata sucia que tiene por las mañanas como si hubiera dormido
vestida. Desde luego no va a pasar gran cosa,
pero lo mismo está muy bien, nada puede ser
mejor que provocar lo que quisiéramos descubrir
aunque en el fondo nos dé ya un poco de miedo
y de asco (a mí más que a Juan, que aceptaría
o inventaría cualquier cosa con tal de no aceptar
ese otro futuro sin Hélène), así como muchas veces cuando ellos vuelven de la ciudad con la boca
pastosa y los vagos terrores de la noche, acaban
por sospechar que detrás de esos torpes, sucios
itinerarios se ha estado escondiendo otra cosa,
un cumplimiento, y que tal vez sea en la ciudad
donde realmente va a ocurrir lo que aquí les parece abominable o imposible o never more. Oh
sí señora, diría Sigmund el vienés. Danesa loca,
diría Juan. ¿Es el tercero o el cuarto Campari?
Guardemos un mínimo de cordura para cuando
vuelva mi tontolín tan sucio de palabras y de es-
tatutos en cuatro lenguas. Pero es cierto, es muy
cierto, si a dos pasos de la Blutgasse donde ella
torturó y desangró a las muchachas que le traían
sus cómplices, nos empeñamos en sospechar un
comienzo de ceremonia que tiene tanto de recurrente, eso no puede ser un mero juego, se siente como si ya hubiera mucho de inventado en
nuestras invenciones. ¿Mandarle la muñeca a Hélène? Mi pobre tontolín, la cara que pondría si
se enterara, a menos que en el fondo le hiciera
gracia, con él todo es posible. Y ella, por supues-

to, la grave, la distante, pero si es como. si la estuviera viendo, damn it Tell, estás borracha. La atmósfera del hotel, y pensar que aquí al lado el pobre Mozart... *Tiens*, ahora me acuerdo de que anoche le pregunté a Juan si no seríamos sin saberlo los cómplices de Frau Marta. No me contestó, había trabajado y bebido demasiado, estaba lúgubre como cuando la sombra de Hélène viene a habitarlo. A deshabitarlo. Pero si todo esto sigue igual voy a terminar por aburrirme, ya ni siquiera el Campari ayuda esta noche. Si Nicole y Marrast estuvieran aquí para hacerme sentir comparativamente alegre (pero yo soy alegre, es esa maldita cuarta copa que como todos los números pares me trae desgracia, entonces dos dedos más, entramos en la casilla fasta, easy does it, o los dos argentinos, ángeles de mi vida con esos trajes ajustados y esas almas buenas. ¡Y Austin, y Austin! Es casi insolente la forma en que todos hablan de Austin en esas postales que me mandan con la Torre de Londres y el panda gigante, se me ocurre que con Austin me divertiría una enormidad aunque hay que admitir que la idea de Austin y su laúd en este hotel de polillas y sombras es bastante poco pensable, realmente. Porque según insinúa Polanco hay mucho de Parsifal en ese inglesito, una especie de virginidad de paje laudista. Austin *der Reine*, *der Tor*, pero en cambio yo maldito si me parezco a Kundry, eso es seguro. Juan ¿no te parece que estoy brillantísima, que soy la digna puta de un intérprete de la OMS, la OIT y el OIEA? Tell, danesa loca, estás borracha, cuando los idiomas te van saliendo a chorritos laterales es que estás borracha y ya a punto de imaginarte a Austin en la cama, Austin todavía un poco bebé con su laúd y su mamá enferma (Polanco *dixit*). A ver, Austin, pon la mano aquí, esto en danés se llama *kinni*, pero en todas las lenguas es el mismo botoncito que se endurece, oh qué sorpresa para el

niño Austin. Sería divertido encontrármelo alguna vez en la ciudad, si los tártaros lo contagian
acabará por entrar también él aunque debo estar
muy borracha para imaginarme que en la ciudad
podría suceder algo divertido, y por qué no, qué
diablos, en cualquiera de esas habitaciones con
verandas donde hace calor y desnudarse sería tan
natural. Venga con su danesa loca que le va a
enseñar a no hacerse pis en la cama. No me
muerdas, inglesito, te has confundido de manual
de instrucciones, damn it, el entrenamiento de
los *marines* no tiene nada que ver con esto.
Y ahora que lo pienso, porque en el quinto Campari empiezo siempre a pensar, aunque de qué
me sirve ya, ¿por qué me traté de puta antes de
este liviano fantaseo frente a un espejo donde
evidentemente sigo estando sola y Juan no llega
y todo es tan rey de Hungría, mierda? No coin-
cido para nada con la definición del término, en
todo caso soy la gran consoladora, la que lava
las heridas de amor de mi pobre tontolín que todavía estará padeciendo a rumanos y a congole-
ños. Y hablando de mi tontolín, hola, there you
are. Pero qué cara traes, se ve que eres tú el que
lava los diccionarios del mundo. Ahora mismo
telefoneo para que nos suban hielo y una botella
de Apollinaris. On the rocks, my dear? Yo seguiré con el Campari, es malo mezclar. Aquí. Uno
muy largo. Ahora otro, aquí. Good boy.

Esa mañana se había encontrado con Calac y
Polanco en la estación de Charing Cross y se había quedado mirándolos como a bichos raros.

—Ustedes en París ya son bastante desagrada-
bles para un francés con esos trajes argentinos
a rayas y entallados. para no hablar de la manera de peinarse. Aquí entre los londinenses resul-
ta todavía más penoso.

—Es un escultor —le informó Calac a Polanco—. Eso explica mucho.

—Usted lo ha dicho, amigo —aprobó Polanco—. Mira, pibe, hace veinte minutos de los de Greenwich que te estamos esperando y yo soy proclive a la claustrofobia.

—Saltemos raudos a este convoy —propuso Calac, y hablando de informalidad y trajes entallados, se metieron en una especie de puré de ingleses que se desplazó hacia el sur de Londres. A la altura de la segunda estación, Polanco y Calac empezaron a discutir el problema de las golondrinos mientras Marrast se agarraba lo mejor posible de una manija de cuero y asistía indiferente a la conmoción ornitológica que los dos pampeanos provocaban en un considerable sector del vagón. Cuando se dieron cuenta llevaban recorridas ocho estaciones y no se les había ocurrido verificar si estaban en la buena dirección. Tuvieron que bajarse en Battersea y rastrear incontables túneles hasta que dieron con la línea de Bakerloo que presumiblemente los devolvería a la City.

—Son mamíferos —afirmaba Polanco—, lo sé de buena fuente. ¿Vos qué opinás, che? Miralo un poco, está como dormido, la ciencia no le interesa. A éste si no le das una piedra y un martillo no te atiende, hermano.

—Foutez-moi la paix —propuso Marrast que tenía su manera propia de pensar en las golondrinas y desde hacía un rato las estaba oyendo silbar sobre la isla de San Giorgio donde tantas veces había cruzado para mirar desde el otro lado de la laguna a Venecia con su polvo dorado del atardecer, hablando del barón Corvo con Nicole, y sobre todo de Turner que no era tan desconocido en Francia como creía Mr. Whitlow. Pero Nicole, quietecita en la habitación del Gresham Hotel, ¿habría terminado de pintar la escena del encuentro de merlín con los *leprecauns*, se acordaría de que esa tarde Marrast iba a llevarla al museo del que tantas maravillas se decían esos días? Ta' vez no, seguramente no; la .sla de San Giorgio estaría lejos de las imágenes de su distracción voluntaria, las nostalgias quedaban para él mientras Nicole se reservaba una tristeza sin tiempo ni cosas, un continuo borroso que debía protegerla del recuerdo y quizá de la esperanza, en todo caso de las golondrinas.

—Ahí tenés un asiento —dijo Calac—, la gorda de los flecos se está por bajar.

—Nosotros también —les dije—. Estamos completamente perdidos entre las malditas golondrinas. ¿Nadie tiene un mapa del subte?

Bajamos en Swiss Village y cambiamos a la línea del norte, con rumbo al West End. La idea era encontrarnos con el laudista, mi alumno de francés que me esperaba para conjugar los verbos en *er* y de paso almorzar (dé-jeu-ner) el consabido steak and kidney pie hablando de William Byrd con Calac y Polanco que aprovechaban para absorber fonética y musicología inglesas. Por lo visto Polanco ya se estaba preparando porque en ese tramo del viaje la había emprendido con la música modal de la que parecía saber mucho, por lo menos cuando Austin no estaba presente porque en esos casos nos llamaba la atención su prudente silencio en materias acústicas.

—Vos fijate que en *Le martyre de Saint Sébastien* se ensaya la música modal con un espíritu bizantino —decía Polanco.

—Son mamíferos —insistía Calac, por lo demás bastante interesado en una presunta dactilógrafa de pechitos encabritados.

Después yo le contaría a Nicole que la frase de Polanco me había traído bruscamente el recuerdo de Hélène, yo que poco pensaba en Hélène me acordaba de que la noche antes, entre dos sueños o vagos murmullos de Nicole dormida, había tenido como una visión de Hélène atada a un árbol y llena de flechas, un menudo San Sebastián con su pelo rizado y moreno, la boca dibujada con la minuciosa crueldad que nunca tendría la boca de Nicole y que tanta falta le hubiera hecho en la vida y contra mí sobre todo contra mí. Alguna vez, muy joven, había sabido de memoria pasajes enteros del poema y sobre todo ese instante en que todo parecía condensarse y girar en torno al verso maravilloso, *j'ai trop d'amour sur les lèvres pour chanter,* que ahora me volvía con la imagen de Hélène supliciada, el concilio de los falsos dioses, el tiempo en que Sebastián danzaba ante César y la vida misma parecía una danza infinita antes que tantas mujeres y estatuas y poemas se inmovilizaran para siempre en el pasado la tarde en que mis ojos habían encontrado los de Nicole en una calle de Passy y yo había sentido que esa mujer era la primera que danzaba verdaderamente para mí y yo para ella, y sin embargo en el sueño había entrevisto la imagen de Hélène atada al árbol y no el perfil de Nicole dormida a mi lado, tan cerca de mí desde su distancia infinita. Desde luego era muy fácil explicarse la figura, había pensado en Hélène como sustitución de Juan, para borrar a Juan, censura estúpida como todas apenas se la descubría y se la despreciaba. Había vuelto a dormirme (la mano de Nicole paseaba por la almohada como un helecho) con la irónica noción de que le estaba robando imágenes a Juan, que era él quien debía ver así a Hélène en sus insomnios, así o de otra manera, flechada o flechadora pero siempre cruel e inalcanzable, buscando una sonrisa que Hélène podía tener a veces para cualquiera de nosotros pero que a él le estaba vedada, la sonrisa de Hélène, ese animalito sinuoso que asomaba a veces en su boca para inquietarnos la vida con una rápida mordedura indiferente. Y estar pensando en todo eso en vez de buscar por fin un mapa del subte y ubicar la estación más cercana a Soho, que debía ser Tottenham Court Road

—No es de ninguna manera ésa —dijo Polanco—. Hay que bajarse en Chelsea y caminar hasta Hyde Park, de allí es muy sencillo y llegamos en cinco minutos.

—En el fondo del vagón veo un mapa —dijo Calac—, no tenés más que ir a fijarte.

—Andá vos que entendés Londres —dijo Polanco—. A mí esta ciudad se me ha quedado en Conan Doyle.

—Lo que pasa es que usted es un cronco —dijo Calac.

—Y usted un pobre petiforro —dijo Polanco.

—De todos los que conozco usted es el más cronco.

—Y usted el más petiforro.

El subte se había detenido en una estación en la que bajaba todo el mundo.

—Lo que usted busca es pelearme, don —dijo Calac.

También nosotros tuvimos que bajar porque un guarda nos hacía señas iracundas desde la plataforma, y casi en seguida se descubrió que estábamos lo más lejos posible de Soho. Mientras Polanco terminaba de explicarle a Marrast lo de la música modal Calac fue a pedirle informes al guarda y volvió con la gran noticia de que había que hacer solamente otros dos cambios y que llegarían rápidamente a destino siempre que no se equivocaran en la segunda combinación que era más bien peluda. Se internaron en un túnel larguísimo mientras Calac repetía en alta voz el itinerario para no confundirse, y tanto Marrast como Polanco adquirían el neto convencimiento de que la segunda versión oral difería ya bastante de la primera, pero llevaban gastados tantos peniques en el viaje que nada de eso tenía mayor importancia, salvo para la lección de francés del pobre Austin que los estaría esperando en una esquina porque su pieza en los altos de una pensión era muy pequeña y estaba atestada de instrumentos antiguos sin contar a su señora madre, aquejada de perlesía.

Sí, on the rocks un largo trago que se llevara el último recuerdo fangoso de la sesión plenaria de la tarde. Cerrar los ojos, besar la mano samaritana de Tell que le acariciaba una mejilla, quedarse un rato así en la cama histórica de la habitación de Ladislao Boleslavski, reconciliándose con la noche que era silencio, vaga luz de un velador azul, perfume de Tell, lejana alusión a limones, a musgo Cerrar los ojos para escuchar mejor el ronroneo de Tell, las últimas noticias de Frau Marta, pero siempre a esa hora Juan se iba dejando llevar por otras aguas, aceptando sin resistencia que de alguna manera Frau Marta viniera desde antes, quizá desde la noche en que él había salido solo a vagar por las calles que rodeaban la catedral, sin Tell absorbida en una novela de espionaje y desde la Griechenstrasse y la Sommerfeldstrasse había ido derivando hasta la zona mal iluminada de la iglesia de los jesuitas, asaltado como siempre después de una dura jornada por palabras sueltas que caían de la nada, desplegándose como los fosfenos contra los párpados del insomnio, la palabra trapisonda que daba trampa, sonda, trapa, pisos, trapos, el estrecho de Sonda, y con un leve cambio hasta un viento caliente que soplaba a veces en Mendoza y en la infancia. Habituado a esas secuelas del trabajo, Juan se había parado en una esquina esperando lo que todavía pudiera brotar de la maleta trapisonda. Faltaba el pisón, pero vino antes de la honda, que fue la última chispa que alcanzó a dar la palabra al apagarse. En la Griechenstrasse unos pocos ciudadanos previsibles andaban todavía a la búsqueda de un *keller* donde emborracharse y cantar; Juan siguió adelante, deteniéndose en los portales donde como siempre lo atraía la posibilidad de una comunicación menos obvia, la penumbra propicia al cigarrillo y al pasaje, los portales de la vieja Viena que daban a esos patios adoquinados en los que las galerías abiertas de cada piso eran como lóbregos palcos de un teatro abandonado, las formas familiares del barroco. Demorándose bajo uno de tantos portales (*Haus mit der Renaissance portal* explicaba la placa infaltable en esos casos, y era tan absurdo porque cualquiera podía darse cuenta aunque después de todo algo tenían que poner los ediles si la casa era un monumento histórico, el problema jamás resuelto de describir lo que se describía estruendosamente a sí mismo como casi todas las pinturas en los museos, el retrato de mujer con su cartel *Retrato de mujer*, la mesa y las manzanas con su cartel *Naturaleza muerta con manzanas*, y ahora según las últimas noticias de Polanco y de Marrast, la imagen de un médico sosteniendo un tallo de *hermodactylus tuberosis*, desde luego con su cartel correspondiente, y como muy bien había dicho alguna vez mi paredro, no había razón para que dentro de esa perspectiva los hombres no anduvieran por la calle con un cartel *hombre*, los tranvías con un cartel *tranvía*, las calles con inscripciones enormes, *calle, acera, cordón de la acera, esquina*), Juan acabó por seguir caminando sin rumbo preciso hasta llegar a la casa del basilisco que como era de suponer tenía también su placa, *Basilisken Haus*, y ahí se quedó un rato fumando y pensando en las últimas noticias de Polanco y sobre todo en la gran novedad de que la piedra de hule de Marrast ya estaba viajando rumbo a Francia, novedad que Polanco había subrayado varias veces como si a Juan pudiera interesarle muchísimo cualquier cosa vinculada con Marrast.

Siempre me habían atraído los basiliscos y era

muy agradable que esa noche hubiera allí una vieja casa con un basilisco en altorrelieve lleno de patas y espinas y todas las cosas que suelen tener los basiliscos cuando caen en manos de los artistas. Tan diferente del pequeño, simplísimo basilisco de Hélène, el clip que Hélène se ponía pocas veces porque el basilisco según ella era sensible a los colores (y cuando lo decía, porque lo decía siempre si Celia o Nicole le preguntaban por el clip, mi paredro y yo apreciábamos su sonrisa cuando le explicaban que entonces debía tratarse de un camaleón y no de un basilisco), de la misma manera que el pequeño basilisco de Hélène era muy diferente del que en otros tiempos había llevado monsieur Ochs en un anillo de plata, un basilisco verde echándose inexplicablemente fuego en la cola. Así esa noche las callejas vienesas me traían a los basiliscos, que era como decir Hélène, así como en el aire viejo y gastado que parecían rezumar las piedras de los portales estaba siempre presente la Blutgasse, y entonces haberme acordado de monsieur Ochs no era quizá tanto una consecuencia de la casa del basilisco que me había llevado hasta él pasando por el clip de Hélène, sino quizá de las muñecas, en la medida en que las muñecas eran uno de los signos de la condesa que había vivido en la Blutgasse, puesto que todas las muñecas de monsieur Ochs habían acabado torturadas y desgarradas después de la historia en la rue du Cherche-Midi. Yo le había contado la historia a Tell en el tren de Calais, y entonces había ocurrido lo de la pasajera pelirroja, esas coincidencias curiosas, pero ahora en la vieja Viena y frente a la casa del basilisco todos esos signos me devolvían a la condesa, la acercaban como nunca a un territorio donde vagamente latía el miedo, y por eso cuando Tell me había contado de Frau Marta, quizá a la mañana siguiente o dos días después, había sido como si Frau Marta viniera desde antes, establecida y ordenada y como decidida por un encuentro de señales inciertas al pie de la casa del basilisco, en torno a la sombra azul, a la ausencia de Hélène.

Juan no se acordaba ya de por qué había tomado con Tell el tren de Calais, debía ser en los días en que Calac y Polanco andaban colonizando Londres y los llamaban con postales y promesas, antes que Marrast y Nicole se decidieran a reunirse con ellos y todos empezaran a perderse en aventuras explicadas con abundante vaguedad en las numerosas cartas que estaba recibiendo Tell en esos días, en todo caso habían hecho el viaje porque algún amigo andaba metido en un lío y pedía auxilio desde cualquier hotel próximo al British Museum, con esa manía de los argentinos y los franceses de alojarse cerca del British Museum no tanto porque hubiera hoteles baratos sino porque el British Museum les parecía el ombligo de Londres, la piedra miliar desde donde se podía ir sin inconveniente a todas partes. Y así Tell y Juan viajaban en el tren de Calais una tarde de lluvia, hablando de petreles y otros animales hiperbóreos que eran uno de los temas preferidos de esa danesa loca, y en algún momento Juan había empezado a contarle la historia de las muñecas y Tell había tirado los petreles por la ventanilla para atender a la historia de las muñecas y de monsieur Ochs que las fabricaba a su manera en un subsuelo por el lado de las Buttes Chaumont.

—Monsieur Ochs tiene sesenta años y es soltero —había explicado Juan a fin de que Tell comprendiera mejor la historia de la estopa, pero a Tell poco le interesaban las biografías y urgía a Juan para que le revelara por qué madame Denise había entrado en la comisaría del séptimo distrito con una muñeca rota dentro de una bolsa de plástico. A Juan le gustaba narrar las historias con un cierto desorden artístico mientras que Tell parecía ansiosa por llegar de una vez al desenlace, probablemente para volver a la ecología de los petreles. Malogrados así sus mejores efectos, Juan se resignó a contarle que la primera en encontrar el objeto escondido en la estopa de la muñeca había sido la hija de madame Denise, y que en aquel entonces él vivía por el lado del Impasse de l'Astrolabe dado que cuando existe un lugar con un nombre como ése ya no se puede vivir en ninguna otra parte, y que había conocido a madame Denise, de profesión portera, en la verdulería de Roger que les hablaba de la bomba de hidrógeno como si cualquiera de los presentes entendiera algo, empezando por él mismo. Así Juan se enteró una mañana de que madame Denise había ido a la comisaría del distrito llevando la muñeca, y de lo que su hija había encontrado dentro, sin hablar de las escenas en la comisaría que Roger, enterado de primera fuente por madame Denise y por uno de los inspectores que iba a comprarle remolachas, reconstruyó para su edificación y la de varias señoras boquiabiertas.

—El comisario en persona recibió a madame Denise —explicó Roger—. Se comprende, después de lo que ella había exhibido en el mostrador de la comisaría. No me refiero precisamente a la muñeca, aunque como dijo el inspector la muñeca era también una prueba del delito. Dígame si no es una vergüenza que una niña inocente de seis años y medio, que está jugando con su muñeca y de golpe se le aparece a la madre teniendo en la mano, así...

Las señoras habían desviado púdicamente los ojos, porque Roger llevaba el verismo al punto de enarbolar una determinada hortaliza y proponerla al mundo con un gesto que Juan consideró sublime. Naturalmente el comisario había hecho pasar a madame Denise a su despacho, mientras un policía se encargaba con algún embarazo de la muñeca rota y del objeto. Las declaraciones de la denunciante habían permitido concluir así que en oportunidad de estar jugando la menor Eveline Ripaillet con la susodicha muñeca, un arrebato de precocidad maternal la había inducido a extremar los tratamientos higiénicos, con el resultado de que parte de la anatomía de la susodicha muñeca se había diluido por ser dicho juguete de calidad inferior, dejando al descubierto gran cantidad de estopa que, objeto de natural curiosidad por parte de la menor, no había tardado en revelar el policromado objeto que motivaba la denuncia de la señora Denise Ripaillet, née Gudulon. Todo lo cual obraba en poder del comisario del distrito, quien había iniciado las averiguaciones pertinentes a fin de identificar al innoble autor de tan obsceno atentado a la moral y a las buenas costumbres.

—¿Tú crees que la niña se había dado cuenta de lo que tenía en la mano? —preguntó Tell.

—En absoluto, pobre ángel —dijo Juan—, pero los aspavientos de la madre debieron traumatizarla para toda la vida Cuando conocí a monsieur Ochs me di cuenta de que era demasiado sutil como para perder el tiempo con criaturas inocentes; sus tiros procedían por elevación, o como hubiera dicho Roger, disparaba cohetes de tres etapas. La primera se encendía cuando la nena rompía la muñeca y dicho sea de paso le estaba bien empleado por sádica; la segunda, que ya interesaba a monsieur Ochs, era el efecto que las revelaciones de la niña producían en su madre y demás familiares; el tercero, que ponía en órbita la cápsula, era la denuncia a la policía y el escándalo público debidamente explotado por los diarios.

Tell quería saber cómo había terminado el episodio, pero Juan se había distraído pensando en

las loterías de Heliogábalo, en cómo otras niñas
que abrían la barriga de sus muñecas se habían
encontrado con un cepillo de dientes usado o un
guante para la mano izquierda o un billete de
mil francos, porque monsieur Ochs había puesto
muchas veces mil francos en sus muñecas que
valían apenas quinientos, y alguien lo probó en
el proceso y fue una de las circunstancias ate-
nuantes más espectaculares como corresponde a
una sociedad capitalista. Cuando volvió a ver a
monsieur Ochs (era en Larchant-les-Rochers, una
tarde que Polanco lo había llevado en motocicle-
ta para demostrarle que el campo tenía sus be-
llezas, cosa que no consiguió), hablaron del asunto y monsieur Ochs contó que lo habían multado
moderadamente y que las pocas semanas de cárcel habían sido proficuas porque su compañero
de celda era un especialista en *tiercé* y en la teo-
ría topológica de los laberintos; pero el mejor
resultado del proceso, y en eso Juan y Polanco
estuvieron entusiastamente de acuerdo, era que
en toda Francia, país conocido por el respeto casi
supersticioso que se tiene a los objetos más in-
servibles, montones de madres desmelenadas debían estar abriendo con tenazas y tijeras las pan-
zas de las muñecas de sus niñas, a pesar de los
estertores de horror de estas últimas, y no por
un comprensible prurito de moralidad cristiana
sino porque la historia de los billetes de mil
francos había sido debidamente explotada por los
diarios de la tarde que leían esas madres. A monsieur Ochs se le enternecían los ojos al evocar
los alaridos de centenares de niñas brutalmente
privadas de sus muñecas, y la lotería de Heliogábalo cobraba de pronto para Juan un relieve que
jamás había tenido en los tiempos en que hojeaba displicente la crónica de Elio Esparciano, o
ahora, tanto después, las crónicas sobre la condesa, esa otra elegante mutiladora; aún no había
llegado el momento de que le hablaran de alguien

que se le parecía, desnudo en una mesa de operaciones, abierto como Eveline Ripaillet había
abierto su muñeca en la esquina del Impasse de
l'Astrolabe.

Hay ese instante en que se empieza a bajar la
escalera de una estación del metro en París y
al mismo tiempo la mirada abarca todavía la calle
con sus figuras y el sol y los árboles, y se tiene
la sensación de que los ojos van cambiando de
lugar a medida que se baja, que en un momento
dado se mira desde la cintura y luego desde los
muslos y casi en seguida desde las rodillas, hasta que se termina como viendo por los zapatos,
hay un último segundo en que se está exactamente al nivel de la acera y los zapatos de los
transeúntes, como si todos los zapatos se estuvieran mirando entre ellos, y el techo de mayó-
lica de la galería se vuelve un plano de transición
entre la calle vista al ras de los zapatos y su an-
verso nocturno que bruscamente se traga la mirada para sumirla en una oscuridad caliente de
aire viejo. Cada vez que Hélène bajaba a la estación Malesherbes, se empecinaba en mirar la calle
hasta el último momento, a riesgo de tropezar y
perder el equilibrio prolongando un placer inde-
finido que también tenía algo de repugnante en
esa sumersión paulatina peldaño a peldaño, asis-
tiendo a la metamorfosis voluntaria en que la luz
y el espacio de lo diurno se iban anulando hasta
entregarla, Ifigenia cotidiana, a un reino de irri-
sorias lamparillas, a una húmeda circulación de
bolsillos y periódicos leídos. Una vez más calza-
ba ahora en la rutina de bajar al metro Malesherbes, pero esa tarde no lo hacía para ganar
tiempo; había salido de la clínica sin decidir
adónde iría, sin pensar en otra cosa que en alejarse y estar sola. En la calle había un último
sol que la lastimó, la luz de junio invitándola

como otras veces a tomar un autobús, o a caminar largamente hasta el barrio latino. Una colega la había acompañado hasta la primera esquina, charlando de algo que Hélène olvidó apenas la muchacha se hubo despedido; en el aire había quedado por un momento el «hasta luego» convencional de siempre, el saludo que a su vez encerraba una promesa y que la costumbre convertía en dos palabras huecas, un signo que podía remplazarse por un movimiento de la mano o una sonrisa, sólo que ahora esas dos palabras la devolvían a otra despedida, a las últimas palabras de alguien que ya no las repetiría para nadie. Probablemente por eso bajó una vez más a la estación Malesherbes, incapaz de hacer frente al sol y al follaje de los árboles de la avenida, prefiriendo una penumbra que por lo menos le fijaba itinerarios definidos, la encauzaba en una necesaria decisión, Porte des Lilas o Levallois Perret, Neuilly o Vincennes, derecha o izquierda, norte o sur, y ya dentro de esa primera decisión general la obligaba a elegir la estación donde bajaría, y una vez en la estación la forzaba a escoger la escalera de salida que mejor le conviniera, del lado de los números pares o impares. Las ceremonias se iban cumpliendo como si alguien la llevara del brazo, sosteniéndola levemente y mostrándole el camino: bajó las escaleras, se orientó hacia la dirección favorable, tendió su ticket a la empleada del andén, avanzó hasta el lugar donde se detendría el vagón de primera. Vagamente pensaba en la ciudad, donde caminar tenía siempre algo de pasivo, por inevitable y decidido, por fatal si se podía caer en ese término lujoso. Lo que pudiera ocurrirle en la ciudad nunca la había preocupado tanto como el sentimiento de cumplir itinerarios en los que su voluntad poco tenía que ver, como si la topografía de la ciudad, el dédalo de calles cubiertas, de hoteles y tranvías, se resolvieran siempre en un solo inevitable derrotero pasivo. Pero ahora ese París subterráneo que durante algunos minutos la llevaría también a través de un sistema ineludible de pasajes y de vías la aliviaba extrañamente de su libertad, le permitía quedarse como en ella misma, distraída y a la vez concentrada en esas últimas horas de la clínica, en lo que había sucedido en esas últimas horas. «Es casi como estar en la ciudad», pensó mirando el telón gris de cables y cemento que vibraba y ondulaba junto a la ventanilla. Sólo de algo estaba segura ahora, y era que no volvería en seguida a su casa, que lo único razonable era quedarse hasta tarde en el barrio latino, leyendo cualquier cosa en un café, poniendo distancias y compresas, los primeros algodones absorbentes como el metro era ya un primer algodón entre la clínica y el café, y después el café sería el vendaje que aislaría la piel de los roces demasiado ásperos del recuerdo, un sistema consecutivo de paragolpes y aisladores que la inteligencia establecería como siempre entre esa tarde y la mañana siguiente, entre lo que fuera quedando de esa tarde en la mañana siguiente y los días sucesivos, hasta el olvido. «Porque me olvidaré», me dije irónicamente, «y en el fondo eso será lo peor, volver a andar bajo los árboles como si no hubiera pasado nada, absuelta por el olvido devuelta a la aptitud y a la eficacia». Mi paredro me hubiera tratado amablemente de suicida postergada, me hubiera dicho: «Nosotros vamos a la ciudad pero tú solamente vienes, tú no haces más que venir de la ciudad». y aunque no hubiera sido fácil entender lo que quería decirme, porque bien podía suceder que mi paredro dijera a veces cosas muy diferentes, algo en mí le hubiera dado la razón esa tarde porque la vida condicionada por la inteligencia, la vida a base de algodones y aisladores me parecía el peor escupitajo frente a lo que acababa de ocurrir a las cuatro y media en punto en la sala dos del segundo piso donde operaba mi jefe, y la conciencia del olvido inevitable, del consuelo protector garantido con doble superficie absorbente era el peor de los consuelos puesto que nacía de mí misma, yo que en ese momento hubiera querido poder guardar para siempre cada prueba del absurdo y del escándalo, negarle a la vida sus algodones y sus compresas, aceptar sin retaceos que todo se me hundía bajo los pies mientras seguía pisando firmemente en un suelo de cemento municipal. «Pobre muchacha», pensé compadecida, «qué alta idea equivocada tienes en el fondo de ti misma, cómo eres idéntica a cualquier otra mujer, sin las ventajas, Hélène, sin las ventajas». Porque el orgullo me perdería, un orgullo sin vanidad, una dureza de estatua condenada al mismo tiempo a moverse y a comer y a menstruar. ¿Autobiografía? Ah, no, y en el metro a esa hora, vamos. Café, café en seguida. La primera compresa, hermanita, urgentemente.

Mientras salía del andén para buscar la correspondencia con la línea que le llevaría hasta la estación Saint Michel, la imagen del muchacho en la camilla le recordó una vez más a Juan, aunque no hubiera visto nunca a Juan desnudo como había visto ese cuerpo que la sangre desertaba. Pero ya desde un comienzo, cuando por la mañana le había hecho la visión obligada de la anestesia al enfermo que operarían por la tarde, algo en el corte del pelo, en la línea decidida de la nariz y las finas arrugas prematuras que le bordeaban la boca le había recordado a Juan. La entrevista no había pasado de la amable ceremonia de siempre, la toma de contacto para observar las características del enfermo y sus reacciones, pero había bastado que el muchacho se enderezara en la cama y le tendiera una mano huesuda, y que después la escuchara hablar con una atención cortés, para que su semejanza con Juan se hiciera evidente, antes que esa tarde volviera a

verlo ya desnudo en la sala de operaciones y que
él, reconociéndola, viéndola inclinarse a su lado
para prepararle el brazo, le sonriera con la misma sonrisa un poco crispada de Juan y le dijera: «Hasta luego», no más que eso antes de la
ráfaga negra del pentotal, sin las estúpidas frases de tantos otros que buscaban disimular el
miedo con un aburrido «trataré de soñar con usted» o sus variantes. Después sólo había sido un
perfil inmóvil mientras ella le pinchaba la vena,
una imagen pálida y a la vez tan nítida que hubiera podido superponerla a cualquiera de los
anuncios que cubrían las paredes del andén, seguir viéndola con los ojos abiertos aunque también podía cerrarlos como ahora que había llegado al límite del andén donde empezaba la escalerilla que se perdía en el túnel, y mirarla en
ese otro túnel vertiginoso de los párpados donde
se amontonaban las lágrimas lavando inútilmente el perfil inmóvil y obstinado. «Te olvidaré», le
dije, «te olvidaré muy pronto, es necesario, sabes.
Yo también te diré hasta luego como tú, y los
dos habremos mentido, pobrecito. Pero quédate,
ahora, tenemos todo el tiempo necesario. Esto
también, a veces, es la ciudad».

Pobre Austin, no había terminado de examinar
el retrato. no se había repuesto todavía de la
emoción que debía producirle estar en el Courtauld Institute mirando atentamente el tallo de
hermodactylus tuberosis en compañía involuntaria de varios otros neuróticos anónimos (que llegaban cada uno por su cuenta pero en cantidades
apreciables), y ahí mismo se le acerca Marrast
para preguntarle la hora y, con ese pretexto más
bien usado, entablar una conversación que habría
de unirlo para siempre o poco menos a los otros
tártaros. Sentados en el gran sofá como un islote
rocalloso en el centro de la sala, Calac y Polanco

habían asistido con escaso interés a la maniobra, preguntándose por qué Marrast elegía a ese jovencito de aire azorado entre tantos otros presumibles neuróticos anónimos que en esos días iban a estudiar sigilosamente el cuadro de Tiyll Kettle bajo la mirada cada vez más estupefacta del guardián.

—Es un test —les dijo después Marrast—. Hay que establecer un puente con el grupo, y Austin me parece el cobayo perfecto. ¿Cómo llegar a conocer los efectos de la experiencia? A mí no me basta verlos ahí amontonados; extraigo uno y verifico en él los impactos colectivos.

—Es un sabio —le informó Polanco a Calac.

—Oh, sí —dijo Calac, y los dos se hundieron hasta lo más hondo del sofá tratando de ahogar las carcajadas que tendían a resonar demasiado en la atmósfera del museo.

Así salieron todos juntos a tomar un *espresso* a la vuelta del Gresham Hotel, y Marrast fue a buscar a Nicole para que conociera a Austin y pusiera el toque femenino en esa reunión que se anunciaba aburrida. Pero Austin perdió casi en seguida la timidez y el anonimato neurótico, nos habló de la música para laúd y especialmente de Valderrábano y de otros españoles bastante misteriosos. Tuvimos que reconocer que Marrast no se había equivocado al extraer a Austin de la masa de sus sujetos, aunque todavía no estaban claras sus razones aparte de la práctica del inglés que todos nosotros necesitábamos mucho. Nunca le pregunté a Mar por qué entre los cinco o seis presumibles neuróticos anónimos presentes había optado tan decididamente por Austin; según Calac, se había precipitado sin vacilar hacia él cuando mucho mejor hubiera sido derivar hacia una muchacha vestida de violeta que no por neurótica dejaba de tener un aire sumamente sexy. Mar parecía creer no sólo lógico sino necesario que Austin se incorporara a nuestro grupo y que

110

él le diera las lecciones de francés que Austin pidió casi en seguida, afirmando que las pagaría porque su madre tenía dinero para esos perfeccionamientos. De alguna manera que todos habíamos aceptado después de la primera sorpresa, Austin se agregó naturalmente a nuestro grupo, se dejó adoptar por Polanco que escuchaba entre enternecido y muerto de risa sus opiniones sobre el futuro de la humanidad, nos fue mostrando un Londres musical y un poco boy-scout que nos divertía de a ratos. Acabé por agradecerle a Mar que nos hubiera traído a Austin, que Austin se sumara inocentemente para amueblar a su manera, como un perro de aguas o una novela, el vacío en que vivíamos. De noche, cuando nos quedábamos solos, hablábamos del cuadro y de Harold Haroldson que debía pasar por angustias morales indecibles, y también de Austin que aprendía con tanta aplicación el francés. Como muebles que Mar fuera comprando para llenar el hueco, a veces Mr. Whitlow, a veces la sombra gigantesca de la piedra de hule ya ubicada en Northumberland, y ahora Austin nada neurótico al fin y al cabo Entre dos muebles, entre una referencia a Tilly Kettle y otra al sonido del laúd de Austin, Mar me besó en la punta de la nariz y me preguntó como al pasar por qué no me volvía a París.

—Pero tú también vas a volver —le dije, aceptando que todo era inútil, que los muebles se deshacían como polillas muertas, que a esa hora y en esa cama del Gresham Hotel todo recomenzaría como tantas veces, para nada.

—Me quedaré en Arcueil trabajando —dijo Mar—. No tengo ninguna necesidad de aparecer por París, y tampoco tendría por qué ir a verte. Tienes la llave del estudio, tienes tu trabajo, ya estás en la letra *b*. Hay muy buena luz allí para dibujar.

Volvíamos vertiginosamente hacia atrás, ni Harold Haroldson ni Austin podían impedir esa monotonía: había un grupo de casas rojas a la izquierda de la carretera, un panel con un anuncio del agua mineral Recoaro. Encendiendo un cigarrillo como queriendo vagamente justificar ese alto en pleno viaje, Mar había esperado que yo dijera algo, que le explicara por qué de pronto las lágrimas me mojaban la cara, pero no había palabras que decir a menos de decir Recoaro, decir casas rojas, cualquier cosa menos Juan cuando todo era Juan en ese momento, la ruta, las casas rojas, el agua Recoaro. Y de alguna manera lo habíamos comprendido con solamente mirarnos (Mar me había secado gentilmente las lágrimas, me había echado una bocanada de humo en la nariz), y era como si uno de los dos estuviera de más en ese auto y en esa cama, o peor, como si estuviéramos sintiendo al tercero observándonos desde las valijas y los recuerdos de viaje, entre caracoles y sombreros, o sentado en el sillón junto a la ventana y vuelto obstinadamente hacia Bedford Avenue para no mirarnos a nosotros.

—Es una piedra de hule grande así —dijo Marrats sentándose bruscamente en la cama y dibujando con las manos una especie de cubo que, por la violencia del movimiento, se multiplicaba hasta abarcar no solamente la habitación, sino gran parte del Gresham Hotel.

—Es tan difícil para los dos, Mar —dijo Nicole apretándose contra él—. Estás hablando de la nada todo el tiempo, estás enredando inútilmente las vidas de los demás, del pobre Harold Haroldson, pero nosotros seguimos aquí aunque juguemos con Austin, aunque yo me vuelva a París, aunque cualquier cosa, Mar.

—Es una hermosísima piedra de hule —insistió Marrast—. Y yo me arreglaré muy bien en Londres hasta que termine los trámites de la piedra, lo paso perfectamente con los dos salvajes argentinos y el laudista.

112

—No quiero volver así a París.

—¿Por orgullo? Orgullo de ti misma, quiero decir. ¿Por qué no bajas la crestita, por qué no depones las armas, malcontenta?

—Te es tan difícil aceptarme como soy —dijo Nicole—. Habré cambiado tanto, Mar.

—Eramos felices —dijo Marrast resbalando en la cama y mirando el cielo raso—. Después, ya lo viste, había esas casas rojas y todo se petrificó de golpe como si estuviéramos metidos en la piedra de hule, realmente. Date cuenta, trata de comprender, soy el primer escultor al que le pasa quedarse encerrado en una piedra, es una novedad considerable.

—No es por orgullo —dijo Nicole—. En el fondo no me siento culpable de nada, no he hecho nada para que me suceda esto. ¿Por qué tenía que preservar mi imagen preestablecida, la que tú habías inventado? Soy como soy, antes me encontrabas de una manera y ahora soy la malcontenta, pero de este lado sigo siendo la misma, te sigo queriendo como siempre, Mar.

—No es una cuestión de culpas —dijo Marrast—, tampoco Juan tiene la culpa de que su nuez de Adán te guste tanto, el pobre está completamente ajeno a todo, supongo. De acuerdo, volveremos juntos a París, no tiene sentido quedarse solo aquí con la mala calefacción que hay en este hotel, y además qué dirían Calac y Polanca y mi paredro. En fin, trata de dormir bien, que por lo menos eso nos dure.

—Sí, Mar.

—Seguramente soñaré toda la noche con la piedra de hule. Dame un puntapié si me agito demasiado, si empiezo a roncar. La perilla de la luz sigue estando de tu lado, me parece, en este hotel no cambia nunca nada.

El basilisco del portal era casi invisible en la oscuridad, pero a fuerza de mirar se percibía o se inventaba algo como una corona de espinas. Ni el de monsieur Ochs ni el de Hélène tenían coronas, pero el de Hélène era tan pequeño que quizá la tuviera, mientras que el de monsieur Ochs parecía demasiado ocupado en echarse fuego en la cola. Las armas de la condesa, ¿habrían contenido algún animal fabuloso, quizá una salamandra? Más tarde, bebiendo slívovitz con Tell en la habitación de Ladislao Boleslavski y asomándose por turno a la mirilla de la doble puerta histórica cada vez que les parecía oír algo en el pasillo, hablaron de las muñecas y se acordaron de la mujer pelirroja, de cómo exactamente al término de la historia de monsieur Ochs —el tren de Calais salía de una vaga estación irreconocible en la niebla— la confortable soledad del compartimiento la había quebrado la mujer pelirroja por el solo hecho de entrar con un cigarrillo en la boca y, sin mirarlos casi, sentarse del lado del pasillo y poner a su lado un bolso de donde asomaban los hebdomadarios propios de su sexo, su peinado y su cigarrillo, así como una caja que parecía de zapatos en más grande y que cinco minutos después (Tell estaba empezando a volver a los petreles, con referencia a uno sumamente domesticado que tenía su familia en Klegberg) resultó ser una caja de donde habría de salir una muñeca morena vestida a la moda de Saint-Germain-des-Prés, que la mujer empezó a examinar con suma atención como si acabara de comprarla. Olvidada del petrel, Tell había mirado a Juan con la mirada que en ella precedía siempre a un torrentoso discurso, mientras Juan, sintiendo como un hilo de frío en la espalda, le ponía una mano en la rodilla para que no fuera a decir nada, para que no malograra la hermosura de ese momento en que algo se cerraba o se abría, y así después de tanto hablar de monsieur Ochs habían visto cómo la mujer, sin quitarse el cigarrillo de la boca, inspeccionaba cuidadosamente la muñeca, la daba vueltas por todos lados, le alzaba la falda y le bajaba el diminuto slip rosa para revisar con un frío impudor, exhibiendo en detalle cada cosa, las pantorrillas y los muslos, los cachetes de las nalgas, la entrepierna inocente, volvía a ponerle el slip, y se dedicaba a tantear los brazos y la peluca hasta quedar satisfecha de su compra y guardarla otra vez en la caja para después, como quien retorna a la rutina de todo viaje, encender un nuevo cigarrillo y abrir la revista *Elle* en las páginas 32/33 dentro de las cuales se quedó perdida hasta tres estaciones más lejos.

Desde luego no era una muñeca de monsieur Ochs, porque monsieur Ochs ya no podía seguir fabricando muñecas después del proceso y trabajaba como sereno en una obra de Saint-Ouen, adonde una que otra vez iban Juan y Polanco a llevarle una botella de vino y unos francos. En esa época monsieur Ochs había hecho una cosa extraña: una noche en que Juan fue solo a verlo, le insinuó que Polanco no le merecía demasiada confianza porque era un espíritu científico que acabaría fabricando armas atómicas, y después de beberse a medias la botella de medoc que le había llevado Juan, sacó de un portafolios un paquete y se lo regaló. Juan hubiera querido enterarse del contenido de la muñeca sin tener que romperla, pero entendió que no estaba bien preguntarle a monsieur Ochs, quebrar de alguna manera esa prueba de confianza y de reconocimiento. Después vinieron tiempos de pequeños basiliscos, de plantas de tallos raros, de conferencias de ministros de educación, de amigos tristes y restaurantes con espejos, y la muñeca durmió entre camisas y guantes que es un buen lugar para que duerman las muñecas; ahora debía estar viajando

hacia Viena por vía postal certificada, porque
Juan había decidido regalársela a Tell después de
tantas historias de muñecas en los trenes, y había encargado a mi paredro, en los últimos días
de París, que enviara el paquete al hotel Capricorno, de donde naturalmente se lo harían seguir
al del Rey de Hungría. La muñeca le llegaría a
Tell cuando menos lo esperaran los dos, sobre
todo Tell que no tenía idea del regalo; alguna
tarde, al volver de la conferencia, se la encontraría con ella en las manos, acordándose de la noche
del tren de Calais, y sería divertido revelarle el
origen de la muñeca a menos que esa danesa loca
ya se hubiera adelantado con las tijeras o la lima
de uñas. Imposible prever qué haría Tell, asomada ahora a la mirilla de la puerta y de pronto
girando la cabeza para llamar a Juan en mitad de
otro trago de slívovitz y rememoraciones, la señal convenida de alerta, el penoso trabajo de abandonar el viejo sofá histórico y llegarse hasta la
puerta, tan cansado después de una jornada de
sesiones plenarias y vagabundeos por el barrio
viejo, y escuchar el murmullo de Tell, la noticia
que previsiblemente se resolvía por fin en Frau
Marta y el pasillo y la escalera que llevaba al
piso de arriba donde tenía su habitación la chica
inglesa.

Había poca gente en el andén del metro, gente
como manchas grises en los bancos a lo largo de
la pared cóncava con mayólicas y carteles de propaganda. Hélène caminó hasta el extremo del andén donde la escalerilla permitía alcanzar —pero
estaba prohibido— la entrada del túnel; encogiéndose de hombros, pasándose vagamente el dorso
de las manos por los ojos, regresó hacia la zona
iluminada. Así, casi sin verlos, es como se empieza
a mirar uno tras otro los enormes carteles que
violan la distracción y buscan su camino en la

memoria, primero una sopa, después unos anteojos, después una marca de televisor, gigantescas fotografías en las que cada diente del niño a quien le gustan las sopas Knorr tiene el tamaño de una caja de fósforos, y las uñas del hombre que mira la televisión parecen cucharas (para comer la sopa del cartel de al lado, por ejemplo), pero lo único que puede atraerme de todo eso es el ojo izquierdo de la niña que ama el queso Babybel, un ojo como la entrada de un túnel, una serie de recintos concéntricos y en medio el cono del túnel perdiéndose en lo hondo como ese otro túnel en el que me hubiera gustado internarme bajando por la escalerilla prohibida y que ahora empieza a vibrar, a gemir, a llenarse de luces y chirridos hasta que se abren las puertas del convoy y entro y voy a sentarme en la banqueta reservada a los inválidos o los viejos o las mujeres encinta, opuesta a los otros asientos donde pigmeos indefinibles con dientes microscópicos y uñas imperceptibles viajan con la expresión fija y desconfiada de los parisienses atados a sueldos de hambre y amarguras fabricadas en serie como las sopas Knorr. Durante cuatro o cinco estaciones hay una especie de absurda voluntad de locura, de obstinación en fijar la ilusión de que quizá bastaría proponérselo, dar un paso mental adelante, la verdadera escala de la vida, y esa gente del vagón empequeñecida hasta el ridículo se volviera un mero bocado para la niña que ama el queso Babybel, un verdadero manotazo del gigante de la televisión. Ya al borde de la escalerilla del túnel prohibido, algo como una caricia abominable, un reclamo... Encogerse de hombros, rechazar una vez más las tentaciones; quedas tú, Hélène, queda la amarga cosecha de esta tarde; el día no ha terminado aún, habrá que bajar en la estación Saint-Michel, la gente conserva su tamaño natural, los carteles son exagerados, un hombre desnudo es pequeño, es frágil, nadie tiene uñas como cucharas, ojos como túneles. Ningún juego te hará olvidar: tu alma es una máquina fría, un lúcido registro. Nunca olvidarás nada en un torbellino que arrase lo grande y lo pequeño para tirarte a otro presente; incluso cuando caminas por la ciudad eres tú misma, inevitablemente. Ya te olvidarás con método, con un antes y un después; no te apresures, el día no ha terminado aún. Vamos, es aquí.

Desde la puerta reconoció el mechón de pelo de Celia inclinada sobre una taza de algo oscuro que no parecía café. No había mucha gente en el *Cluny* y la mesa preferida de mi paredro estaba vacía; Celia se había sentado en otra, como si la ausencia de los tártaros le doliese y quisiera darlo a entender. «Probablemente a quien más extraña es al caracol Osvaldo», se dijo Hélène, que tendía a ver en Celia la edad de los juguetes y los resfríos. Saludó con un gesto a Curro y dos espejos le devolvieron la espesa mano de Curro mostrándole la mesa de los tártaros; sumadas a la mano propiamente dicha, le indicaban tres direcciones diferentes. Hélène pensó que nadie hubiera podido guiarla con más propiedad en ese momento, y se acercó a Celia que dejaba caer una lágrima exactamente en el centro de una taza de Viandox.

—Las cosas que bebes —dijo Hélène—. Huele a caballo sudado.

—Es buenísimo a esta hora —murmuró Celia, que tenía la cara tapada por el mechón de pelo y se parecía a la niña que amaba el queso Babybel—. Es lo mejor para mojar una medialuna, sirve de sopa y de comida al mismo tiempo. Puede ser que lo hagan con caballo, pero lo mismo es bueno.

—Mojar una medialuna —dijo Hélène, sentándose a su lado en la banqueta y abriendo sin mirarlo el *Nouvel Observateur*—. Con esos gustos ya deberías estar en la cama hace una hora, tu edad psicológica se sitúa entre los nueve y los once años: medialuna en la sopa, cinco terrones de azúcar en cualquier cosa que bebes, el pelo en la cara... Para colmo llorando encima de esa porquería humeante. Y pretendes diecisiete años y cursos en la Sorbona.

Celia alzó la cabeza y se puso a reír; todavía le caían algunas lágrimas y se las secó de un manotazo, ayudándose con el pelo.

—Sí, doctora. Está bien, doctora. Me he ido de mi casa, sabes. Para siempre, esta vez es para siempre.

—Ah —dijo Hélène—. Supongo que para siempre quiere decir hasta pasado mañana.

—Para siempre, te digo. Esa casa es un infierno, una jaula de escolopendras.

—Nunca vi una escolopendra en una jaula.

—Yo tampoco, y ni siquiera sé bien lo que es una escolopendra, pero Polanco dice que están en jaulas.

—¿Y cómo te vas a arreglar?

—Estuve haciendo cuentas. Puedo vivir dos meses con lo que tengo unos quinientos francos. Si vendo algunos libros y el abrigo de piel, digamos mil francos en total...

—Pero entonces es de veras —dijo Hélène cerrando el periódico. Pidió un coñac y lo bebió casi de un trago. Celia había agachado otra vez la cabeza sobre el Viandox y Curro, que traía un segundo coñac para Hélène, hizo un gesto de interrogación que la conmovió absurdamente. Se quedaron un largo rato así, sin mirarse ni hablarse; Celia chupaba de cuando en cuando la medialuna húmeda, con la mejilla apoyada en un puño y el codo en un ángulo de la mesa. Casi sin darse cuenta de su movimiento, Hélène le pasó levemente la mano por el pelo caído y sólo entonces, cuando retiraba la mano, la caricia se superpuso al recuerdo del gesto inútil y estúpido (no había sido una caricia, de ninguna manera había sido una caricia, pero por qué entonces el mismo gesto de ahora) y vio su mano rozando por un instante el pelo del muchacho desnudo, la rapidez con que la había retirado como si los otros, ese absurdo ballet de blanco que se agitaba para nada en torno a una camilla que ya era la morgue y el resto, pudieran censurar un movimiento que no había obedecido como los suyos a razones funcionales, que no había tenido nada que ver con el masaje cardíaco, la coramina o la respiración artificial.

El segundo coñac era más lento y más tibio; Hélène dejó que le quemara los labios, le ardiera en lo hondo de la lengua. Celia mojaba otra medialuna en el Viandox, y suspiró antes de tragarla casi entera junto con un último resto de llanto. No parecía haberse dado cuenta de la caricia de Hélène y aceptó sin decir nada el cigarrillo y que se lo encendieran. En el café poco poblado, con Curro de espaldas junto a la puerta como un bull-dog protector, se dejaron ir al silencio, protegidas por el humo que ahuyentaba escolopendras y despedidas. Esa vez los soportales donde las pescaderas alzaban sus tiendas estaban vacíos y como recién lavados, lo único reconocible era la perspectiva de las galerías y las arcadas, y también la luz indefinible, neutra y ubicua, de la ciudad. Hélène sabía que si no se apresuraba llegaría tarde a la cita, pero era difícil orientarse en un barrio en el que las calles se volvían bruscamente patios o estrechos pasajes entre casas vetustas, con vagos depósitos sin salida donde se acumulaban arpilleras viejas y montones de latas. No quedaba más remedio que seguir caminando, que seguir llevando el paquete que pesaba cada vez más, proponiéndose vagamente preguntar la dirección a cualquiera de los transeúntes que derivaban por las calles sin acercarse lo bastante, que se perdían en algún recodo tan pronto se pretendía ganar distancia para preguntar. Tendría que seguir así hasta que apareciera el hotel como aparecía siempre, de golpe con sus verandas protegidas por cañas y biombos de mimbre, las cortinas que agitaba una brisa caliente. La calle parecía continuarse en el pasillo del hotel, sin transición se estaba frente a las puertas que daban a habitaciones con paredes empapeladas de color claro con listas rosa y verde desteñidas, cielos rasos con estucos y arañas de caireles y a veces un viejo ventilador de dos palas que giraba lentamente entre las moscas; pero cada habitación era la antesala de otra semejante, donde las únicas diferencias eran la forma o la disposición de vetustas cómodas de caoba con estatuillas de yeso y floreros vacíos, mesas que sobraban o faltaban, y nunca una cama o un lavabo, habitaciones para atravesar y seguir o a veces acercarse a una ventana y reconocer desde un primer piso los soportales que se perdían a lo lejos y alguna vez, cuando se estaba en algún piso más alto, el brillo del canal lejano o la plaza donde los tranvías circulaban silenciosamente, cruzándose como hormigas yendo y viniendo en una faena interminable.

—Tú sabes, cuando entré hace un rato casi me había olvidado que los muy se fueron a Londres —dijo bruscamente Celia—. Vine para pedirle consejo a Calac, que conoce todos los hoteles baratos. También Tell conoce hoteles, pero se ha ido no sé a dónde con Juan.

—Viena —dijo Hélène, mientras la copa vacía de coñac entraba otra vez en foco, se petrificaba y cristalizaba obediente a su forma y a lo que podía esperarse de ella bajo los ojos que la describían y la situaban como también podía y debía esperarse de ellos.

—Ah. Y ahora mi paredro está también en Londres con los muy. Las únicas que quedamos somos tú y yo y Feuille Morte, pero ya sabes.

—Feuille Morte, claro.

—Mi padre habló de juventud corrompida —dijo Celia con una risa que estuvo a punto de dispersar sobre la mesa el resto del Viandox—. Y mamá seguía bordando un mantelito, te das cuenta, no se les ocurrió que yo iba a juntar mis cosas y mandarme mudar. Llevé mis libros a casa de una compañera de estudios, pero allí no puedo quedarme, son casi peores que en la mía. Esta noche me iré a cualquier hotel de por aquí, y mañana buscaré una habitación. Tengo que encontrar algo en seguida, los hoteles cuestan demasiado.

—Entonces es de veras —dijo Hélène.

—Ya te lo dije —murmuró Celia—. No-soy-una-niña-de-pecho.

—Perdón, Celia.

—No, perdóname tú, estoy tan.

Hélène jugó con el vaso vacío. Desde luego Celia no era una niña de pecho. Con una niña de pecho se hubiera podido hacer algo, darle un biberón con un calmante en la leche, ponerle talco, hacerle cosquillas, volver a acariciarle el pelo hasta que se durmiera.

—Puedes venir a mi departamento —dijo Hélène—. Es muy pequeño pero hay una cama de dos plazas y lugar para tus libros; tengo una mesa plegadiza que te servirá.

Celia la miró por primera vez de lleno y Hélène vio de nuevo la cara de la niña que amaba el queso Babybel, los pequeños túneles que nacían en sus ojos.

—¿De verdad? Pero, Hélène, yo sé que tú...

—No sabes nada, masticadora de medialunas. Mi soledad intocable, mi plaza fuerte de la rue de la Clef: gracias por tanto respeto. Entérate de que todo eso es así porque me da la gana, como ahora me da la gana ofrecerte alojamiento hasta que te reconcilies con las escolopendras o encuentres una buhardilla aceptable.

—Tú dijiste que era tan pequeño, y yo soy tan desordenada.

—No en mi casa, verás que no se puede. A veces casi me gustaría que se pudiera pero no se puede. Las cosas aprenden a ponerse solas en su sitio, ya verás, es fatal

—Siempre habrá una media mía tirada al pie de la cama —dijo honradame.ite Celia—. No puedo aceptar, no debo

—Diálogo de idiotas —dijo Hélène, volviendo a abrir el periódico.

Celia resbaló un poco hasta apoyarse en Hélène, y todo el pelo le cayó sobre la cara; siempre le había servido para llorar en paz y ahora necesitaba quedarse así, ovillada en sí misma, silenciosa para no fastidiar a la que leía y fumaba y algún momento llamaba a Curro para pedirle dos cafés, basta de caricias consoladoras y frases de pediatra compasiva, desde luego aceptaría venir a mi casa y tal vez fuera absurdo o agradable o simplemente nada, pero en todo caso ya no pasaría sola esa noche, sin saberlo ella estaría allí para ayudarme a no seguir viendo ese perfil endurecido y pálido, esa camilla con su forma inútilmente tibia. Un café caliente y amargo, otro camarada inocente, y todavía el regusto a moho, preguntarse una vez más de qué había servido que rozara con los dedos ese pelo negro que alguien estaría peinando ahora para que la familia apresuradamente convocada después del plazo necesario para preparar decentemente el cadáver no se trastornara demasiado frente a los cambios, esa horrible tormenta congelada, y reconociera a su deudo, al muchacho que había entrado en la sala de operaciones con el pelo echado hacia atrás como también lo usaba Juan, pero lo otro ya no podrían devolvérselo, la sonrisa con que había recibido a Hélène esa mañana como si comprendiera que sólo venía a observarlo con el pretexto de una explicación cortés sobre la anestesia. Ya nadie le devolvería esa sonrisa que había sido exactamente la sonrisa de Juan, nadie la pondría nuevamente en esos labios negros, en esos ojos entrecerrados y vidriosos. Otra vez escuchó su voz, el «hasta luego» inocente y esperanzado, dos palabras donde parecía refugiarse la confianza en todos los que lo rodeaban y que ahora le volvían como un infinito nauseabundo, un aplazamiento sin término para ella de este lado, metida en andenes, coñacs y muchachas que se iban de su casa. Abriendo una puerta más, y ya eran incontables, Hélène entró en una habitación mayor que las otras, pero con las mismas paredes empapeladas y los muebles vetustos mal arrinconados en los ángulos; en la pared del fondo había una jaula de ascensor decrépito, y el ascensor estaba ahí esperando. Hubiera querido descansar un momento, posar el paquete en alguna mesa, pero no era posible porque iba a llegar tarde a la cita y el hotel se asemejaba interminablemente a sí mismo, imposible imaginar o reconocer la habitación donde la esperaban y ni siquiera prever quién la esperaba aunque todo fuese espera en ese instante, una espera que se acentuaba como el peso del paquete colgando de sus dedos y lastimándola con su cordel amarillo, como el ascensor detenido allí hasta que Hélène entrara y marcara un piso que quizá no fuese necesario marcar para que el ascensor empezara a moverse, subiendo o bajando en un silencio absoluto, envuelto en una luz diferente de cualquier otra luz.

—Me sigue pareciendo increíble —dijo bruscamente Celia—. Cuando te vi entrar, porque confieso que te vi muy bien aunque tenía el pelo tapándome la cara, casi me dio miedo, sabes. La doctora me iba a retar, algo así. Y ahora ir a tu casa, estar contigo... ¿Realmente no lo haces por lástima?

—Pero sí —dijo Hélène como sorprendida—. Naturalmente que lo hago por lástima. La niña que ama el queso Babybel no puede irse a dormir sola por ahí, va a tener miedo lejos de su mamá. Hay cucarachas, hay serenos chinos afiliados a hermandades siniestras, hay sátiros sueltos en los pasillos, y no te olvides de *la cosa* que es siempre lo peor, la cosa escondida en un placard o debajo de la cama

—Tonta —dijo Celia, agachándose y besándole rápidamente la mano y retirándose después, ruborizada—. Tú, siempre tan. ¿Y qué es eso de la niña que ama el queso Babybel? Pero no, mírame un poco. Estás tan triste, estás más triste que yo, Hélène. Quiero decir, tú me comprendes, yo sé que nunca estás alegre como Polanco o Feuille Morte, tú siempre tienes en la cara algo que... Hélène, ¿todas las anestesistas son así, a qué?

—No necesariamente. Es una profesión que prescinde de las caras sabes. Una cuestión de buen pulso y sobre todo de máscara correcta, porque a veces los viajes son solamente de ida.

Celia no entendía, estuvo por preguntar y se contuvo, sospechando que Hélène no iba a contestarle. Y luego la tregua, la maravilla, sentirse como salvada, con Hélène era el retorno a la zona, a la confianza, la doctora burlona y distante que en el momento preciso había sabido alargar un dedo para que ella se encaramara como Osvaldo en las cucharitas de café para exasperación de la señora de Cinamomo Y si Hélène estaba triste...

—La señora de Cinamomo no aparece por aquí desde hace una semana, me lo contó Curro —dijo atropelladamente Celia—. Me pregunto si no se le habrá contagiado la manía de los viajes y andará por ahí con la sobrina y ese sombrero que parece un televisor. ¿Te dije que esta mañana tuve noticias de Nicole? Están todos locos en Londres, parece que Marrast ha descubierto no sé qué cuadro.

—La locura es portátil —dijo Hélène.

—Calac y Polanco conocieron a un laudista que toca baladas medievales, pero en cambio Nicole no da ninguna noticia de Osvaldo.

—¿Se llevaron a Osvaldo, con lo sensible que es ese animal?

—Lo llevó mi paredro, yo estaba aquí cuando envolvió la jaula en una hoja de lechuga y la guardó en la gabardina. No entendí muy bien lo de los viajes de ida —agregó Celia rápidamente.

Hélène la miró en los ojos, los túneles concéntricos, los pequeños puntos negros que llevaban vertiginosamente al mundo de la niña que amaba el queso Babybel.

—A veces se nos mueren, sabes —dijo—. Hace dos horas se nos murió un muchacho de veinticuatro años.

—Oh, perdón. Perdón, Hélène. Y yo hablando de. Tan.

—Es el oficio, niña mía, no hay nada que perdonar. Hubiera debido irme directamente a casa, darme una ducha y beber whisky hasta olvidarme, pero ya ves que también vine a mojar mi medialuna y no está tan mal, nos haremos compañía hasta que nos sintamos mejor.

—No sé, Hélène, yo quizá no debería —dijo Celia—. Eres tan buena conmigo, y estás tan triste.

—Vámonos, verás que nos hace bien a las dos.

—Hélène...

—Vámonos —repitió Hélène, y Celia la miró un segundo antes de agachar la cabeza y buscar su bolso en la banqueta.

Polanco confiesa a Austin todas las mañanas desde que ha descubierto lo divertido que puede ser Austin desovillando su neurosis anónima para el amigo maduro, esa especie de padre argentino de sienes plateadas y trajes bien cortados que inspiran confianza. La lección de francés con Marrast es a las doce siempre que Marrast llegue a tiempo porque en general le ocurre alguna cosa y Austin lo espera pacientemente en la esquina o tocando el laúd; entonces Polanco se descuelga una hora antes y es el confidente de Austin, se van a tomar cerveza y jugo' de tomate respectivamente, y poco a poco Austin va revelando a Polanco algunos de sus problemas que son casi siempre el mismo pero con infinitas variantes, por ejemplo los peinados altos. A Austin le gustaría que la chica fuese dócil y plástica, que aceptase acurrucarse en sus brazos y quedarse un rato quietita, hablando o fumando o tocándose por aquí y por allá, pero no hay nada que hacer, todas andan ahora con peinados a lo Nefertiti, unos catafalcos monumentales que les hacen en las peluquerías con derroche de lacas y postizos. Tu comprends, ça me coute très cher, mon chéri, le ha dicho por ejemplo Georgette, alors tu vas être sage et tu vas voir comme c'est chouette. Austin intenta todavía acariciarle la cara a Georgette, pero ella tiene miedo de que la torre de Babel se le desmorone, ah ça non je te l'ai déjà dit, surtout il faut pas me décoiffer, j'en ai pour mille balles tu comprends, il faut que ça tienne jusqu'à après demain. Austin como un pollo mojado, primera visita a París dos años atrás, regocijo infinito de Polanco confesor. Pero entonces ¿cómo hacemos?, pregunta Austin que no entiende gran cosa del discurso de Georgette. Là tu vas voir, explica Georgette que a Austin le parece cada vez más médica de niños por su dulce manera de irle imponiendo lo que le da la gana. Maintenant tu vas te coucher comme ça sur le dos, comme ça c'est bien. Sigue un tratamiento que estas chicas consideran imprescindible aunque Austin prescindiría de él con mucho gusto a cambio de una mayor libertad manual, pero Georgette lo ha clavado boca arriba y la catástrofe roja de su pelo es como una nube ominosa que ahora avanza hasta flotar entre el cielo raso y sus narices. Surtout ne dérange pas ma coiffure, mon chou, je te l'ai déjà dit. Tu as aimé comme ça, non? Il est bien maintenant, le chéri? Austin dice que sí porque es tímido pero no está nada contento y Georgette lo sabe y le importa un bledo. Tu vas voir, on va le faire d'une façon que va drôlement te plaire, mais alors drôlement. Ne touche pas mes cheveux mais si, tu vas me décoiffer. Bon, maintenant écoute, on va le faire à la duc d'Aumâle, bouge pas, surtout ne bouge pas, porque Austin intenta todavía abrazar a Georgette y tenderla contra él, pero le ve en los ojos que perderá el tiempo porque Georgette hará cualquier cosa en este mundo y en esa cama siempre que su cabeza se mantenga lejos de la almohada. Austin que es tímido («ya lo dijiste», rezonga Polanco) comprende que la gama de sus previstas fantasías con Georgette, elegida en la rue Ségal ·because unas pantorrillas que le han dado ideas de íntimo comercio, se ve incurablemente reducida, y además ya no puede seguir perdiendo tiempo porque el tratamiento de la médica lo ha puesto a la vez en buena y en mala situación, buena para lo que sea y mala porque ya no se puede seguir mucho tiempo en deliberaciones. «Seguí contando», dice Polanco que no necesita de tantos detalles, y menos aún Georgette que es muy inteligente y que proporciona en seguida las bases científicas para el resto de la sesión, tu vas voir, c'est très bien, maintenant je vais m'asseoir doucement sur toi, comme ça tu pourras voir mes fesses. Y como Austin ya no se mueve desbordado por tanta disciplina, Georgette se encarama sobre él dándole la espalda, y casi sin tiempo de permitirle admirar unas nalguitas codiciables, se va empalando con mucha precaución hasta quedar prácticamente sentada, no sin algún quejido sospechoso y una referencia a los ovarios que Austin encuentra casi aceptable en una atmósfera tan científica como la que ha conseguido crear el duc d'Aumâle.

—Pero qué idiota sos —dice Polanco, harto—.

¿Por qué no le pegaste ahí no más un chirlo y la tumbaste como se te daba la gana a vos y no al duque?

—Era difícil —murmura Austin—. No quería que le estropeara el peinado.

—¿Y a vos te gustó, à la duc d'Aumâle?

—No mucho, así sentada y dándome la espalda.

—Horrible, salvo como suplemento —suspira Polanco—. Yo le hubiera clavado las diez uñas en el pelo y ahí no más un golpe a media rienda que te debo.

—Era nada más que un trotecito —dice Austin.

Ese lunes Mr. Whitlow había avisado a Marrats que la piedra de hule arribaría a la estación de carga de Brompton Road y que era imprescindible ir personalmente a firmar unos papeles para que la piedra pudiese seguir viaje a Francia.

—Calac, padrecito, tú y tu compatriota podrían montar guardia en el Courtauld —pidió Marrast—. Tengo que firmar los malditos papeles y justamente hoy habrá una congregación importante de neuróticos, lo siento en los huesos como decimos aquí en Londres.

—Tengo que meditar cuestiones considerables —adujo Calac—, aparte de que a mí tus neuróticos me importan un corno como decimos allá en Buenos Aires.

—Para meditar, nada mejor que el sofá de la sala segunda. Yo me tengo leído ahí casi todo Ruskin.

—¿Y para qué servirá que vayamos a montar guardia?

—Un momento —intervino Polanco—. A mí éste no me ha pedido nada.

—También te lo pido, gaucho querido. ¿Para qué servirá? Para comunicarme las novedades, que serán importantísimas como siempre que el interesado no puede estar presente. Los recursos de

Harold Haroldson han llegado a su límite y cabe esperar acontecimientos imprevisibles.

Pidieron tres cervezas, y un jugo de tomate para Austin.

—¿A vos realmente te importa tanto todo esto? —preguntó Calac.

—No —dijo francamente Marrast—. Ya no. Pero uno desata las águilas y después es bueno fijarse dónde demonios van a parar. Una especie de responsabilidad de demiurgo, por darle un nombre.

—¿Es una especie de experimento, o qué?

—Experimento, experimento —rezongó Marrast—. Ustedes en seguida quieren certezas. Mirá, no es la primera vez que suelto un águila, para seguir con el tropo, un poco por salir de la costumbre y otro poco porque la idea de desencadenar algo, cualquier cosa, me parece oscuramente necesaria.

—Perfecto —dijo Calac—. Apenas te ponés a explicar, caés en un vocabulario que ni Gurdjiev. Oscuramente necesario, decime un poco. Como este otro con sus experimentos mecánicos en el hotel, dale que dale con una tuerca y cosa así.

—Lo que pasa es que usted no es más que un pobre petiforro —dijo Polanco—. Vos no le hagás caso, che, yo en cambio te comprendo tan bien, vos sos de los míos.

—Gracias, padrecito —dijo Marrast un tanto sorprendido ante esa adhesión incondicional a algo que él mismo comprendía tan poco.

—Vos —siguió Polanco con un gesto soberbio que deslumbró a Austin—, armás motores imponderables, agitás aguas inconsútiles. Sos un inventor de nuevas nubes, hermano, injertás la espuma propiamente en el cemento vil, llenás el universo de cosas transparentes y metafísicas.

—Para serte franco...

—Y entonces te nace la rosa verde —dijo entusiasmado Polanco—, o al revés, no te nace ninguna rosa y todo revienta, pero en cambio hay perfume y nadie comprende cómo puede haber ese perfume sin la flor. Lo mismo que yo, que soy un inventor incomprendido pero impertérrito.

—Con un cronco ya teníamos bastante —rezongó Calac—. Ahora estos dos me sellan una alianza y me fríen.

Siguió un previsible debate dentro de la línea de en todo caso los croncos son útiles y sobre todo leales a los amigos/ Vale más un petiforro solitario que un cronco idiotizado por un escultor acéfalo/ Si se van a pelear por mí, siempre puedo pedirle a Austin que vaya al museo/ Nadie ha dicho que no iríamos, pero en todo caso yo lo haré por amistad y no para complicarme con tus águilas/ Me da igual siempre que me cuentes lo que pasó esta tarde/ Probablemente no pasará nada/ Cuando no pasa nada es precisamente eso lo que pasa/ Ahora este imbécil se me pone metafísico/ Che, hablar bien no cuesta un carajo/ Si por lo menos entre los neuróticos apareciera algún budincito vistoso/ Si no sos capaz de encontrar una mujer por tu cuenta en todo Londres, no veo por qué te vas a poner tan exigente en un museo/ Vos te das cuenta, nos pide que vayamos y arriba nos insulta/ Te insultará a vos, yo no necesito ninguna neurótica porque tengo mis rebusques/ Permitime una sonrisa/ Y así otros ocho minutos.

Si mi paredro, si Polanco hubieran estado conmigo, habría sido fácil ubicar la habitación de la chica inglesa, pero Tell siempre pronta a seguir a Frau Marta en las calles o en los parques se volvía de una timidez asombrosa en el hotel, instalaba el cuartel general en la habitación de Ladislao Boleslavski y desde ahí espiaba aplicadamente por la mirilla de la doble puerta, sin decidirse a subir a los pisos superiores con cualquier pretexto y cerciorarse de su topografía. Inútil decirle que tenía el día entero a su disposición, que podía aprovechar sus horas muertas que en Viena eran casi todas; al volver de mi trabajo me la encontraba apostada, centinela fiel, pero de nuestro piso no había pasado nunca y a mí me resultaba difícil hacerlo a esa hora o por la mañana, el riesgo era demasiado grande. Al principio habíamos pensado investigar el tablero de llaves en la gerencia estrecha y mohosa, pero descubrimos que estaba lleno de llaves sin usar desde los tiempos históricos, y las llaves tenían etiquetas con caracteres góticos en los que cualquier nombre inglés naufragaba sin remedio. Habíamos debatido la posibilidad de sondear a uno de los empleados, previa propina, pero no nos inspiraban confianza con su aire entre lacayos y zombies. Llevábamos ya tres noches vigilando el pasillo, e incluso cuando yo cedía al cansancio y al slívovitz, Tell se quedaba hasta la una de la mañana pegada a la doble puerta, su terraza de Elsinore. Después de la una dábamos por supuesto que Frau Marta se dormiría como todo el mundo, sin intentar salidas equívocas; entonces Tell se volvía a la cama, se apretaba contra mí bostezando, llena de movimientos y rumores de gata decepcionada, yo regresaba por un momento de algún sueño y nos abrazábamos como si hubiera pasado mucho tiempo y a veces acabábamos por buscar un placer soñoliento a la luz de la lamparilla verdosa que hacía de Tell un sinuoso, delicado pez de acuario. Seguíamos sin saber gran cosa, aparte de que Frau Marta habitaba en nuestro mismo piso, al fondo del pasillo, y que la chica inglesa tenía su cuarto en uno de los pisos superiores; cada noche, al comienzo de nuestra observación, verificábamos científicamente el paso de la inglesita entre las ocho y media y nueve, hora insensata para acostarse, pero los turistas están siempre tan cansados a esa hora, la oíamos pasar pobrecita arrastrando un poco los pies, con su guía Nagel. Tan pronto la sabíamos segura (¿en el tercero o en el cuarto piso?) nos íbamos a cenar liberados de toda misión hasta las once; a esas horas el hotel estaba demasiado despierto como para que Frau Marta saliera de su pieza con otras intenciones que las de encerrarse en el histórico water del pasillo.

La cuarta noche, después de una cena en el restaurante servio de la Schonlaterngasse donde el camino de toda carne era un pincho con rodajas de cebolla y pimientos, me pareció entrever un movimiento en la penumbra del fondo del pasillo. Abrí la doble puerta sin mirar más, y sólo se lo dije a Tell cuando estuvimos en nuestra habitación. Frau Marta, desde luego; nadie hubiera sido capaz de agitar las sombras de esa manera. A las doce menos cinco (tuve el privilegio de estar personalmente pegado a la mirilla mientras Tell, cediendo a una debilidad culpable, reingresaba en una novela de John Le Carré que en mi opinión merecía su apellido), a la luz del turbio farol histórico del rellano vi pasar a Frau Marta como una especie de topo ceniciento, llevando algo en la mano derecha que no alcancé a reconocer, probablemente una llave universal, recuerdo de sus franquicias de otrora con el gerente que la había instalado vitaliciamente en el hotel a cambio quizá de amores austrohúngaros que ninguna imaginación hubiera podido reconstruir a base de lo que quedaba de ella. Cuando se perdió escaleras arriba esperé todavía veinte segundos, hice la seña convenida a Tell para que guardara la puerta entornada en caso de una retirada de emergencia, y con un último trago de slívovitz me asomé al pasillo. Era poco probable que algún huésped deambulara por el hotel el sereno roncaría en el cubículo de la gerencia, y yo había verificado que desde las escaleras se escuchaba distintamente la campana de la puerta que agitaban los huéspedes trasnochadores, dándome tiempo para replegarme a la habitación histórica. No había necesitado a John Le Carré para calzar mocasines con suela de caucho; empecé a subir pegado a la barandilla, donde casi no llegaba la luz del farol.

En la habitación de Ladislao Boleslavski, Tell esperó junto a la doble puerta, escuchando con creciente aplicación el profundo silencio del hotel, el latido minucioso del pequeño despertador en la mesa de noche. Entonces no era una broma, una manera de pasar el tiempo; Juan había iniciado la expedición, estaba fuera de los límites de ese cuarto donde tanto se habían reído de Frau Marta, y yo me había quedado sola con la misión precisa de cuidarle la retirada en caso de peligro. Me cansaba mirar por la mirilla que me obligaba a agacharme, y opté por entornar las dos puertas, pronta a cerrarlas si por casualidad algún huésped se hacía ver en el pasillo; alternativamente vigilaba la escalera y el interior del cuarto, sintiendo cada vez más que allí, en el dintel, se operaba una ruptura, allí donde algo nuestro e imaginario terminaba para dar paso a otra cosa que no podía ser verdad pero que estaba ocurriendo, finalmente habíamos tenido razón y Frau Marta salía de noche y subía al piso alto, y en el piso alto estaba la chica inglesa, y dos más dos eran cuatro, etcétera. No sentía miedo pero estaba como habitada por un escalofrío y algo pegajoso en el paladar; sola en el cuarto de Ladislao Boleslavski, sola con la muñeca de monsieur Ochs sentada en lo alto de la cómoda. Nada iba a ocurrir, Juan regresaría decepcionado, nos acostaríamos como el epílogo de una mala historia de miedo, sin demasiadas ganas de burlarnos; Juan hablaría de volver al Capricorno, puesto que aún le quedaban cinco días de trabajo en Viena. Desde mi puesto de observación, porque en esos días les dábamos nombres así a nuestras actividades, veía la muñeca iluminada por la lamparilla verde, y también el pliego donde había dejado por la mitad una carta a Nicole, sin saber qué decirle, preguntándome si no sería mejor irme a Londres

134

para entender mejor la historia que acababa de escribirme Marrast. Entonces Frau Marta tosió, una tos contenida y casi falsa, como el leve carraspeo que nace en la garganta de una persona concentrada en sí misma cuando llega al término de una reflexión y decide hacer algo, cambiar de posición o anunciar que esa noche irá al cine o se acostará temprano. Por las dudas Juan bajó elásticamente cinco peldaños y calculó el tiempo que le llevaría meterse en el cuarto de Ladislao Boleslavski en caso de que el carraspeo anunciara el regreso, la renuncia de Frau Marta. Pero en el mismo instante sentí que reanudaba la marcha, el silencio era total y sin embargo yo sabía que se estaba alejando, que no había renunciado a nada, y aunque era imposible escuchar sus pasos el silencio parecía comunicar los movimientos por otros sentidos, por un cambio de elasticidad o de volumen. Cuando me asomé al rellano del tercer piso la vieja estaba junto a la cuarta puerta de la izquierda, en la actitud clásica del que se dispone a maniobrar con una llave o una ganzúa. Entonces era cierto, entonces el levísimo crujido de la puerta era como el desenlace y a la vez la apertura de algo para lo que finalmente yo no estaba preparado en absoluto, a menos de acudir a cualquiera de los tristes recursos convencionales y por ejemplo saltar sobre Frau Marta, lo que no estaba bien tratándose de una señora anciana, o despertar al sereno en nombre del reglamento del hotel y las buenas costumbres, pero el sereno no entendería, iría a llamar al gerente, el resto era previsible y deplorable, o esperar todavía un momento y acercarme a la puerta cuando el topo sigiloso (pero ahora parecía una enorme rata) entrara en la pieza oh sí señora, ciertamente era lo único que me quedaba por hacer aunque se me apretara el estómago y el slívovitz se me subiera hasta la boca con cada uno de sus cuarenta y cinco grados de alcohol garantizados por el fabricante.

A mi paredro el equipaje le cabía en un porta-folios que entre otras ventajas tenía la de poder pasar sin mayores trámites a las manos del amigo que viniera a esperarlo, en este caso Calac a me-diodía en Victoria Station. Habituados a verse casi todas las noches aunque nunca habían sabi-do bien para qué, su conversación londinense se organizó a base de tomá, qué decís, dame un ciga-rrillo, por aquí, qué niebla, they call it smog, saludos de Feuille Morte, cómo está la catatónica esa, tirando, hasta la salud, dame un poco de english money, en el hotel te cambiarán, espero que haya bastante agua caliente, de sobra pero en cambio el desayuno no es gran cosa, y por qué no te mudás, mirá una vez que uno ha abierto la valija es mejor dejar todo por el suelo y no ha-cerse mala sangre, tenés razón, y vos para qué viniste, no sé muy bien, cómo no sabés, Marrats me escribió que estaba buscando una piedra de hule y entonces yo pensé, no veo la relación, yo tampoco por eso vine y además tenía cinco días libres en el empleo, qué buen empleo, es que hay huelga, ah entonces es diferente, y como segura-mente me van a echar porque soy el único huel-guista vale más estar con los amigos, ah eso se-guro hiciste muy bien, sin contar que Marrast me parece que no lo está pasando muy bien, eh sí, y sobre todo Nicole, eh sí, de manera que vine, éra-mos pocos y parió la abuela, a qué hora almor-zás con Polanco y los otros, yo no almuerzo en Londres, cómo que no almorzás en Londres, no señor en Londres no se almuerza, pero vos dijiste que el desayuno era muy malo, será malo pero es muy abundante, la calidad está primero, natural-mente el señor tiene los prejuicios franceses, si te sigo bien los argentinos tragan lo que venga con tal de que sea mucho, no es exactamente eso, este subte huele a menta, son los tés que toman las inglesas, etcétera hasta Tottenham Court Road y el hotel a tres cuadras. En el camino mi paredro se enteró de que Calac y Polanco compartían rioplatensemente una habitación del tamaño de un suspiro, pero que la hotelera, irlandesa y por lo tanto no euclidiana, comprendería sin esfuerzo que donde cabían dos cabían tres; también supo que en esos días habían conocido a un laudista, que Marrast y Nicole vivían en un hotel a pocas cuadras, y que Polanco ya le había enseñado la baguala a Austin que la tocaba con un estilo purcelliano inadmisible, noticias así.

Cuando entraron en la habitación número catorce, Polanco estaba entregado a sus estudios científicos, es decir que había sumergido la afeitadora eléctrica en una cacerola de porridge y estudiaba el comportamiento de esas entidades heterogéneas. Se oían como borborigmos y de cuando en cuando una porción de porridge saltaba por el aire pero no alcanzaba a pegarse al cielo raso y caída sobre el piso con un chasquido lúgubre. Era un espectáculo casto y duradero.

—Salud —dijo mi paredro mientras Calac alejaba presurosamente a mistress O'Leary con un pretexto falaz de toallas y perchas.

—Salud —dijo Polanco—. Llegás justo a tiempo, che, el trabajo en equipo corrige los errores de paralaje y esas cosas.

Había hundido la afeitadora hasta el comienzo del cable, y del fondo del porridge brotaba un rumor primordial, algo como lo que había debido oírse en el pleistoceno o en las inmensas selvas de helechos. Lo malo parecía ser que del rumor no se pasaba, a pesar de que mi paredro se había sumado al equipo de observación casi antes de sacarse el saco y poner el portafolios sobre la cama, y en la habitación reinaba una atmósfera científica de la que podían esperarse grandes cosas.

—¿Se puede saber para qué es eso? —preguntó mi paredro al cabo de un cuarto de hora.

—No te gastés —le aconsejó Calac—. Lleva una semana así, vale más seguirle la corriente.

Como si en ese mismo momento se llegara a una fase decisiva, Polanco agitó la afeitadora y el porridge se encrespó mostrando todos los síntomas de la aparición de un volcán en las mesetas nicaragüenses, incluso un copete de humo y el inesperado salto de una tuerca que provocó la brusca cesación de la experiencia.

—Pensar que te la venden garantida por tres años —rezongó Polanco—. Ahora se pierde un cuarto de hora en sacarle la pasteta y reajustar la tuerca, ya es la quinta vez que me ocurre, carajo.

—Dejémoslo trabajar —aconsejó Calac— y entretanto vos y yo recapitulamos la situación.

Polanco se había puesto a cepillar la afeitadora con aire cejijunto. Entonces, para gran admiración de mi paredro, sonó el telephone in every room y Calac atendió con un aire importante; era el laudista que preguntaba si se podía decir «Je très fort vous aime» o si había otras fórmulas más eficaces aunque igualmente correctas.

—Explicale que no sos su profesor y menos por teléfono —dijo Polanco adusto—. Si se empieza a tomar esas libertades nos va a hacer la vida imposible y yo estoy en pleno experimento, che.

—Oui, oui —decía Calac—. Non, c'est pas comme ça, Austin my boy, bien sûr qu'elle vous tomberait dans les bras raide morte, c'est le cas de le dire. Comment? Listen, old man, il faudrait demander ça a votre professeur, le très noble monsieur Marrast. Moi je suis bon pour un petit remplacement de temps en temps, mais le françois, vous savez... D'accord, il n'est pas là pour l'instant, mais enfin, passez-lui un coup de fil plus tard, bon sang. Oui, oui, la baguala, c'est ça, tout ce que vous voudrez.

Oui, parfait, *soy libre/ soy fuerte/ y puedo querer*, mettez du sentiment sur *querer*. Allez, bye bye et bonne continuation.

—Es la tercera vez que llama esta mañana —dijo Calac abriendo dos botellas de cerveza—. Me perturba enormemente no poder ofrecerle vino, hermano.

—Marrast me escribió de una piedra de hule y de un tallo —dijo mi paredro.

Calac le empezó a explicar mientras bebían, y durante un rato se habló de una cantidad de cosas que poco tenían que ver aparentemente con la verdadera conversación, ese comunicarse las noticias y los sentimientos que cultivaban los tártaros como si estuvieran discutiendo el precio de los arenques en el mercado de la rue de Buci, y que ahora era sobre todo Nicole y Marrast, pero especialmente Nicole, todo eso con un tono de disgusto desdeñoso porque entre nosotros estaba tácitamente entendido que esos problemas no eran materia colectiva y mucho menos dialéctica, aparte de que ni siquiera parecían ser problemas. Yo seguí cepillando la afeitadora que estaba completamente atascada, mientras ponía a calentar otra vez el porridge con vistas a experimentar la posibilidad de una acción tangencial de los impulsos motores. La idea era conseguir una emisión continua y sostenida de porridge que, por ejemplo, recorriera la distancia que iba desde la cacerola hasta el diccionario Appleton (de Calac), por supuesto poniendo un diario viejo para recibir los impactos. Mi paredro y Calac discutían la cuestión de Nicole como si entendieran algo, como si se pudiera hacer algo; por mi parte yo reflexionaba acerca del motor de segadora que me habían ofrecido en el vivero-escuela de Boniface Perteuil, y que tenía grosso modo las mismas características que la afeitadora, es decir que ponía en movimiento una serie de rodillos tangenciales. Mi idea era que el motor serviría perfectamente para impulsar una canoa en la laguna del vivero-escuela, y como mi trabajo en el establecimiento de Boniface Perteuil comportaba muchas horas libres, no porque en realidad estuvieran libres sino porque yo me escondía entre las plantaciones para hacer lo que me daba la gana mientras nadie me veía, sin contar que tenía gancho con la hija de Boniface Perteuil, no parecía ilógico suponer una posible instalación del motor de la segadora en la vieja canoa que ya nadie usaba y que bastaría calafatear con ayuda de Calac para luego lanzarse a recorrer la laguna en todas direcciones e incluso pescar carpas y truchas si las había. Por todo eso, mientras mi paredro le contaba a Calac las novedades de París y Calac lo ponía al tanto de Harold Haroldson y de las esperanzas de Marrast en materia de acción directa, me ocupé de que el porridge alcanzara una temperatura que debería parecerse lo más posible a la del agua de la laguna en el mes de junio, habida cuenta de la distinta densidad de las sustancias en juego, pues la única manera de cerciorarme de que la segadora serviría como turbina acuática era oponer la afeitadora a una sustancia lo más densa posible y en todo caso mucho más densa que el agua, con lo cual si el porridge salía despedido en dirección del Appleton, cosa que aún no había ocurrido, se lograría un gran margen de certeza sobre la acción efectiva de la segadora con respecto al agua de la laguna. El recalentamiento del porridge tenía complementariamente por objeto dar a ese indigerible alimento una plasticidad que, sin anular su resistencia tan necesaria para la verificación de la eficacia del sistema, permitiera a los rodillos propulsarla con una fuerza que estaría en relación directa con la velocidad de la canoa en la laguna a mediados de junio.

—Y si fuéramos a ver a Marrast —dijo por vigésima vez mi paredro.

—Esperá un momento —pidió Polanco—, me

parece que ya se han reunido las condiciones óptimas.

—Marrast estará despachando la piedra de hule a Francia —estimó Calac—, pero siempre podremos juntarnos con Nicole, al fin y al cabo es por ella que has venido, me parece.

—Si he de decirte la verdad no tengo mayor idea de por qué he venido —dijo mi paredro—. En París había como una dispersión general de efectivos, la última vez que fui al café el pobre Curro parecía como atontado por nuestra ausencia.

—Algo les pasó en Italia —resumió Calac—. Ellos hablan poco, pero uno tiene su radar y percibe objetos extraños a gran distancia.

—Pobre Nicole, pobres los dos. Claro que algo les pasó en Italia, pero en realidad les había pasado mucho antes. Esa mesa, lo siento aquí dentro, se va a quedar más y más vacía. Iré yo algunas veces, con Osvaldo y con Feuille Morte.

—Y nosotros —dijo Calac—, no veo por qué dejaríamos de ir nosotros aunque no vaya Juan o no veamos más a Nicole. Pero tenés razón, esa mesa... Perdoná, debo haber tomado demasiada cerveza, es bebida que ablanda como decía el negro Acosta. Ah, si lo hubieras conocido.

—Tus recuerdos ultramarinos me resbalan elegantemente —dijo mi paredro—. En fin, nadie puede hacer nada si se lo propone demasiado, y en cambio a veces ocurre que... Pero para qué hablar de esas cosas, no te parece.

Desviándose claramente de la línea de tiro establecida por Polanco, una consistente masa de porridge recorrió el espacio para caer en la rodilla derecha del pantalón de Calac, que se levantó hecho una fiera.

—Mire que es infeliz usted —dijo con una voz nada ablandada por la cerveza—. En mi puta vida he visto a nadie más cronco.

—En vez de celebrar el éxito de mis trabajos

no piensa más que en su pantalón, como buen petiforro que es.

—Esta cuenta de la tintorería la paga usted.

—Cuando usted me devuelva las dos libras que
le di al apearnos del convoy hacen ya casi tres
semanas.

—Eran apenas quince chelines —dijo Calac, sa-
cándose el porridge con la cortina de la ventana.

En eso estaban cuando telefoneó Nicole para
avisarles que Tell acababa de llegar a Londres.
«Una más», suspiró Polanco, guardando los elementos científicos con la misma cara de Galileo
en circunstancias parecidas.

Les hubiera gustado ir caminando hasta el departamento de Hélène, pero la valija y el paquete
con los libros de Celia pesaban demasiado. Cuando bajaron del taxi en la rue de la Clef y Celia
se adelantó con la valija, hubo un instante mientras Hélène pagaba el taxi en que todo parecía
confundirse en su cansancio; vagamente se preguntó si otra vez le tocaría echar a andar con ese
paquete en la mano que ahora eran los libros de
Celia y antes había sido otro paquete atado con
un cordel amarillo que tenía que entregar a alguien en el hotel de la ciudad.

Apenas cabían las dos en el vetusto ascensor
hidráulico que las remontó jadeando y gimiendo
hasta el quinto piso. Celia miraba el piso de linóleo verde, se dejaba mecer por la vibración, las
bruscas sacudidas de la caja de madera y vidrio
al franquear cada piso. Que tardara años, siglos,
que tardara siempre, era tan inconcebible estar
subiendo junto a Hélène, acercándose a la casa de
Hélène. «Nadie la conoce», pensé cuando el ascensor se detuvo con una especie de hipo y vi salir
a Hélène empujando la valija, buscando la llave

en el bolso, «ninguno de nosotros estuvo nunca en esta casa, quizá Juan la miró desde la calle alguna vez y se preguntó cómo serían las habitaciones, dónde guardaría Hélène el azúcar y los piyamas. Oh sí, Juan ha debido venir de noche hasta la esquina, buscando una luz en las ventanas del quinto piso, fumando un cigarrillo tras otro apoyado en esa pared con carteles». Casi en seguida Hélène decidió que se bañaría la primera para poder ocuparse de la cena mientras yo me duchaba. Sí, doctora, por supuesto, doctora. Oí el rumor del agua y resbalé en un sillón hasta apoyar la nuca en el respaldo; no era feliz, era otra cosa, una especie de recompensa por algo que ni siquiera había hecho, un regalo universal, un acto de gracia. Mi paredro o Calac se hubieran reído de esas palabras, todos se reían de mí cuando decía esas cosas que detestaban. Hélène ya me había asignado una parte del placard, me lo había indicado exactamente antes de encerrarse en el baño; abrí la valija donde faltaba casi todo lo necesario y en cambio, con el apuro y la rabia, había metido una caja de lápices de colores, una guía de Holanda y un paquete de caramelos. Pero tenía tres vestidos de verano, unos zapatos y el libro de poemas de Aragon.

—Usa la esponja verde —había dicho Hélène—. Tu toalla también es verde.

Mientras me bañaba (pero entonces Hélène no era tan, Hélène tenía frascos con sales de baño y toallas de colores preciosos —la mía era verde—, pero entonces Hélène, ah si mi paredro y Tell hubieran podido ver esas repisas, ah si Juan, pero entonces Hélène); y la delicia del agua en la espalda, el olor de un jabón violeta que resbalaba como una ardilla en la mano, y secarme con la toalla verde puesta por Hélène en el soporte de la izquierda, así como mi ropa estaría a la izquierda del placard y seguramente yo dormiría a la izquierda de la cama. Las cosas me guiaban fácilmente, bastaba seguir las indicaciones de Hélène, dejarse llevar por el color verde, por el lado izquierdo. El departamento era pequeño y Hélène lo había amueblado en la justa escala (cómo no pensar en mi casa, el interminable departamento burgués de los tiempos del barón Haussmann donde había que deslizarse entre docenas de sillas inútiles, cómodas y mesas y consolas puestas exactamente donde no hubieran debido estar, lo mismo que mis padres y mi hermano y tantas veces la mujer de mi hermano y los dos gatos y la sirvienta). Como este perfume tan leve, ligeramente seco y áspero, mientras allá la naftalina, el benjuí, la ropa demasiado usada, los chalecos de piel de gato, las pastillas pectorales, los vapores de un siglo de sopa pegada al empapelado, las toses malolientes de los viejos. Y esta luz presente y evasiva a la vez, llena de una dulzura que se iba mezclando con el aire desde las lámparas del living o del dormitorio, y no las arañas coaguladas y frías, la sucesión de rincones tenebrosos y zonas chorreando luz donde todos entrábamos y salíamos como marionetas estúpidas. Y ahora un perfume de pan tostado y de huevos fritos, vestirse tan rápido que todavía estaba con una media en la mano cuando entró en la cocina donde Hélène terminaba de poner la mesa. Previsiblemente con una media en la mano, la cara reluciente de esponja y maravilla, pobrecita mirando fascinada las fuentes y los vasos. «Apúrate que se va a enfriar», le dije, y sólo entonces se calzó la media, cumplió las vagas maniobras de sujetarla mientras se sentaba ante su plato con aire de hambre y de felicidad que me dio risa.

Los huevos con jamón estaban tan, había beaujolais, gruyère, compartieron una naranja y una pera, Hélène preparó café a la italiana y explicó dónde estaba todo lo necesario para que Celia se encargara por la mañana del desayuno. Sí, doctora, por supuesto, pensando como desde muy lejos que a un hombre le hubieran irritado esas precisiones.

—Se me caerán al suelo —dijo Celia—. Verás que romperé una taza antes de mucho.

—Puede ocurrir, pero si lo anuncias desde ya...

—¿Encontraré el azúcar? Estarás durmiendo, no querré despertarte. Ah, sí, está ahí en ese cajón. Las cucharitas...

—Boba —dijo Hélène—. Es demasiado para ti, todo de golpe. Ya aprenderás.

Sí, doctora, por supuesto que aprendería; la que no aprendería serías tú, infalible localizadora del azúcar y las tazas. ¿Cómo empujarte, correrte una nada al lado de ti misma, arrancarte de esa perfección? Y no eras así, yo sabía que no eras así, que ahora mismo el verde y el tercer estante sólo valían como una defensa geométrica de tu soledad, algo que un hombre hubiera descalabrado de un manotazo, casi sin saberlo, entre dos besos y un cigarrillo quemando la alfombra, Juan. No, precisamente Juan no, porque a su manera también amaba demasiado las alfombras, por otras razones pero las amaba; y por eso Juan no, y precisamente por eso era tan.

—Estoy cansada —murmuró Celia, resbalando en la silla—. Se está bien aquí, es como antes que empiece una película o un concierto, ese gato que ronronea en el estómago, tú sabes.

—Tendremos concierto, si quieres —dijo Hélène—. Vamos al living, trae la cafetera.

Por mucho rato fue el olvido, la felicidad del gato ronroneando, un disco con un trío de cuerdas, Philip Morris y Gitanes a uno y otro lado de la mesita baja, la botella de coñac como un pequeño fanal tibio. Y luego hablar, poder hablar así con el sueño que lentamente gana terreno, con Hélène sentada ahí escuchándome hablar porque eso es la felicidad hablar y estar en lo tibio con alguien como Hélène que fuma y bebe su coñac a pequeños sorbos y escucha hablar a la niña que ama el queso Babybel mientras por detrás, en alguna parte que forzosamente hay que situar y que la incertidumbre termina situando siempre detrás o en lo hondo, en todo caso en alguna región diferente de lo que está sucediendo ahí, hay que esperar crispada a que el ascensor llegue al piso donde la están esperando y que ella no ha marcado en el tablero del ascensor porque ese ascensor no tiene tablero, es un ascensor blanco y brillante completamente desnudo en el que ni siquiera se alcanza a reconocer la puerta una vez que distraídamente se ha cambiado de posición mientras se espera sosteniendo el paquete, el cordel amarillo que lastima los dedos. El ascensor se detendrá y y la puerta resbalará silenciosa para dejar entrar la perspectiva interminable de un pasillo lleno de viejos sillones de caña, las puertas del hotel con cortinas de caireles y flecos deslucidos, un hotel que no tiene nada que ver con ese ascensor quirúrgicamente limpio y desnudo, pero antes el ascensor se detendrá apenas un instante, con algo que será un retardo más que una verdadera detención, y seguirá luego pero ya Hélène sabrá como siempre que el ascensor ha empezado a deslizarse horizontalmente por uno de los muchos codos de ese zig-zag que no sorprende a nadie en la ciudad, como tampoco sorprende que una ventanilla deje ver los tejados y las torres, las luces en la gran avenida del fondo y el reflejo del canal mientras el ascensor traspone un puente invisible para la pasajera que sostiene ahora el paquete con las dos manos, negándose a depositarlo en el suelo, como obligada a tenerlo con las manos mientras su peso aumenta insoportablemente hasta el momento en que el ascensor se abra en un piso alto del hotel y Hélène, con un suspiro de alivio, apoye la copa de coñac en el borde de la mesa.

—Tendrías que descansar —dijo Celia—. Después de eso que pasó esta tarde en... Si quieres preparo otro café, nos hará bien a las dos. No hablaré más, soy tan.

—Oh, por momentos no te escucho. Me hace bien saberte aquí, estás tan viva.

—¿Yo, viva? Pero hablas como si fueras mi madre, doctora. ¿Por qué esa manía de querer parecer más...? Perdón, no diré nada. Pero eres tan, a veces. Yo no estoy más viva que tú. No hablo de ti, ya ves, hablo de mí, eso no me lo vas a impedir. Ah, Hélène, una no sabe cómo hacer contigo. Eres tan. Y a veces una quisiera que. *Merde, alors*. No me mires así.

—Las niñas buenas no dicen malas palabras.

—Merde, alors —repitió Celia, metiéndose dos dedos en la boca como preparación a su costumbre de comerse las uñas. Nos reímos al mismo tiempo, hicimos más café y terminamos hablando de los amigos de Londres y de la carta de Nicole que Celia había recibido esa mañana. Cada vez que se trataba de los amigos, me hacía gracia que Celia sólo mencionara a Juan de pasada y como al sesgo, y Juan y Tell que jugaban con ella como con una gata y la llenaban de regalos y paseos, disputándola a mi paredro y a Polanco cada vez que volvían a París después de complicadas discusiones en el *Cluny* donde salían a relucir billetes de teatro sacados con un mes de anticipación, excursiones al zoológico de Vincennes, conferencias magistrales y fines de semana en el vivero-escuela donde trabajaba Polanco. Imposible hablar de todo eso sin mencionar a Juan; imposible que Celia comprendiera, porque yo no se lo diría nunca, que su nombre me llegaba como los perfumes que atraen y repelen a la vez, como la tentación de acariciar el lomo de una ranita dorada sabiendo que el dedo va a tocar la esencia misma de la viscosidad. Cómo decirlo a nadie si tú mismo no podrías saber que la mención de tu nombre, el paso de tu imagen en cualquier recuerdo ajeno me desnuda y me vulnera, me tira en mí misma con ese impudor total que ningún espejo, ningún acto amoroso, ninguna reflexión despiadada pueden dar con tanto encono; que a mi manera te quiero y que ese cariño te condena porque te vuelve mi denunciador, el que por quererme y por ser querido me despoja y me desnuda y me hace verme como soy; alguien que tiene miedo y que no lo dirá jamás. alguien que hace de su miedo la fuerza que la lleva a vivir como vive. Tal como me ha visto Celia como he sentido que me veía y me juzgaba, mi rigurosa máquina de vida. Así, profesionalmente, así en todos los planos: la que teme la violación profunda de su vida, la irrupción en el orden obstinado de su abecedario, Hélène que sólo ha entregado su cuerpo cuando tenía la certeza de que no la amaban, y solamente por eso, para deslindar el presente y el futuro, para que nadie subiera después a llamar a su puerta en nombre de los sentimientos.

—Son tan —dijo Celia—. Mira lo que me escribe Nicole, este párrafo. Están completamente.

—Los alegres suicidas —dijo Hélène—. No, ninguno de ellos está loco, ninguno de nosotros lo está. Precisamente esta tarde pensé que no cualquiera se vuelve loco. esas cosas hay que merecerlas. No es como la muerte, comprendes; no es un absurdo total como la muerte o la parálisis o la ceguera. Entre nosotros hay algunos que se hacen los locos por pura nostalgia, por provocación; a veces, a fuerza de fingir... Pero no lo conseguirán, en todo caso Marrast no lo conseguirá, ya es mucho que se divierta y tenga a Londres patas arriba.

—Nicole está tan triste —dijo Celia—. Habla de Tell, dice que le gustaría tenerla cerca, que Tell siempre le presta un poco de vida.

—Oh, ahora que me acuerdo —dijo bruscamente Hélène—. ¿Te gustan las muñecas? Mira lo que me ha mandado Tell desde Viena. Hablando de locuras, jamás entenderé por qué me ha mandado una muñeca. Tell nunca me regaló nada, ni yo a ella. Y ahora, desde Viena. A menos que haya sido Juan, pero entonces es todavía más insensato.

Celia la miró un momento, bajó los ojos para examinar la muñeca que le alcanzaba Hélène. Hubiera querido intercalar un comentario, decir que quizá sí, que Juan bien podía haber tenido ganas de hacerle un regalo y entonces, pero entonces qué, ninguna razón para que Juan utilizara a Tell como pantalla, incluso utilizar a Tell en ese caso hubiera sido una falta de tacto aunque a Hélène no le importara que Tell fuera la amante de Juan; en todo caso lo mejor era callarse, pero entonces por qué Hélène había nombrado a Juan, lo había nombrado como para derogar un veto, invitar a que se hablara de Juan, a que Juan entrara en ese diálogo por el que ya habían desfilado los nombres de todos los amigos. Me acordé de una escena insignificante a la que había asistido sin darle importancia pero que después, cuando los conocí mejor. Algo tan. Estábamos en una terraza de café en la République, vaya a saber por qué en la République, un barrio que no nos interesaba, probablemente alguna de esas reuniones insensatas decididas por Calac o mi paredro, y en un momento en que habían servido el café y alguien pasaba la azucarera y los dedos iban entrando y saliendo con los terrones de azúcar, en ese momento yo había mirado la azucarera quizá esperando mi turno, y Juan había metido dos dedos, esos dedos largos y finos de Juan como los del cirujano que me había sacado el apéndice, dedos expertos de cirujano que salían de la azucarera con un terrón en el pico, y en vez de echarlo en su taza se acercaban a la taza de Hélène y dejaban caer suavemente el terrón, y entonces vi, yo que entonces todavía no los conocía lo bastante, y por eso no me olvido, vi que Hélène miraba a Juan, lo miraba de una manera que nadie habría encontrado extraña si no hubiera visto al mismo tiempo el gesto de Juan, pero yo sí, yo sentí que era otra cosa, una negativa, un rechazo infinito de ese gesto de Juan, de ese terrón de azúcar que Juan había echado en el café de Hélène, y Juan se dio cuenta porque retiró bruscamente la mano y ni siquiera tomó azúcar para él, miró a Hélène un instante antes de bajar los ojos, y fue como si de golpe se cansara o estuviera ausente o como si se sometiera amargamente a una injusticia. Y solamente entonces Hélène dijo: «Gracias.»

—Un regalo absurdo —dijo Hélène—, pero el encanto está en eso, supongo, no hay peligro de que Tell regale cajas de chocolate vienés. Lástima que a mí no me gusten demasiado las muñecas.

—Esta es muy bonita, muy diferente —dijo Celia mirándola por todos lados—. Dan ganas de tener diez años menos para jugar con ella, mírale la ropa interior, está toda vestida, mira ese slip, pero si hasta tiene un *soutien-gorge*, es casi pecaminoso si se piensa bien, porque la cara es de una niñita.

Como ella, por supuesto. Me cuesta ahogar una sonrisa cuando le oigo decir: «Dan ganas de tener diez años menos», ella que cinco años atrás estaría jugando todavía a lavar y a dar de comer a un oso y a una muñeca. Hasta escaparse de su casa tiene algo de juego con muñecas, una rabieta que se le pasará con las primeras dificultades, con el más nimio topetazo de la vida en la nariz. Una muñeca jugando con otra, ahora tengo dos muñecas en mi casa, la locura es contagiosa. Mejor así, por lo menos esta noche, cuánta razón tienen después de todo esos locos que juegan con vagas muñecas en Londres, y Juan jugando con Tell en Viena, y Tell enviándome una muñeca porque sí, porque es una bonita locura. ¿Leíste lo que pasó esta semana en Burundi, Celia? Desde luego, no sabes ni siquiera que Burundi existe, que es una nación independiente y soberana. Yo tampoco lo sabía; pero *Le Monde* está para eso. En Burundi hubo una sublevación, querida; los rebeldes

se apoderaron de todos los diputados y los sena-
dores, en total unos noventa, y los fusilaron en
masa. Casi a la misma hora el rey Burundi,
que tiene un nombre impronunciable seguido de
un III impecablemente romano, se entrevistaba
aquí con De Gaulle, gran ceremonia en un salón con espejos, zalemas y probablemente ayuda técnica y esas cosas. ¿Cómo no comprender
que Marrast y Tell que son sensibles a cosas
así, y hasta Juan que es menos sensible porque
vive un poco de ellas, decidan que lo único posible es hacerle la vida imposible a un director
de museo, o que hay que enviarle inmediatamente
una muñeca a la amiga solitaria de la rue de la
Clef?

—Dan ganas de bañarla —dijo Celia que se preocupaba muy poco por los parlamentarios de Burundi—, de darle de comer, de cambiarle los pa-
ñales. Pero es falso, apenas la miras bien te das
cuenta de que no es un bebé, y entonces...

En los extremos, pensó Hélène resbalando en el
sillón y quemándose los ojos con el humo del cigarrillo, en las situaciones últimas, el antes y el
después se tocan y son uno solo. El muchacho
había sonreído mientras ella le explicaba las fa-
ses previas a la operación, y después había dicho: «Gracias por venir antes», y ella había res-
pondido: «Siempre lo hacemos, es un pretexto
para tomarle el pulso al paciente y conocerlo mejor», devolviéndole la sonrisa con el margen de
seguridad necesario para que siguiera siendo el
paciente y a la vez cobrara confianza y no se sintiera tan solo. Tal vez en ese preciso momento,
mientras le buscaba el pulso y miraba su cronó-
metro, había sentido que el muchacho se parecía
a Juan, pero entonces los extremos se habían tocado y ese hombre en una cama había sido como
un niño esperando los cuidados más elementales,
que vinieran con toallas y ropa limpia y se ocupa-
ran de él y le dieran un poco de caldo, así como

151

por la tarde había seguido teniendo algo de niño, desnudo e indefenso en la camilla, girando apenas la cabeza mientras la aguja entraba en la vena, para decir «hasta luego» y perderse en el olvido que técnicamente no hubiera debido pasar de una hora y media.

—Nunca tuve una muñeca así —dijo Celia, bostezando.

Dormir, entonces el olvido pequeño. Cepillarse los dientes, buscar la caja de los supositorios calmantes, no cualquiera se vuelve loco pero siempre es posible dormir con ayuda de los laboratorios Sandoz; quizá antes para después dormir de veras, alcanzara a llegar a la habitación donde la estaban esperando ahora que por una escalera de caracol con pasamanos de cuerdas había vuelto a salir a la calle después del interminable, inútil recorrido por las habitaciones del hotel que terminaban en un ascensor que terminaba en algo que Hélène ya no recordaba pero que de alguna manera la llevaba a la calle, a perderse de nuevo en la ciudad arrastrando el paquete que pesaba cada vez más.

Misteriosamente el miércoles los neuróticos anónimos concurrían más numerosos que otros días al Courtauld Institute, y justamente cuando nacía la posibilidad de avanzar en alguna dirección interesante llegó el aviso de la aduana citando ese mismo miércoles a Marrast para el embarque de la piedra de hule que no terminaba de abandonar el territorio de Su Majestad. En el *espresso* de Ronaldo a la vuelta del Gresham Hotel, se discutió la cuestión entre spaghettis y cremas de diversos colores, porque en principio a nadie le hacía gracia reemplazar a Marrast en el sofá de la segunda sala del museo. Se anunció así que mi paredro había descubierto un bar en el Victoria Embankment que exigía una concurrencia prácticamente obligatoria, y que Polanco tenía que buscar esa misma tarde un resorte imprescindible para sus experimentos. Pronto se vio que Calac y Nicole eran los menos ocupados, pues nadie iba a tomar en cuenta las obligaciones de Nicole con el editor de la enciclopedia o los textos literarios que Calac destinaba al Río de la Plata o regiones parecidas. Al pobre Austin, que se mostraba el más ansioso por colaborar, lo habían eliminado de entrada porque no terminaba de entender la cuestión del cuadro de Tilly Kettle, sin contar que como ex neurótico anónimo su testimonio podía verse viciado de subjetivismo y parcialidad. Por si fuera poco la víspera Austin había confesado a su profesor de francés y a Polanco que en su calidad de socialista las actividades del grupo le parecían por lo menos inútiles, por no decir peligrosas; junto con la conjugación del verbo *jouir*, elegido especialmente por consejo de Polanco, Marrast había tenido que aguantarse un alegato en pro de la educación de las masas y de la lucha contra el racismo. Todavía ahora, entre cada viaje de los tenedores a los spaghettis, se oían restos más o menos confusos del tema: Ustedes no tienen derecho a perder el tiempo en esa forma/ Echales sal que están repugnantes/ Pero ¿no te das cuenta de que también esto es una manera de impulsar a la humanidad por caminos más vitales?/ Cómo extraño el pan de París, madre mía/ Aquí le ponen ketchup a todo/ Es un impulso muy raro, no te lo oculto/ Cuanto más raro más eficaz, che, los hombres no son coleópteros/ Para ustedes lo que está pasando en el Congo, entonces/ Pero sí, Austin, claro que sí/ Y en Alabama/ Estamos enteradísimos, Polanco tiene un teléfono directo con el pastor King/ Y lo de Cuba, entonces/ A Cuba la conocemos en detalle, y en todo caso no le vendemos una flotilla de autobuses que después se hunden con barco y todo/ Histriones, eso es lo que son/ Muy posible, laudista, pero qué hacías

153

vos antes de conocer a los histriones/ Yo, en realidad/ No, en realidad no, en tu club de paranoicos y gracias/ Por lo menos tenía conciencia de los problemas/ Claro, y con eso dormías como un ángel/ Decile a Giovanni que traiga vino, vos que hablás con el acento de San Sepolcro/ Y ahora admití que el club se te importa un pito y que en cambio estás ansioso por hacer cosas útiles y excitantes/ Reconozco que ustedes me han revelado otros horizontes/ (Risas groseras)/ Pero eso no los excusa como personas/ Decile a Giovanni que le traiga un flan de esos que se quedan en la glotis/ Déjenlo hablar mientras yo lo convenzo a Calac de que monte guardia esta tarde/ Iré si me acompaña alguien, no me gusta estar solo en ese sofá tan peludo/ Ya te dije que irá Nicole/ Ah, entonces sí/ Una cosa que ustedes no se imaginarán jamás es lo que cuesta encontrar un resorte en Londres/ Ya está, ahora a éste quién lo para/ Fíjese que le estoy hablando de algo científico/ Primero la raza humana y ahora la ciencia, a esto le llaman un almuerzo/ Lo que pasa es que usted es un cronco/ Y usted un petiforro/ Mirala comer a Nicole, como buena franchuta no se convencerá jamás de que los spaghettis son el plato principal/ Pero en Italia no son nunca el plato principal/ No, nena, pero yo le hacía referencia a Buenos Aires al señor aquí/ ¿Y por qué Buenos Aires? Los spaghettis son italianos, creo/ Buenos Aires también/ Ah/ Ya era tiempo de que te enteraras/ Pero si Buenos Aires es italiano, no comprendo por qué allá los spaghettis son el plato principal/ Son el plato principal porque nosotros los comemos con mucho tuco que es un gran alimento y encima nos mandamos un estofado que si no lo ves no lo creés/ Todos me preguntan para qué es el resorte, pero no se puede explicar así no más/ Que yo sepa nadie te ha preguntado nada/ Tendría que remontarme a los tiempos en que conocí a mi gorda en un baile de Ville d'Avray/

Ya está, ahora tenemos para rato, los siete tomos de Casanova/ Y casi en seguida me aceptó que yo le mostrara el cielo raso de mi humilde cuartito/ Dice cualquier cosa con tal de que nos enteremos de sus conquistas/ Yo a usted le voy a torar el zote de un momento a otro/ Y lo único que sacó de la gorda fue un conchabo en el vivero-escuela del viejo Perteuil donde le pagan una miseria/ Me pagan mal pero tengo a mi gorda y hay que ver qué laguna, con juncos por todos lados/ Giovanni, cuatro cafés cuatro/ Cinco, che, Austin ya toma, su mamá lo deja/ Allez au diable/ No, hijo, no se dice así, te voy a enseñar otras posibilidades en francés de Beleville para que le parés las patas a cualquiera. Desde luego ninguna supera por su concisión y elegancia a *ta geule*, de modo que la marcamos con el número uno. *Et ta soeur* no está mal tampoco, tiene el encanto innegable de toda referencia a la familia/ Thank you, profesor/ Y a pas de quoi, mon pote.

De todo eso resultó que Nicole y Calac irían al museo y que Marrast se les reuniría tan pronto como le dieran vía libre a la piedra de hule. Mi paredro pagó, procedió a la división y recogió implacablemente las cuotas de todos, haciendo notar que la propina corría por su cuenta. El museo estaba casi vacío y a Calac le dio risa la preocupación de Marrast por la vigilancia cuando en la segunda sala los raros visitantes seguían casi de largo para precipitarse hacia Gauguin y Manet como era justo y previsible; pero cuando Nicole y él se instalaron en el sofá y pasaron algunos minutos, a Calac no dejó de llamarle la atención el hecho de que en la sala hubiera nada menos que tres guardianes, demasiado conspicuos frente a tantas pinturas que nadie miraba. Se estaba bastante bien en el sofá, salvo que no se podía fumar y que Nicole seguía triste y distraída. En algún momento, aunque lo supiera de sobra, Calac le preguntó por qué.

—Ya te habrás dado cuenta —dijo Nicole—. No hay gran cosa que decir, simplemente todo va mal y no sabemos qué hacer. Peor todavía, sabemos muy bien lo que debería hacer cada uno y no lo hacemos.

—¿La esperanza, entonces, esa puta de vestido verde?

—Oh, hace rato que no espero nada. Pero Mar sí, a su manera, y ésa es mi culpa. Me quedo a su lado, nos miramos y dormimos juntos, y entonces él espera un poco más, todos los días.

Del ascensor salían cuatro personas, un poco con el aire de los toros en la arena, mirando para todos lados sin ver nada, organizando con trabajo un plan de recorrida, primero la pared de la izquierda con los primitivos, luego las naturalezas muertas de la pared opuesta, pero de golpe descubriéndose una perceptible tendencia a pasar uno tras otro a la segunda sala y concentrarse inequívocamente frente al retrato del doctor Lysons, D C. L., M. D.

—Son neuróticos clavados —dijo Calac—. No se conocen entre ellos, pero nosotros como el ojo de Dios distinguimos inmediatamente entre los llamados y los elegidos. Madre mía, se tiran como moscas al hermodactylus no sé cuánto.

—Soy yo la que tendría que irme —dijo Nicole—. Pero irme de verdad, sin dejar huellas. Entonces él se curaría Un plan perfecto, como ves, pero que funciona mucho menos bien que esto que está sucediendo aquí y que es una perfecta locura.

—Ah, eso, querida, acabás de decir una verdad inmortal. Ahí llegan otros dos, fíjate la forma en que se les vislumbra la antena, como decía una parienta mía de Villa Elisa. Y de esa horneada que sale del ascensor, por lo menos tres son neuróticos. Mirá, Nicole, si has dejado de quererlo, pero entendeme bien, cuando digo quererlo no estoy diciendo tenerle cariño o ser buena con él

y esas otras sustituciones amables que son la flor
de nuestra civilización, si has dejado de quererlo
entonces no entiendo por qué no tenés la generosidad de irte.

—Sí, claro —dijo Nicole—. Es tan fácil, verdad.

—No seas tonta. Comprendo muy bien un montón de cosas.

—Si también a mí me mandaran una carta
—dijo Nicole—. Un anónimo, por ejemplo, acon-
sejándome hacer eso en vez de hacer otra cosa.
Míralos cómo estudian el cuadro, y qué preo-
cupados están los guardianes. Cada uno sabe tan
bien lo que tiene que hacer porque recibieron su
anónimo, los empujaron desde afuera, sin razones.

—¿Sin razones? —dijo Calac—. Malditos sean,
por qué no se podrá fumar aquí. ¿Nunca se te
ocurrió pensar por qué Marrast ha estado perdiendo el tiempo en esto que vos llamás una perfecta locura? Hace más de dos meses que debería
estar trabajando en la estatua que le encargaron
y ahí lo tenés, obligándonos a perder una tarde
en este sofá que parece un perro.

Nicole no dijo nada, y Calac tuvo la impresión
de que se negaba a pensar, que se perdía en un
silencio hosco.

—Si yo tuviera quince años menos y unas cuantas esterlinas más te llevaría hasta Helsinki o
algún sitio así —dijo bruscamente Calac—. En
un plan estrictamente amistoso, se entiende, nada
más que para darte ese empujón adicional que
según vos te falta. No te rías, hablo muy en serio.
¿Querés que nos vayamos de viaje, o que yo te
acompañe hasta el tren y te alcance un paquetito
de caramelos por la ventanilla? Oh gran estúpida, no me mirés así. Yo no cuento para nada en
esto, digamos que estoy dispuesto a vivir vicariamente, como si vos fueras un personaje de uno
de mis libros y yo te tuviera afecto y quisiera ayudarte.

—Sabes muy bien —dijo Nicole con una voz tan baja que a Calac le costó entenderla— que cualquier tren que yo tomara ahora me llevaría a Viena, y que no quiero ir.

—Ah. Ya veo. Una falta completa de cooperación. Mirá a esa gorda, se ha venido con una especie de incunable para estudiar el tallo, debe ser la botánica de que hablaba mi paredro. Ahora se empieza a poner bueno, observá la nerviosidad de los guardianes, los pobres no saben qué hacer. Toda la sala vacía y los tipos amontonados delante de esa porquería con la planta, es increíble. ¿A Viena, dijiste? Me pregunto, ya que me hacés el honor de tu confianza, si estás enterada de que a Juan le pasa más o menos lo que a vos.

—Sí, pero es como si no lo supiera —dijo Nicole—. No puedo imaginarme que no lo quieran.

—Pues es así, niña, y si el tren de que hablabas llegara a su destino con vos a bordo, te encontrarías con que a su vez él está pensando en saltar a un tren rumbo a París y que no lo hace por la misma razón que vos no vas a Viena, etcétera. Jugar a las esquinitas es muy divertido a los ocho años, pero más tarde tiende a resultar exasperante, y así vamos todos. Observá al guardián más flaco, se ve que tiene orden de anotar una descripción sucinta de los más sospechosos, el pobre ya ha llenado dos libretas porque estoy seguro que la del otro día tenía tapas de otro color, a menos que los colores cambien con los días como en tiempos de los aztecas. ¿Me dejás que te cuente de los aztecas?

—No voy a llorar —dijo Nicole, apretándome el brazo—. No seas tonto y no me cuentes nada de los aztecas.

—Es un tema que domino, aunque desde luego no abarca a Viena. Y eso de que no vas a llorar, guarde inmediatamente ese pañuelo y no sea boba. Madre mía, y pensar que a Marrast se puede decir que lo criamos entre Polanco y yo, y que casi no hemos conocido las alegrías de la vida por culpa de ese idiota. ¿Para eso abandoné mi patria yo? Montones de ensayistas y de críticos me lo reprochan con acerbas palabras, y yo aquí mezclado con estos inútiles. Austin tiene mucha razón, ustedes deberían inscribirse en el partido, en cualquier partido pero sobre todo en el partido, servir para algo al final de cuentas, manga de mandarines. Estaba tan furioso y al mismo tiempo parecía tan ansioso por alegrarme, que me soné la nariz y guardé el pañuelo y le pedí perdón y le agradecí los caramelos que iba a llevarme a la ventanilla y le dije que mis preferidos eran los de menta. Nos sentíamos como avergonzados y no nos mirábamos, con el desamparo de todo civilizado que no puede encender un cigarrillo y refugiarse tras de los gestos, de la cortina de humo. Como desnudos en ese sofá que los neuróticos codiciaban desde diferentes rincones de la sala.

—No sé qué voy a hacer —le dije—. Todo está claro para los demás, como siempre. Pero después llega Mar y ya ves, cada día es como el anterior, la puta de vestido verde, tienes razón.

—De él no esperés nada —dijo Calac—. El no hará nada para resolver las cosas. A menos que crea no hacer nada y...

Me quedé mirando un momento al guardián que escribía incómodamente en su libreta; había interrumpido la frase porque era incapaz de seguirla, curiosamente el guardián había cesado de escribir y yo de hablar en el mismo momento, y nos mirábamos desde lejos con el aire desconcertado y aburrido de los que no saben cómo seguir y a la vez sospechan que lo que seguía era lo verdaderamente importante, como el final de los sueños olvidados en un momento que debía contener las claves, las respuestas. «A menos que crea no hacer nada y...» Me hubiera gustado saber qué había estado escribiendo el guardián, a qué altura de qué frase la había interrumpido él también. Y al final de cuentas, qué demonios, ¿por qué tenía yo que seguir arreglándole los problemas a esa mujer? Había sido muy sencillo decirle que yo personalmente no contaba para nada en el asunto, que la hubiera ayudado por amistad, porque Marrast era como un hijo para Polanco y para mí, y ella consecuentemente nuestra nena preferida, pero estaba más que seguro de que cuando se lo había dicho, en el instante mismo en que le había dicho: «Yo no cuento para nada en esto», había dicho sin quererlo, o acaso queriéndolo, pero muy en el fondo, algo que Nicole conocía perfectamente y que era estúpido e inevitable y antiguo y tristeza, que yo la quería un poco más que como a nuestra nena preferida, y que no me hubiera sido nada fácil llevármela a Helsinki solamente en calidad de tío bueno que distrae a la sobrina nostálgica.

—No, él no hará nada —dijo Nicole—. Ya ves, entonces.

—Aquí se va a armar una de a pie —dijo Calac—, es algo que se percibe en la atmósfera, los guardianes parecen estar esperando, nunca los vi tan reconcentrados. Esos tres que acaban de llegar son neuróticos clavados; en total hay nueve, aunque de uno o dos no estoy muy seguro. En fin, nena, todos ustedes me dan bastante lástima.

Era una frase que cada uno de nosotros repetía frecuentemente hablando de los demás, y que no nos preocupaba mucho, pero a Nicole le dolió como como un latigazo en la cara. Una vez más hubiera querido estar sola, encerrada en el hotel; se sintió como sucia junto a Calac que ya parecía lamentar lo que había dicho.

—Ni siquiera merezco que me tengan lástima, sabes.

—Oh, no me hagas tanto caso.

—Ni que seas tú el que me lleve a Helsinki o a Dubrovnik.

—En realidad no tengo la menor intención —dijo Calac.

—Menos mal —dijo Nicole, sonriendo y sacando otra vez el pañuelo.

Atarse al mástil por miedo a la música, seguir cerca de Marrast y sentirse sucia y atarse lo mismo al mástil por miedo a la inútil libertad que sería inevitablemente una puerta cerrada en Viena o una explicación cortésmente distante y unas cejas alzándose con el mínimo de sorpresa consentido por el buen tono, Juan la miraría afectuosamente y la besaría en la mejilla, la llevaría a cenar, al teatro, distraído y amable, habitado por otra imagen imperiosa, y si su frivolidad le jugaba una mala pasada, si el beso en la mejilla se corría hasta la boca, si después sus manos buscaban los hombros de Nicole y la ceñían con más fuerza, ella sentiría todo eso como la limosna a la esperanza harapienta, el justo pago a la puta de vestido verde como había dicho Calac que acababa de levantarse y miraba estupefacto a los tres guardianes que rodeaban respetuosos a un caballero privado del brazo derecho a partir del hombro pero que movía el izquierdo por los dos en dirección del retrato del doctor Lysons asediado por cinco o seis neuróticos anónimos.

—Qué te dije —murmuró Calac sentándose otra vez—, ahora mismo se arma, carpeteame al manco cómo acciona.

—Es el superintendente —dijo Nicole—. Se llama Harold Haroldson.

—Y uno que creía que nombres así solamente en Borges, hay que convencerse de que la naturaleza imita al arte. Y ahora, claro, justo el que nos faltaba. Llegás al pelo para la caída de la estantería, hermano, el manco está que ni Vishnú con todos sus tentáculos

Marrast no había tenido tiempo de besar a Nicole y hacerse una idea de la situación cuando ya

los tres guardianes se adelantaban hacia el cuadro
de Tilly Kettle y con los miramientos debidos
pero limitados al mínimo dispersaban a los asom-
brados neuróticos y entre dos descolgaban el cuadro mientras el tercero presidía la maniobra y
mantenía a distancia a los neuróticos hasta que
el retrato del doctor Lysons desaparecía por el
pasillo de entrada donde alguien, con una sincro-
nización que Calac no pudo menos que admirar,
había abierto una puertecita insospechada hasta
entonces entre tantos bronces y repisas para que
la operación terminara con la misma limpieza
con que había comenzado. El único error estraté-
gico, como se comprobó en seguida, fue que Harold Haroldson se quedara en la sala, porque en
el mismo instante la gorda de la botánica, seguida de dos amigas y de varios otros neuróticos que
de golpe parecían reconocerse en la hora de la
tribulación y dar por terminado el anonimato que
hasta entonces los había distinguido, se precipita-
ron hacia él para pedirle las explicaciones del
caso y hacerle notar que nadie se molesta en acudir a un museo para que le arranquen poco menos
que de las narices el cuadro que está contemplan-
do/ Hay razones, señores/ Explíquelas, señor/ Razones administrativas e incluso estéticas/ ¿Y por
qué esa pintura y no otra?/ Porque se está pensando en colocarla en un lugar mejor iluminado/
Donde estaba se la ve perfectamente/ Es un punto de vista/ Es la verdad, y todos estos señores
coincidirán conmigo/ *Hear, hear*/ En este caso les
aconsejo que presenten una queja/ Que usted ti-
rará al canasto/ No es mi costumbre, señora/ De
sus costumbres, señor, acabamos de tener un ejemplo aleccionante/ Me permitiré contestarle que su
opinión no me privará del sueño/ ¿Y vos no in-
tervenís, che? Sos el que armó propiamente esta
trenza y ahora te quedás tan pancho/ Imposible
decir nada, padrecito, esto supera todo lo que hubiera podido imaginarme. Vámonos de aquí antes

que nos metan presos, ya hemos tenido nuestra hora inmortal. Nicole, gatita, no trajiste el impermeable y está lloviznando.

Pero no lloviznaba en el *pub* donde se sentaron a beber oporto después que Calac se despidió en la puerta del museo con el aire del que ya está hasta la coronilla. Tibio el oporto, tan justamente hermanándose con el tabaco y ese rincón de caobas vetustas donde Marrast no acababa de reponerse del final del juego y pedía todos los detalles hasta que Nicole le sonrió y se los contó uno tras otro y al final le pasó la mano por la cara para espantarle los pájaros, y entonces Marrast pidió más oporto y le dijo que la piedra de hule salía al día siguiente para Calais a bordo del *Rock & Roll*, capitán Sean O'Brady. Había podido ver muy bien la piedra mientras los aduaneros se trepaban a ella por todos lados con ayuda de una escala, sin convencerse hasta último momento de que no contenía plutonio o un fósil de gigantosaurio. En cuanto a lo que dijera la municipalidad de Arcueil cuando recibiera las facturas de míster Whitlow, era otro problema, pero separado por varios días de esa segunda copa de oporto que les entibiaba la garganta.

—Y además mi paredro recibió una carta de Celia que habla de venir y cosas así, me lo dijo cuando salimos del *espresso*. No tiene ninguna importancia, y la piedra de hule tampoco, te lo cuento para dejar liquidado el asunto. ¡Descolgaron el cuadro! —gritó Marrast cada vez más entusiasmado—. No puede ser! ¡Harold Haroldson en persona! ¡Oh, no!

A Nicole la divertía esa manera espasmódica de decir cosas tan obvias, pero pasó un rato antes que Marrast se fuera calmando y empezara a comprender que la etapa visible y verificable de la acción había terminado, y que los neuróticos se volverían más anónimos que nunca a partir de esa tarde, con la desvaída excepción de Austin.

—Todo continuará de alguna manera —dijo Nicole—, sólo que ya no lo veremos.

Marrast la miró mientras encendía otro cigarrillo. Lentamente cambió de posición la copa de oporto, observando la leve circunferencia húmeda impresa en la mesa la mínima huella de algo que ya era el pasado, que un camarero aboliría indiferente.

—Siempre se puede prever una parte, los primeros círculos concéntricos. El retrato del doctor Lysons cambiará de emplazamiento o más probablemente quedará en los depósitos del museo a la espera de tiempos menos agitados. Nosotros nos volveremos a París Harold Haroldson olvidará poco a poco esta pesadilla burocrática, y Scotland Yard, si es que supo algo del asunto, archivará una carpeta apenas empezada.

—Gaugin y Manet volverán a ser los amos. Habrá un solo guardián para la segunda sala.

Sí, pero eso no era todo, no podía ser todo, Marrast sentía que algo se le escapaba, tan cerca de él como Nicole que también se le escapaba, todo eso ya no tenía nada que ver con la previsión y los desarrollos posibles. Un juego del tedio y la tristeza había alterado un orden, un capricho había incidido en las cadenas causales para provocar un brusco viraje, dos líneas enviadas por correo podían entonces conmover el mundo, aunque fuera solamente un mundo de bolsillo; Austin, Harold Haroldson probablemente la policía, veinte neuróticos anónimos y dos guardianes suplementarios habían salido por un tiempo de sus órbitas para converger, mezclarse, disentir, chocar, y de todo eso había nacido una fuerza capaz de descolgar un cuadro histórico y engendrar consecuencias que él ya no vería desde su taller de Arcueil donde estaría luchando con la piedra de hule. La mano de Nicole parecía más pequeña que nunca en su mano un poco sudada y moviéndose y derecha. Con la izquierda dibujó unas imaginarias cejas muy suaves sobre las suaves cejas de Nicole, y le sonrió.

—Si se pudiera —dijo—. Si con todo se pudiera lo mismo, mi querida.

—¿Si se pudiera qué, Mar?

—No sé, descolgar los cuadros, dibujar otras cejas, cosas así.

—No estés triste, Mar —dijo Nicole—. Yo aprenderé a tener las cejas que me dibujas con el dedo, dame solamente tiempo.

—Y el catálogo, te das cuenta —dijo Marrast como si no hubiera escuchado—. En la próxima edición tendrán que suprimir la mención del cuadro que llevaba el número ocho, y reemplazarla por otro. De golpe los miles de catálogos que hay en las bibliotecas del mundo habrán cambiado, siendo los mismos serán diferentes a lo que eran porque ya no dirán la verdad sobre el cuadro número ocho.

—Ya ves, las cosas pueden cambiar —dijo miserablemente Nicole, agachando la cabeza. Marrast se la levantó despacio, tomándola de la barbilla, acariciándole otra vez la frente y las cejas.

—Aquí te ha salido un pelito que no tenías antes.

—Lo tuve siempre —dijo Nicole, pegando la cara al hombro de Marrast—. Lo que pasa es que no sabes contar.

—¿Te gustaría que fuéramos al cine a ver esa película de Goddard?

—Sí. Y comer en Soho, en el restaurante de los españoles donde tú dices que mi pelo brilla de otro modo.

—Nunca he dicho tal cosa.

—Oh, sí lo dijiste. Dijiste que era una luz especial, algo así.

—No creo que te cambie el color del pelo —dijo Marrast—. No creo que nada te cambie, mi querida. Tú misma me dijiste que ese pelito ya lo tenías antes, acuérdate. Lo que pasa es que no sé contar, también lo dijiste.

Se nos había hecho tarde hablando y bebiendo coñac, con largos silencios en los que Hélène parecía lejana y desinteresada hasta reanudar bruscamente su cigarrillo o su copa o su sonrisa que por un momento me habían abandonado, dejándome perdida en un monólogo absurdo. Cuando volvía a mirarme, como concentrándose en una nueva atención que tenía algo de excusa por haberse distraído, mi propio gesto al imitarla, al encender otro cigarrillo y sonreírle, me llegaba también desde afuera, como una reanudación de la confianza y la felicidad momentáneamente abolidas por ese hueco que había sido la mirada ausente de Hélène. Me fastidiaba comprender que en esas pausas había sufrido, que me había quedado sola, que Hélène hubiera tenido todo el derecho de tratarme una vez más de chiquilla; después, apenas cambiábamos una frase, lo único que importaba era la confianza, abandonarse a ese estar ahí sin necesidad de que Hélène me diera seguridades, pero sí, puedes quedarte todo lo que quieras, nos arreglaremos, las frases biombos que Nicole y Tell y todas las mujeres nos decíamos a cada momento y que desde luego era necesario decir para no irse quedando aislada como se había quedado Hélène que no las decía nunca. Era tan fácil ser feliz con Hélène esa noche, sin confirmaciones ni confidencias, pero lo otro seguía detrás, el hueco negro de eso que era también Hélène cuando parecía irse de sí misma y se quedaba con la mirada fija en su copa, en una mano, en la muñeca sentada en una silla. Y yo hubiera querido hacer algo que no haría nunca, algo como ponerme de rodillas, oh sí doctora, de rodillas porque de rodillas se estaba más cerca, se podía acercar la cara al calor de otro cuerpo, apoyar la mejilla en la lana tibia de un pulóver, desde niña todo lo verdaderamente importante o triste o maravilloso me hubiera gustado hacerlo o que me sucediera de rodillas, esperar en silencio a que ella me acariciara el pelo, porque eso sí Hélène lo hubiera hecho, nadie se acerca a otro desde más abajo, con el gesto del perro o del niño, sin que una mano vaya por sí misma a posarse en la cabeza y baje suavemente por el pelo y roce el hombro con su suave caricia, y entonces decirle eso que nunca le diría, decirle que estaba muerta, que esa vida suya era para mí como una muerte y sobre todo, pero eso hubiera sido más imposible que nunca decírselo, para Juan, y que jamás comprenderíamos y aceptaríamos ese escándalo porque al mismo tiempo estábamos como danzando en torno a ella, a la luz Hélène, a una especie de razón Hélène; y entonces ella me hubiera mirado con la mirada de la anestesia, oh sí doctora, sin rencor ni sorpresa, primero desde lejos y como si mirara otra cosa inconcebible, y después sonriendo y buscando un nuevo cigarrillo, sin decir nada, sin aceptar nada de lo que naturalmente ninguno de nosotros le diría, ni siquiera mi paredro que le decía cualquier cosa al que se lo buscara.

Entonces quedaba lo otro, desde ese blanco y humilde ángulo del perro que yo imaginaba en mi sillón frente a Hélène y que ella no podía adivinar, quedaba estar ahí y que fuera la felicidad y la noche protegida, el coñac y la amistad sin frases, la aceptación de que Hélène era esa mujer que acariciaba de tanto en tanto distraídamente el pequeño clip con la imagen de una salamandra o un lagarto, y al mismo tiempo, oh sí doctora, no hubieras podido negármelo ya, al mismo tiempo los frascos con sales de baño de colores, los jabones y los perfumes idénticos a los de Tell y Nicole, a los que alguna vez tendría yo cuando viviera sola en mi casa propia. Asimilada, de nuestro lado, mujer perfumándose y espejos y caprichos. Pero eso no te acercaba, increíblemente nada de eso te acercaba, yo me había bañado allí mismo, me había secado con una de tus toallas, todavía asombrada de que tu casa fuese tan diferente de lo que podíamos haber supuesto, y otra vez frente a ti que todo me lo estabas dando, allanándome el camino para no hacerme sufrir, la distancia era todavía más vertiginosa, me empequeñecía, me quitaba las últimas razones para explicarme de alguna manera esa diferencia que nos atraía y nos exasperaba en ti, doctora. Siempre había sentido a Hélène como tanto mayor que yo (¿pero quién sabía la edad justa de Hélène, si me llevaba cinco o diez años, si eso era tiempo u otra cosa, un cristal o un lenguaje?), y de nada valía estar frente a ella que me tendía una copa de coñac exactamente igual a su copa de coñac, puesto que lo imposible no ocurría jamás, Hélène no me miraría en los ojos para decir verdaderamente alguna palabra que llegara como desde un largo viaje entre helechos Hélène, lagos Hélène, colinas Hélène, una palabra que no se basara en los biombos del día que acabábamos de vivir, en el hombre que había muerto en la clínica, en la muñeca que le había enviado Tell, coartadas que el tiempo y las cosas iban inventando para no hablar nunca de ella, para no ser Hélène cuando estaba con nosotros.

No parecía en absoluto una ganzúa, lo que desde luego le quitaba a la operación esa calidad que Juan había estado esperando sin confesárselo demasiado; más bien una llave como cualquiera de las llaves del hotel, con la que Frau Marta abrió sin ruido la puerta de la habitación 22 que evidentemente no había albergado huéspedes históricos a juzgar por la estrechez mohosa del pasillo. Juan pensó en retroceder y bajar en busca de Tell que bien se merecía esa recompensa después de tanto abnegado espionaje, pero su acción precedió (como conviene) a la reflexión: resbalando pegado a la pared apenas Frau Marta hubo desaparecido en el hueco de la puerta que se abría hacia adentro, metió el zapato entre la puerta y el marco para impedir que volviera a cerrarla y se preparó al escándalo inevitable. Era seguro que la vieja cerraría la puerta a sus espaldas, nadie podía hacer otra cosa en circunstancias parecidas, nadie salvo Frau Marta porque la puerta se mantuvo entornada y el zapato de Juan no sufrió lo que su pie había previsto con una comprensible crispación defensiva. La habitación estaba a oscuras y olía a jabón de pino, novedad loable en el Hotel del Rey de Hungría y mérito presumible de la chica inglesa. Sin saber qué hacer, privado de todas las secuencias lógicas que reclamaba la situación, no quedaba otro remedio que permanecer en la misma posición, disimulándose lo más posible contra la pared y manteniendo por las dudas el zapato contra el marco, puesto que las interrupciones de la lógica se restañan a una velocidad prodigiosa y a los dos lados de la centella de una excepción se abren los inacabables bostezos de la pura casualidad infalible. Por ejemplo la linterna sorda, era fatal que a esa altura de las cosas irrumpiera el haz de cárdena luz de una linterna sorda, y así ocurrió a unos dos metros de la puerta; en el piso se fue dibujando un círculo tembloroso que osciló a derecha e izquierda como buscando una dirección definida. Por segunda vez Juan se vio actuar sin previa consulta a sus instancias superiores; por el hueco cabía exactamente su cuerpo de perfil, que resbaló en perfecto silencio, girando sobre un pie para replegarse contra la puerta y cerrarla poco a poco con un ligero vaivén del hombro. Un empujón más y se hubiera oído el clic del pestillo, pero el hombro se detuvo a tiempo; de una manera tan poco precisa como todo lo que estaba ocurriendo, a Juan le pareció que esa hendija lo salvaba de la sumersión total en lo que empezaba ya a tomar forma de calambre en el estómago, sin contar que del otro lado de ese nuevo y tenebroso mundo estaría esperando Tell, y eso tenía algo de puente, de contacto con un resto de sensatez; y así mientras el círculo de luz se obstinaba en fluctuar en una vaga región del piso donde empezaba una alfombra morada, era casi divertido (si el calambre me hubiera dejado en paz) discutir por un momento esa noción de sensatez que parecía tan inapropiada a un lado como al otro de la puerta; ¿por qué, finalmente, estar tan seguro de que al otro lado, en el pasillo que llevaba a la escalera y a la habitación de Ladislao Boleslavski, se situaba la realidad tranquilizadora, Tell y el slívovitz y mi maldita conferencia internacional? Simultáneamente con ese ir y venir de algo que ni siquiera era un pensamiento, me daba cuenta de que la oscilación del círculo de luz que entraba y salía de la alfombra morada respondía al leve jadeo de Frau Marta sumida en alguna parte de la habitación en tinieblas. Por detrás del miedo que crecía con cada oscilación del haz de luz me acordé de Raffles, de Nick Carter, de cualquiera de los libros de la infancia donde siempre había alguna linterna sorda, y de la maravillosa, por incomprensible, asociación de esas dos palabras; pero entonces era verdaderamente en serio, entonces Frau Marta tenía una linterna sorda y una llave, estaba ahí jadeando y a pesar de la oscuridad se sentía que todo eso pasaba en una habitación más grande que la de Ladislao Boleslavski («¿Cómo puede ser sorda una linterna?», le había preguntado a mi padre), lo que no dejaba de ser humillante puesto que la chica inglesa la aprovechaba para ella sola mientras el gerente nos había asegurado que nos daría una de las habitaciones más espaciosas del hotel («No preguntes estupideces», me había contestado mi padre). Imposible entender cómo el verdadero tamaño de la habitación podía volverse tan palpable en plena oscuridad, aunque ya empezaba a entrever la silueta de Frau Marta que interminablemente arrastraba el redondel de luz sobre la alfombra morada, tironeándolo con bruscos retrocesos y vacilaciones hasta la pata de una cama (pero la cama estaba a varios metros de la puerta, era una inmensa habitación donde hubieran podido dormir cinco personas, y la chica inglesa debía sentirse muy rara en esa especie de granero con dos enormes ventanas que vencían poco a poco las tinieblas y empezaban a dibujarse en la pared del fondo), y se inmovilizaba un momento antes de trepar como una araña de oro por un cobertor rosado (¿de qué otro color hubiera podido ser, *England, my England?*) y se agazapaba junto a una mano abandonada sobre el cobertor, una manga de piyama rosa (*England, my own!*) hasta decidirse a dar el gran salto al borde de la almohada, recorrerla milímetro a milímetro mientras el estómago se me apretaba y el sudor me corría por las axilas y detenerse en un mechón de pelo rubio, un mechón colgando y quizá oscilando ligeramente aunque no podía ser que oscilara, el disco luminoso se empecinaba en hamacarse en el mechón colgando en el aire, pero entonces si el mechón colgaba no era posible que la cabeza estuviera descansando en la almohada, entonces era inevitable que si el disco de luz se decidía por fin y daba un pequeño salto de triunfo para fijarse en la cara de la durmiente, la cara tuviera los ojos muy abiertos, la durmiente estuviera despierta, sentada en la cama con las manos apoyadas en el cobertor, sentada con su piyama rosa, los ojos abiertos sin parpadear esperando que la luz le diera en plena cara.

—Te estás cayendo de cansada —dijo Hélène—. Vamos, a la cama.

—Sí, doctora. Déjame estar otro poco, me gusta tanto tu casa, esta luz es tan.

—Como quieras, yo me voy a dormir.

Celia se estiró en el sillón, desperezándose, negándose al final de eso en que todo, hasta el movimiento de estirarse o aplastar el cigarrillo en el cenicero, tenía algo de perfecto que no hubiera debido cesar nunca. «Por qué interrumpir cosas tan», pensó bostezando. El sueño empezaba a devorarla por debajo de los párpados, con suaves hormigas, y también ese sueño era parte de la felicidad.

—Por favor, lava las tazas de café antes de acostarte —dijo la voz de Hélène desde el dormitorio—. ¿Quieres una almohada o dos?

Celia llevó las tazas a la cocina, las lavó y guardó, tratando de aprender aplicadamente cómo cada cosa tenía su lugar. El perfume del dentífrico de Hélène, una voz que cantaba lejos en la calle, un gran silencio, el cansancio. La muñeca había quedado sobre un sillón; la tomó, giró con ella en los brazos y entró en el dormitorio donde Hélène acababa de acostarse y hojeaba el periódico. Siempre bailando, Celia desnudó la muñeca, la acostó en un taburete al lado de la puerta de entrada, le puso encima una carpeta verde y la arropó cantándole en voz baja. Reía para Hélène, un poco avergonzada, pero acostar a la muñeca no era solamente un juego, bastaba mirarle la boca mientras se inclinaba para ajustar la carpeta verde, de pronto sus manos y sus labios tenían la gravedad de la niña que reina sobre su mundo, que ha vuelto del baño después de cumplir con los preceptos higiénicos y antes de desnudarse se vuelve todavía por un momento a algo que es solamente suyo, que las escolopendras no podrán quitarle. Acabé por plegar el periódico, segura ya de que el cansancio no me dejaría dormir, seguí mirando a Celia que ordenaba los pliegues de la colcha improvisada y peinaba a la muñeca alisándole los bucles sobre la almohada que acababa de improvisar con una toalla. La luz de los veladores dejaba en la penumbra a la muñeca y a Celia, las veía como por detrás de una niebla de fatiga, y ahora Celia salía de la sombra, buscaba su piyama arrugado y tal vez no demasiado limpio, lo ponía al borde de la cama y se quedaba como perdida después de un último giro y una caricia a la muñeca.

—Yo también estoy rendida. Me alegro, me alegro de haberme ido de casa, pero aquí adentro, sabes... —Se tocaba vagamente el estómago, sonreía.— Mañana habrá que empezar a buscar algo, claro. Esta noche no me gusta que haya mañana, es la primera vez... Aquí se está bien, me podría quedar para siempre... Oh, no creas que —agregó rápidamente, mirándome asustada—. No estoy insinuando que. Quiero decir.

—Acuéstate y no hables tonterías —le dije, tirando el periódico y volviéndome al otro lado. Me pareció oír su silencio, sentir un leve frío en el aire, una tensión casi divertida, como tantas veces en la clínica, en las salas de operaciones, esa vacilación de una mano que empieza a desabotonar un pantalón o una blusa.

—Oh, puedes mirarme —dijo Celia—. ¿Por qué te vuelves así? Entre nosotras...

—Acuéstate —repetí—. Déjame dormir o por lo menos estar despierta en paz.

—¿Tomaste algún sedante?

—Ya está debidamente insertado, y tú deberías repetir la operación. La caja blanca en el armario sobre el lavabo. Apenas una mitad porque no has de estar habituada.

—Oh, yo dormiré —dijo Celia—. Y si no duermo... Hélène, no te enojes si te sigo hablando un poco, nada más que un momento. Tengo tantas cosas aquí... Soy egoísta, con lo que te ha pasado, pero...

—Basta —le dije—, déjame tranquila. Ya sabes dónde hay libros si quieres leer. Que sueñes con los angelitos.

—Sí, Hélène —dijo la niña que amaba el queso Babybel, y hubo un gran silencio y un peso en la cama mientras el velador de su lado se apagaba casi al mismo tiempo. Cerré los ojos sabiendo demasiado bien que no iba a dormirme, que a lo sumo el sedante desataría la cuerda que me apretaba la garganta, se aflojaba, volvía a apretarme poco a poco. Tal vez ya llevaba un largo rato sintiendo que Celia lloraba en silencio, dándome también la espalda, cuando la callejuela viró bruscamente y el codo en el que se apelmazaban viejas casas de piedra me dejó bruscamente frente a la explanada de los tranvías. Creo que hice un esfuerzo por volver a Celia, por interesarme, calmar su llanto que no era más que fatiga y tontería de chiquilla, pero a la vez debía cuidarme porque los tranvías avanzaban desde diferentes sectores de la inmensa plaza y los rieles se cruzaban inesperadamente en la desnuda explanada de pavimento rojizo, y además era tan claro que debía cruzar lo antes posible la explanada y buscar la calle Veinticuatro de Noviembre, ahora no cabía la menor duda de que la cita era en esa calle aunque hasta entonces no se me hubiera ocurrido pensar en ella, y a la vez me daba cuenta de que para llegar a la calle Veinticuatro de Noviembre sería necesario tomar alguno de los innumerables tranvías que desfilaban como en un juego de parque de diversiones, cruzándose sin detenerse, con sus flancos de un ocre desportillado, sus troleys llenos de chispas y un resonar intermitente de campanillas sin sentido que se dejaban oír en cualquier momento y como por capricho, con gentes de caras huecas y can-

sadas en las ventanillas, mirando todas un poco
hacia abajo como si buscaran un perro perdido
entre las losas del pavimento rojo.

—Perdóname, doctora —dijo Celia tragándose
los mocos como una chiquilla y limpiándose la
nariz con la manga del piyama—. Soy una estúpida, aquí contigo estoy tan, pero es más fuerte
que yo, siempre ha sido así, es como una planta
que creciera de golpe y que me sale por los ojos
y por la nariz, sobre todo por la nariz, soy una
idiota, deberías pegarme. No te molestaré más,
Hélène, perdoname

Hélène se enderezó apoyándose en la almohada,
encendió el velador y se volvió hacia Celia para
secarle los ojos con el borde de la sábana. Casi
sin mirarla, porque sentía que Celia se hundía
en una vergüenza sin palabras, alisó la sábana
arrugada, pensando lejanamente que el tonto ri-
tual se repetía minuciosamente, la niña que acues-
ta a su muñeca con una ceremonial prolijidad y
luego se deja acostar a su vez y espera que re-
pitan con ella los mismos gestos, que le alisen el
pelo sobre la almohada, que le suban las sábanas hasta el cuello Y más atrás, en alguna otra
parte que no era la plaza de los tranvías ni esa
cama en la que Celia cerraba los ojos y suspira-
ba profundamente, con un último sollozo apagado, algo abominablemente parecido podía estar
sucediendo o habría ya sucedido en el subsuelo
de la clínica, alguien habría subido un lienzo
blanco hasta el mentón del muchacho muerto, y
entonces la muñeca de Tell era Celia que era el
muchacho muerto y yo decidía y cumplía las tres
ceremonias, crispada y distante a la vez porque
el sedante empezaba a arrastrarme hacia abajo,
a un duermevela precario donde alguien que era
todavía yo y que se oía pensar seguía preguntándose quién me habría enviado realmente la muñeca, porque cada vez parecía menos posible que
hubiera sido Tell, aunque sí podía ser Tell pero

no por ella misma, no exactamente por ella misma sino movida por Juan que tal vez antes de dormirse, hablando como por juego, con esa manera de hablar que era a veces la suya y que tenía la frivolidad deliberada que se aprende en las cabinas de interpretación, en los bares internacionales y junto a las mesas de operaciones, había dicho quizá: «Deberías regalarle la muñeca a Hélène», subiéndose la sábana hasta el cuello antes de dormirse y Tell lo habría mirado sorprendida y quizá fastidiada aunque cosas así poco le importaban a Tell, hasta darse cuenta de que después de todo no era una mala idea puesto que lo absurdo casi nunca era malo y que yo me quedaría divertidamente perpleja cuando abriera el paquete postal y me encontrara con una muñeca que no tenía nada que ver conmigo y sobre todo con Tell que me la regalaba.

—Oh, basta de lloriquear —protestó Hélène—. Voy a apagar la luz ahora nos dormiremos.

—Sí —dijo Celia cerrando los ojos y sonriendo aplicadamente—. Ahora nos dormiremos, doctora, esta cama es tan.

Para ella no sería difícil, su voz venía ya mezclada con el sueño, pero la mano que ahora apretaba el interruptor repetía el gesto desde una imagen diferente, y era inútil cerrar los párpados en la oscuridad y aflojar los músculos, una vez más esa absurda manía de anunciar los actos, ahora voy a apagar la luz, ahora nos dormiremos, respondía exactamente a la previsión y al rigor del oficio, sentarse a la izquierda del paciente, un poco atrás para que no la viera de lleno, buscarle la vena del brazo, pasarle un algodón con alcohol, y entonces hablar suavemente, casi frívolamente como Juan habría hablado a Tell, para decir: «Ahora voy a pincharlo», para que el paciente comprendiera y estuviera prevenido y no reaccionara al dolor lancinante con un brusco tirón que torciera la aguja. Ahora voy a apagar la luz, ahora voy a pincharlo, ahora dormiremos, pobre chico parecido a Juan que regalaba muñecas por interpósita persona, pobre chico que había sonreído confiadamente, que con tanta gentileza había dicho «hasta luego», seguro de que no sería nada, que podían apagar la luz, que despertaría curado en la acera opuesta de la pesadilla. Ya lo habrían abierto como quien abre una muñeca para ver lo que tiene adentro, y el liso hermoso cuepo desnudo, el cuerpo que terminaba en la clara flor de la voz que había dicho como quien agradece: «Hasta luego», sería un horrible mapa azul y rojo y negro, presurosamente cubierto por un enfermero que subiría, quizá con un gesto delicado, el lienzo blanco hasta el mentón para los parientes y los amigos esperando en el pasillo, el comienzo del escamoteo, el primer precario féretro blanco y frágil, la almohadilla para la nuca, la luz decorosa de una habitación donde ya estarían llorando voces de viejos, donde amigos de café y de oficina se mirarían sin poder creer, al borde de la carcajada histérica, desnudos y abiertos como el muerto debajo del lienzo blanco, hasta que también ellos dijeran, se dijeran, le dijeran: «Hasta luego», y bajaran a beber coñac o lloraran solitariamente en el fondo de un water, avergonzados y temblando y cigarrillo.

En la oscuridad Celia suspiró profundamente y Hélène la sintió estirarse con un blando abandono de gata. El fácil sueño, la niña buena yéndose a su noche sin preguntas. No le había llevado cinco minutos quedarse dormida después de jugar, después de llorar; apenas parecía posible que el sueño estuviera ahí a tan poca distancia de Hélène que se había vuelto poco a poco hacia Celia, entreviendo vagamente su pelo en la almohada, el contorno de una mano apenas plegada; que el sueño hubiera entrado en un cuerpo mientras en el otro no había más que una amarga vigilia polvorienta, un cansancio sin respuesta, un paquete atado con un cordel amarillo y que pesaba más y más aunque lo apoyara sobre los muslos, sentada en el tranvía que chirriaba y se movía como flotando en algo donde el silencio y el chirrido eran una misma cosa conciliable como también lo eran el plácido abandono en el asiento del tranvía y la ansiedad por llegar a la calle Veinticuatro de Noviembre donde la estaban esperando, una calle de altas tapias ya vistas otras veces, detrás de las cuales parecía haber hangares o depósitos de tranvías, siempre un mundo de tranvías en las calles o en esos solares ocultos por las altas tapias con cada tanto portones de hierro oxidado hasta donde llegaban algunos rieles que se perdían por debajo, y en algún momento habría que bajar del tranvía llevando el paquete y entrar (pero eso sería antes de Veinticuatro de Noviembre) en una calle lateral curiosamente de extramuros en plena ciudad, llena de matas de pasto entre los adoquines del pavimento, con aceras más altas que la calzada donde había perros flacos y alguna que otra persona indiferente y ajena y cuando llegara allí debería caminar con cuidado para no dar un paso en falso en la acera y caer a la calzada entre flejes herrumbrados y matas de pasto y los perros flacos lamiéndose los flancos de pelo apelmazado. Pero aún no llegaría a la cita porque otra vez escuchaba la respiración entrecortada de Celia, con los ojos abiertos en la repentina oscuridad escuchaba su aliento sin poder ya elegir entre continuar la marcha o quedarse ahí junto a Celia que respiraba como si en el fondo de su sueño hubiera todavía un resto de llanto. Quizá, pensó agradecida, también ella terminaría por dormirse, algo en la cercanía murmurante de Celia la tranquilizaba tontamente, y aunque el insólito desnivel del colchón bajo el peso de Celia cambiaba las costumbres de su cuerpo, le impedía tenderse en diagonal para buscar una zona más fresca de las sábanas, obligándola a echarse atrás para no ir resbalando hacia el centro donde acabaría por rozar a Celia y quizá la despertaría de un sueño lleno de parientes coléricos o playas yugoslavas, nada de eso despertaba en ella el antiguo imperativo de poner las cosas en orden, de rechazar la alteración de sus rutinas. Irónicamente pensó en Juan, en la incredulidad de Juan si hubiera podido estar ahí a los pies de la cama, mirando desde algún lugar de la habitación y esperando resignado que ella diera como siempre a César lo que era de César, y descubriendo que no, que de alguna manera no había escándalo y que ella estaba ahí como reconciliada, como aceptando sin protesta ese desorden que era Celia en su casa y en su noche. Pobre Juan tan lejos y amargo, todo eso hubiera podido ser de alguna manera para él si hubiera estado a los pies de la cama en la oscuridad, buscando una vez más la respuesta que ahora llegaba demasiado tarde, para nadie. «Debiste venir tú en vez de mandarme la muñeca», pensó Hélène. Con los ojos siempre abiertos en la oscuridad siguió sonriendo a esa imagen ausente como había sonreído al muchacho antes de doblarle suavemente el brazo buscándole la vena, con una sonrisa que ninguno de los dos hubiera podido ver, el uno de perfil, desnudo y tenso, el otro en Viena y mandándole muñecas.

De a ratos se había acordado de las palabras entre cantadas, dichas y silbadas por Calac, un tango donde se hablaba de perder un amor nada más que para salvarlo, una cosa por el estilo que en la traducción amablemente facilitada por Calac debía perder bastante de su sentido. Más tarde Nicole había pensado pedirle que le repitiera las palabras, pero ya estaban saliendo del museo después de la llegada de Harold Haroldson y la remoción del retrato del doctor Lysons, Marrast hablaba todo el tiempo pidiendo explicaciones sobre lo ocurrido, y después Calac se había ido silbando el tango en la llovizna y Marrast se la había llevado a beber oporto a un *pub* y por la noche al cine. Sólo algunos días acariciando distraídamente el pelo de Austin que dormía contra ella se dio cuenta de que hubiera podido reivindicar el tango con algún derecho y casi le dio risa porque los tangos en francés eran siempre un poco risibles y hacían pensar en viejas fotografías de galanes morenos con cabezas de coleópteros, así como también era risible que Austin estuviera durmiendo contra ella y que Marrast le hubiera enseñado las pocas cosas inteligibles que Austin alcanzaba a decirle con todos los acentos mal puestos mientras la tenía en sus brazos.

De los gnomos a Austin no podía decirse que hubiera una gran diferencia; mirándolo dormir y acariciándole el pelo que usaba demasiado largo para mi gusto, vikingo adolescente, casi virgen, tan desoladoramente novato, sus torpezas o sus absurdos recatos me habían hecho sentirme como una puta vieja y un poco maternal. Padre, me acuso de haber corrompido a un joven/ ¿Y quién eres tú?/ Padre, paredro mío, soy la malcontenta, mi chiamano così/ Ma il tuo nome, figlíola/ Il mio nome e Nicole/ Ahimè, Chalchiuhtotolin abbia misericordia di te, perdoni i tuoi pecatti e ti conduca alla vita eterna/ Confesso a te, paredro mio, che ho peccato molto, per mia colpa, mia colpa, mia grandissima colpa/ Va bene, lascia perdere, andate in pace, Nicole. Visto: se ne permette la stampa/ ¿Pero quién es Chalchiunosecuanto?/ El dios de las tinieblas, el eterno destructor cuya imagen sólo se refleja en la sangre de los sacrificios, el agua preciosa que es la sangre sobre la piedra del suplicio. Y representa a las víctimas femeninas divinizadas por oposición a los guerreros sacrificados/ Pero yo, padre, no tengo nada de víctima, no quiero ser víctima, yo he asestado el primer golpe, paredro mío, yo me adelanté a golpear, es a conciencia pura que pierdo mi amor, el resto que te lo cante Calac que lo sabe en su idioma. Y eso de que se ne permette la stampa era un lapsus considerable de mi paredro, poco versado en el idioma que la malcontenta había creído atinado emplear mientras soñaba tan litúrgico momento entre otras pesadillas parecidas. Pero en cambio no había soñado el *Marquee Club* de Wardour Street, un club de jazz desportillado y oscuro y sin alcohol, con jóvenes tirados por el suelo para escuchar mejor los solos del viejo Ben Webster de paso por Londres, con Marrast previsoramente borracho porque sabía que en el *Marquee* encontraría apenas té y jugos de frutas con Austin que había hablado de Kropotkin a lo largo de un jamón con huevos y dos vasos de leche, a menos que fuera del Potemkin, nunca se sabía con el francoinglés de Austin. Y en algún momento entre *Take the A train* y *Body and soul*, Nicole había recordado la letra del tango, a Calac repitiéndola en la llovizna para ella, solamente para ella, harto de compadecerla, de proponerle caramelos por la ventanilla de un tren que no tomaría; lentamente había acercado su mano a la de Austin sentado entre ella y Marrast en una banqueta que la gente de pie convertía en una trinchera tenebrosa, le había sonreído, per mia grandissima colpa, la malcontenta había rozado la mano del Austin el vikingo, había sonreído al desconcertado y ansioso Parsifal, *Der Reine, der Tor*, Austin que de golpe se había tragado todos los peldaños de la secuencia de la escalinata de Odessa (porque era Potemkin, después de todo) con una sola convulsión de su nuez de Adán antes de ponerse a verificar tímidamente que la mano que jugaba con la suya era la de la amiga de su profesor de francés perdido en *Body and soul* y muchos precavidos vasos de vino tinto, y las manos habían comenzado un paseo de tarántulas alunadas sobre el cuero de la banqueta, tomándose y rechazándose y el índice contra el pulgar y cuatro contra tres y la palma húmeda contra el dorso velludo, *per mia colpa*, y Austin había vuelto a tragarse espasmódicamente la guerra ruso-japonesa o algo por el estilo antes de asegurarse medrosamente de que Marrast estaba perdido y lejano y completamente Ben Webster, y buscar entonces el cuello de Nicole con un primer beso tibio de carácter marcadamente filial. Visto, *se ne permette la stampa*, vámonos de aquí, hace demasiado calor, y el miedo irónico de que Parsifal preguntara a último momento: *What about him?*, la calle deliciosamente fresca el primer beso en la boca bajo un portal ornado de chapas concernientes a la importación de juguetes suizos garantidos, la habitación de Austin en puntas de pies aunque Mrs. Jones dormía en el otro extremo de la pensión. Así no, Austin, todavía no, nada más que por salvarte, *andate in pace*. ¿De verdad es la primera vez, Austin? Well, not exactly, but you see. No importa, bebé, un gnomo más o menos, también puede tener su encanto si cierro los ojos y veo otra cara, si siento otras manos y me pierdo en otra boca. Chalchiuhtotolin *abbia misericordia di te*, dios de tinieblas, agua preciosa, destructor florido. *Selah*.

Imposible explicar por qué había ido abandonando más y más la lectura de la novela para dedicarse a examinar por todos lados la muñeca que le había regalado Juan, pensando en sus caprichos, en que también a él le gustaba a veces examinarla por todos lados como a una muñeca, y preguntándose cuál de las fantasías de monsieur Ochs esperaba su hora entre la estopa de ese menudo redondeado vientre, a menos que no hubiera nada, que Juan se hubiera divertido en contarle mentiras la noche del tren de Calais. Entonces el peso del silencio en la habitación de Ladislao Boleslavski, un miedo pegajoso y humillante, había subido poco a poco hasta Tell, obligándola bruscamente a vestirse, franquear la doble puerta después de espiar azoradamente por la mirilla, subir la escalera histórica y por el pasillo en penumbras correr hasta la primera puerta entornada tras de la cual ya nada podía impedirle agarrarse casi convulsivamente de Juan y descubrir con un repentino e inoportuno regocijo que también Juan estaba temblando y que su primera reacción al sentir las manos de Tell cerca de su cara había sido iniciar un gancho de izquierda que sólo el ángel de la guarda de todo escandinavo pudo convertir en un abrazo de reconocimiento y una rotación en pareja coincidente con el movimiento que iniciaba Frau Marta para contornear la cama, iluminando siempre la cara de la chica inglesa que con los ojos abiertos y fijos parecía ignorar el lento discurrir de la linterna sorda. Tell había estado a punto de gritar y la mano de Juan se había adelantado previsoramente para aplastarle algo que se parecía a cinco esparadrapos helados contra la boca, y Tell había comprendido y Juan había retirado los dedos para hundirlos en el hombro de Tell con el mensaje imaginable de aquí estoy no tengas miedo, que para Tell no significaba gran cosa por la forma en que estaba temblando Juan y por la fascinación de esa cara inscripta en un disco amarillo y que parecía sonreír levemente, como esperando. Pero entonces habían llegado tarde, lo sabían ya sin necesidad de hablarse y casi hubiera sido ridículo gritar, encender la luz y alborotar el hotel por algo consumado y que la repetición al infinito no agravaría, era mejor quedarse pegados a la puerta para ver, al fin y al cabo se habían mudado para eso al Hotel del Rey de Hungría, no exactamente para eso pero si sus buenas intenciones habían fracasado no les quedaba gran cosa por hacer y además la chica inglesa parecía tan plácida y feliz, miraba acercarse paso a paso a Frau Marta que se dibujaba detrás de la linterna sorda como un arbusto reseco y anguloso, una mano en el aire cerca de la que sostenía la linterna, el halo gris del pelo iluminado por un resto de luz que debía escaparse de alguna grieta de la hojalata, a menos que todas las linternas sordas perdieran un poco de luz por la parte posterior y que también la linterna de Erszebet Bathori hubiera iluminado vagamente la cabellera negra de la condesa mientras se acercaba a la cama donde una criadita atada de pies y manos se debatía amordazada, tan diferente de la chica inglesa aunque quizá después de la primera visita todas esperaran así a la condesa, todas estuvieran sentadas en la cama ya sin ataduras ni mordazas, unidas por otro lazo más profundo a la visitante que posaba la linterna sorda en la mesa de noche de manera que siguiese iluminando el perfil de la chica que no se había movido, la garganta que la mano de Frau Marta empezaba a descubrir corriendo poco a poco el cuello de puntillas del piyama rosa.

«Si la despertara», pensó Hélène, «si le hablara de esto como si fuera cierto, como si realmente Juan hubiera estado aquí y yo le hubiera sonreído, si le dijera simplemente: Juan ha venido contigo a esta casa, o le dijera: Esta tarde maté a Juan en la clínica, o tal vez si le dijera: Ahora sé que la verdadera muñeca eres tú y no esa pequeña máquina ciega que duerme en una silla, y el que te ha enviado está aquí, ha venido contigo, trayendo la muñeca bajo el brazo como yo he

llevado tanto tiempo ese paquete con un cordel
amarillo, si le dijera: Estaba desnudo y era tan
joven y yo nunca había mirado unos hombros,
un sexo, como si fueran otra cosa que unos hombros y un sexo, nunca había pensado que alguien
pudiera parecerse tanto a Juan porque creo que
nunca he sabido cómo era Juan, si le dijera: Te
envidio, te envidio. envidio ese sueño de guijarro
pulido que te ciñe, esa mano que has dejado venir hasta mi almohada, envidio que puedas irte
de tu casa, pelearte con las escolopendras, ser
virgen y estar tan viva para alguien que se te irá
acercando por alguna calle del tiempo, temblar
como una gota de agua al borde del futuro, ser
tan húmeda, tan cogollo, tan gusanito inicial asomándose al sol. Si te lo dijera sin despertarte
pero de alguna manera llegando hasta tu centro,
si te murmurara en la oreja: Huye de los cátaros. Si pudiera quitarte un poco de tanta vida sin
lastimarte, sin pentotal, si me fuera dado dispo-
ner de la perpetua mañana que te envuelve para
llevarla hasta ese sótano donde hay gente llorando sin comprender repetir el gesto y decir: Ahora voy a pincharlo, ahora no dolerá nada, y que
él abriera los ojos y sintiera entrar en la vena un
calor de regreso, de remisión, y yo pudiera volver a tenderme a tu lado sin que te dieras cuenta de que me había ido, de que Juan estaba ahí
en la oscuridad, de que una lenta ceremonia incomprensible nos había acercado en la noche
desde nuestras infinitas distancias, desde la tristeza de Juan, desde tu alegría de potranca, desde
mis manos llenas de sal, pero quizá no, quizá ya
no hubiera quedado sal entre mis dedos, quizá
me hubiera salvado sin saberlo, desde un capricho de Tell, desde la muñeca que es Tell y es
Juan y sobre todo eres tú, y entonces fuera posible dormir como estás durmiendo, como duerme
la muñeca en la cama que le has hecho, y despertar más cerca de ti y de Juan y del mundo, en

un comienzo de reconciliación o de olvido, aceptando que la leche pueda volcarse en el fuego sin escándalo, que los platos queden sucios hasta la noche, que se pueda vivir con una cama deshecha o con un hombre que abandona la ropa por todas partes y vacía la pipa en el pocillo del café. Ah, pero entonces ese muchacho no tendría que haber muerto así esta tarde, por qué primero él y después tú, por qué él antes y tú después. Creer que se pueden reordenar los factores, abolir esa muerte desde aquí, desde esta esperanza inútil del insomnio, qué estúpido engaño. No, Hélène, sé fiel a ti misma, hija mía, no hay remedio, ilusión de que esta hambre de vida que te da una chiquilla y su muñeca puedan cambiar nada, los signos son claros, alguien muere primero, la vida y las muñecas llegan después inútilmente. Oyela respirar, oye ese otro mundo al que no accederás y la nuca, su sangre que no será la tuya; cuánto más cerca estás de ese muerto que se parecía a Juan, hubiera sido necesario otro orden, que él volviera del síncope para cumplir la promesa, su tímido "hasta luego", y entonces tal vez sí, tal vez la muñeca y la niña que ama el queso Babybel se hubieran dado en el orden necesario, y yo hubiera podido esperar a Juan, y todo lo que por un momento imagino de otra manera, esto que irónicamente hay que llamar nostalgia, hubiera cuajado en el arribo de la muñeca, en el verdadero mensaje de Juan, en la respiración de esta chiquilla feliz. Entonces, ¿no hay ruptura posible, tengo que seguir ese camino seco, otra vez sentiré el peso del paquete lastimándome los dedos? Háblame desde el sueño, Celia, desde este estúpido delirio complaciente, di la primera palabra, dime que estoy equivocada como tantas veces me lo han dicho todos y les he creído y he recaído apenas entraba aquí o en mi oficio o en mi orgullo, dime que no es completamente inútil que Tell me haya enviado esa muñeca y que tú estés ahí a pesar de la muerte inaceptable bajo lámparas blancas. No me dormiré. no me dormiré en toda la noche, veré la primera raya del alba en esa ventana de tantos insomnios, sabré que nada ha cambiado, que no hay gracia. Huye de los cátaros, chiquilla, o sé capaz de arrancarme a tanto musgo. Pero duermes, ignoras tu fuerza, no sabrás cuánto pesa esa mano que abandonas en mi almohada, ignorarás hasta el fin que el torpe horror de esta tarde, que esa muerte bajo luces frías pudo ceder por un rato al calor de tu aliento, a esa playa de ti misma tendida en su arena asoleada, llamándome a su oleaje libre, sin rutinas ni rechazos. No te despiertes, no vayas a decir nada, déjame seguir oyendo el ir y el venir de las pequeñas olas en tu playa, déjame pensar que si Juan estuviera aquí mirándome, algo que ya no sería yo misma saldría de una falsa interminable ausencia para tenderle los brazos Sé que no es verdad, sé que son las quimeras de la noche pero no te muevas, Celia, déjame intentarlo otra vez, reordenar una despedida, una aguja clavándose en un brazo, un paquete postal, una mesa de *Cluny*, una envidia, una esperanza, y ahora esto otro, Celia, esto que es quizá otra manera de entender o de perderse del todo, no te muevas, Celia, espera todavía, espera, Celia, no vayas a moverte, a despertar, espera todavía».

—Pero entonces ¿ya está...?

—Oh sí, no hay más que verle los ojos —murmuró Juan—. No supimos vigilar bien, ahora es tarde como casi siempre.

—Esto va a ser mejor que no lo contemos —dijo Tell—, la gente seria lo va a encontrar ridículo.

—Conocemos poca gente seria —dijo Juan, que se cansaba prodigiosamente si tenía que hablar con un hilo de voz—. La gente seria se entera de este tipo de cosas por los diarios a la hora del desayuno, es la regla. ¿Cómo puede ser, dime un poco, que no nos oigan?

—Porque hablamos muy bajo —dijo brillantemente Tell—. Claro que a esta hora y en la misma pieza...

—Espera, espera —dijo Juan, tratando de enlazar relaciones que se le escapaban como hebras que podían llegar a ser relaciones y que estaban a punto de perderse ahora que de pronto y oscuramente creía entender por qué Frau Marta no se había dado por aludida de su presencia, por qué la puerta había quedado entornada y Tell había podido llegar tan fácilmente hasta él, por qué la chica inglesa estaba despierta; al igual que la noche del restaurante Polidor pasando como una ráfaga por algo que no era exactamente la memoria, de pronto ahí, en una absoluta violación del tiempo, todo a punto de explicarse sin explicación posible; y ese sentimiento al borde ya de la fuga ponía —¿qué otra manera de decirlo?— el hecho de que los labios de Frau Marta no se hubieran apoyado aún en la garganta de la chica inglesa, y que la huella de la consumación se adivinara apenas como dos mínimos puntos morados confundibles con dos lunares, una nimiedad para la que desde luego no cabían el escándalo ni el miedo, reemplazados casi indiferentemente por una aceptación que también, eso lo sentía Juan y era inútil negárselo, valía como una de las hebras que hubiera querido atar a las otras hebras para alcanzar por fin una comprensión, algo que acaso hubiera tenido imagen y nombre si en ese preciso momento la mano de Tell no hubiese apretado su bíceps con algo de disparo de *starter* que fulmina la inmovilidad perfecta y precipita el agua a un montón de. gentes perfectamente secas al borde de la piscina. *Ah merde*, articuló moralmente Juan, sabiendo al mismo tiempo que no hubiera llegado a atar las hebras sueltas como no había podido hacerlo la noche del restaurante Polidor, que al igual que muchas otras veces había sido víctima de una patética esperanza, y que la mano de Tell en su brazo valía como una coartada apenas involuntaria ahora que todo volvía a fundirse en una aceptación pasiva que no estaba demasiado lejos de una complicidad.

—No dejes que la muerda —murmuró Tell—. Si la muerde le salto encima y la mato.

Juan seguía mirando, incapaz de otra cosa. Sentía a Tell temblando contra él, bruscamente el temblor había cambiado de cuerpo. Apático, le pasó un brazo por la cintura, la apretó contra él. «Desde luego no hay que permitir que la muerda», pensó. «No serviría de nada impedírselo, pero es como una cuestión de principios.» A pesar de la apatía cada detalle de la ceremonia le llegaba con un relieve y una minucia insoportables, aunque todo parecía una percepción para nada, sin respuesta moral; lo único humano era en el fondo el temblor de Tell, su miedo ahora que Frau Marta se inclinaba poco a poco, como si retardara su placer y después, con un movimiento inesperado, acercaba las manos a la cintura de la chica inglesa y empezaba a tirar hacia arriba el piyama rosa, sin encontrar pudor ni resistencia hasta que la base de los senos quedó al descubierto y la chica como si hubiera esperado ese momento para no fatigarse inútilmente, levantó los brazos con un gesto de bailarina y se dejó quitar la prenda que cayó a los pies de la cama con la forma exacta de un faldero que se ovilla a los pies del ama

—No la dejes, no la dejes / Espera, ya ves que no le ha hecho nada / Pero es horrible, no la dejes / Espera / No quiero, no quiero / Me pregunto si... / La va a morder en el pecho, no la dejes / Espera / Juan, por favor / Te digo que esperes, tenemos que saber si... / Pero es horri-

ble, Juan / No, mira / No quiero, te digo que va
a morderla / Mira, ya ves que no / La morderá,
está esperando porque nos oye, pero la morderá / No, Tell, no la morderá / O le hará algo peor,
no la dejes / No la dejaré / Pero ahora mismo,
Juan / Sí, querida espera todavía un momento,
hay algo que no debería ser así, se lo siente, no
tengas miedo, no la morderá, no era para morderla que la desnudó, ella misma ya no lo sabe,
mírala, se ha quedado como por fuera de lo que
estaba por hacer, está perdida, mírala, pero mírala bien, fíjate cómo vuelve a tomar el piyama
y se lo alcanza, quiere ayudarla a ponérselo y es
tan difícil como vestir a un muerto. ¿Por qué no
la ayudas tú a vestirla, Tell? Las mujeres lo hacen tan bien, cúbrele esos pechitos inocentes que
ya ves, ya ves que están intactos porque no era
eso lo que tenía que ocurrir, Frau Marta no tenía
que quitarle el piyama, simplemente estaba ahí
para volver a morderla en la garganta y en cambio... No lo sabremos nunca, Tell, no tiembles
más, todo vuelve al orden, primero una manga,
después la otra. Sí querida, estaremos atentos,
por supuesto, la garganta sigue ahí desnuda con
sus dos marcas pequeñitas, pero verás que no la
va a morder, que todo se ha trastocado, que las
cosas han ocurrido de otra manera, quizá por nosotros, por algo que estuve a punto de entender
y no entendí.

—Se está moviendo —dijo Tell.

—Oh sí —dijo Juan—. Si de algo se puede estar seguro ahora es de que se le escapará.

—Se está poniendo la bata.

—Azul —dijo Juan—. Encima de un piyama
rosa. Solamente una inglesa.

—Se va a ir por esa puerta —dijo Tell—. Hay
una puerta entre las dos ventanas, no la habíamos visto antes.

—Oh sí —asintió monótonamente Juan—. Frau

Marta la seguirá, y después nosotros. Oh sí señora, después nosotros Ya ves que tenemos que seguirlas, es lo único que podemos hacer.

Debía ser una playa o quizá el borde irregular de una gran piscina algo que olía a sal y brillaba violentamente, una rápida felicidad que no había alcanzado a tener nombre o forma cuando Celia entreabrió los ojos en la oscuridad y comprendió que había estado soñando; como siempre, como todos, sintió la injusticia de despertar ya lejos, sin poder siquiera acordarse de quién había estado con ella un segundo antes, alguien que debía salir del agua porque aún quedaba como una humedad en torno, una idea de piel tostada y de verano. Decepcionada cerró los ojos, los abrió otra vez, pensando que no debía moverse para no molestar a Hélène. Una bocanada de aire tibio le llegó a la cara, el calor de un rostro próximo al suyo; iba a volverse en silencio, buscando una zona más alejada, cuando sintió los dedos de Hélène en su garganta, un roce apenas resbalando en diagonal desde el mentón hasta la base del cuello. «Está soñando», se dijo Celia, «también está soñando» La mano subía lentamente por el cuello, rozaba la mejilla, las pestañas, las cejas, entraba en el pelo con los dedos entreabiertos, deslizándose por la piel y por el pelo como en un viaje infinito, resbalando otra vez hacia la nariz, cayendo sobre la boca, deteniéndose en la curva de los labios, dibujándolos con un solo dedo, quedándose largamente ahí antes de reiniciar la interminable carrera por el mentón, por el cuello.

—¿No duermes? —preguntó absurdamente Celia, y su voz le sonó como desde lejos, todavía en la playa o la piscina y mezclada con la sal y el calor que no alcanzaban a separarse de esa mano contra su cuello, que más bien la confir-

maban ahora que los dedos se endurecían levemente, inmóviles en la barse de la garganta, y
algo como una ola oscura se alzaba a su lado,
más negra que la penumbra del dormitorio, y
otra mano se crispaba sobre su hombro. Todo
el cuerpo de Hélène pareció brotar a su lado, la
sintió al mismo tiempo en los tobillos, en los
muslos, pegada a su flanco, y el pelo de Hélène
le azotó la boca con el olor marino de su sueño.
Quiso enderezarse, rechazarla sin violencia, obstinándose en creer que dormía y soñaba; sintió
que las dos manos de Hélène buscaban su garganta con dedos que la acariciaban lastimándola.
«Oh, no, qué haces», alcanzó a decir, negándose
todavía a comprender, rechazándola sin fuerza.
Un calor seco le apretó la boca, las manos resba-
laban por su cuello, se perdían bajo las sábanas
contra su cuerpo, volvían a subir enredadas en
la tela del piyama, un murmullo como de súpli-
ca nacía contra su cara, todo su cuerpo estaba
invadido por un peso que cambiaba de zonas, que
la recorría cada vez con más fuerza, un calor y
una presión insoportables en el pecho y de pronto los dedos de Hélène envolviéndole los senos,
un quejido y Celia gritó, luchó por desasirse, por
golpear, pero ya estaba llorando, como envuelta
en una red se debatía sin resistirse verdaderamente, no alcanzaba a librar la boca o la garganta
cuando ya la caricia bajaba por el vientre, nacía
una doble queja, las manos se aliaban y se desa-
nudaban entre sollozos y balbuceos, la piel desnuda se abría a látigos de espuma, los cuerpos
enlazados naufragaban en su propio oleaje, se
perdían entre cristales verdes, entre babas de
alga.

Ahora ya no era tanto seguirlas como participar de una marcha en común, del hecho de que
la chica inglesa y Frau Marta iniciaran una espe-

cie de triste fila india y que ellos caminaran detrás con la pasividad que Juan había comprobado siempre melancólicamente en las filas indias,
viendo sucederse pasillos apenas iluminados por
una que otra lámpara histórica en los recodos y
por el disco amarillo de la linterna sorda que
proponía con un lento barrido circular cada uno
de los peldaños que finalmente los sacaron a una
calle con soportales envuelta en un aire húmedo. A esa hora no se veía a nadie entre las arcadas, aunque Juan recordaba que en pleno día la
calle estaba llena de tiendas de mercado y de
pescaderas. Alcanzó a volverse hacia Tell para
saber si también se había dado cuenta de que
era la primera vez que los dos estaban juntos en
la ciudad, pero Tell miraba el suelo como si el
pavimento le inspirara desconfianza, y ni ella ni
Juan hubieran podido decir en qué momento se
había apagado la linterna sorda para dar paso a
la vaga claridad rojiza que acompañaba siempre
la noche en la ciudad, mientras dejaban atrás
los soportales para salir a la plaza donde circulaban los tranvías del alba con gentes todavía
dormidas que iban al trabajo llevando paquetes
de comida, portafolios fatigados, abrigos innece-
sarios con ese calor y esa humedad. Había que
atravesar la plaza mirando hacia todos lados porque los tranvías llegaban casi sin ruido y apenas
se detenían, cruzándose con un infalible cálculo
de distancias, y cuando la chica inglesa trepó a
uno de los pocos que se detenían en el centro de
la plaza, y Frau Marta se agitó bruscamente y
corrió para no perderlo y Juan corrió a su vez
(¿pero dónde se quedaba Tell?) y la gente amon-
tonada en la plataforma trasera les fue abriendo
dificultosamente paso, sin decir palabra pero
oponiéndoles la pasividad de los cuerpos aglome-
rados, de los paquetes y los bultos, el brusco
arranque del tranvía y la interposición de esa
masa confusa creó como un territorio nuevo don-

de lo que acababa de suceder en el Hotel del Rey de Hungría importaba mucho menos que el problema de abrirse paso entre los pasajeros para ubicar a la chica inglesa que ya debía estar en la parte delantera del tranvía, a Frau Marta que apenas habría franqueado parte del racimo de cuerpos semidormidos, colgados de las agarraderas, prolongando lo más posible el descanso antes de llegar a los empleos.

Hasta mucho después hubiera querido creer, hubiera defendido desesperadamente que todo eso había tenido el aire de un juego de infancia con los ojos cerrados, un gallo ciego golpeándose en los muebles y rechazando la idea de que fueran muebles, prolongando la ilusión del juego, pero era falso porque las cosas ocurrían por debajo o por encima de los párpados sin dejar de ser las mismas cosas, la madrugada crecía por dentro y por fuera en la playa o la piscina del sueño el sol había quemado la piel de Celia como ahora la seguía quemando cada roce del recuerdo o de las sábanas (y las rayas grises de la cortina veneciana se volvían más y más nítidas, como el rumor de los camiones y las voces de los primeros transeúntes), mientras de espaldas a Hélène se mantenía en la misma inmovilidad que ella, separada por todo el espacio que permitía la cama. En los ojos abiertos o cerrados había la misma obstinada imagen, antes o después era el mismo olor ya frío y ácido, el mismo cansancio sucio, el mismo resto de un llanto interminable que había empezado en plena oscuridad, tantos siglos antes tan en otro mundo que era exactamente ese mismo mundo donde ahora se instalaba minuto a minuto el día, martes diecisiete de junio. No quedaba nada, no empezaba nada, y esa carencia y esa negación eran el todo como una enorme piedra sin superficie ni aristas, un hueco de piedra donde el vacío no dejaba lugar para nada, ni siquiera el llanto, la ocupación convulsiva de tragarse las lágrimas.

—No hagas un drama —había dicho en algún momento Hélène—. No empieces tan pronto a cobrarte, por favor.

Hubiera debido volverse hacia ella, abofetearla, clavarle las uñas en la cara. Sin moverse, ahogándose en ese vacío compacto y negro, había sentido que ni siquiera la odiaba, que si lloraba lo hacía por otra cosa aunque estuviera llorando por ella misma o por Hélène. Después incluso había dormido, imposible explicar de otra manera la cara de su padre pasándole una servilleta por los labios, los juegos en una playa o una piscina. Pero no, la playa había sido antes, exactamente antes de las manos de Hélène, si antes y después querían decir todavía alguna cosa; de pronto el amanecer estaba ahí y a su espalda Hélène seguía inmóvil, «No, no haré un drama», pensó Celia. «Lo que voy a hacer ahora pude también hacerlo antes y no lo hice. No tengo derecho a elegir el buen lado, a sentirme la víctima.» Miró perdidamente la ventana, volcándose en el día cada vez más alto, y muy despacio sacó una pierna, la otra, hasta sentarse en el borde de la cama. Su bata había quedado a los pies, hecha un ovillo; la recogió y fue hacia la puerta del baño sin mirar ni una vez a Hélène, segura de que estaba despierta y sabía ya que iba a escaparse y no se movería. Ni siquiera se molestó en no hacer demasiado ruido, el agua de la ducha salpicó el espejo y un jabón golpeó el borde del lavabo antes de caer sobre la alfombra de caucho. Después encendió la luz de la entrada y trajo la valija vacía al dormitorio donde Hélène se había vuelto de espaldas como para facilitarle las cosas. Se vistió, abrió el placard, metió la ropa en la valija, los libros, los lápices de colores, el piyama que había quedado tirado cerca de la cama, y para recoger el piyama tuvo que acercarse a Hélène y agacharse junto a ella, y Hélène hubiera podido tocarla con sólo estirar el brazo. La valija estaba mal hecha y no cerraba de un lado, Celia se obstinó inútilmente, casi sin ver lo que hacía porque la luz de la entrada iluminaba apenas la zona del placard y de la cama, y al final la levantó tal como estaba y la llevó al living. Sin saber por qué prefirió cerrar la puerta a su espalda y entonces vio la muñeca acostada en el taburete al lado de la puerta, con el respaldo de silla a modo de cabecera. La luz del living le bañaba la cara y el pelo, dibujaba las salientes del cuerpo bajo la carpeta verde con que la había arropado. Celia dejó caer la valija, se echó hacia adelante y de un manotón arrancó la carpeta y tiró al suelo la muñeca que se estrelló con un ruido seco, una explosión instantáneamente sofocada. Inmóvil en la puerta, Celia miró por primera vez a Hélène apenas discernible en la penumbra, y la vio volverse lentamente como si de verdad el ruido la hubiera despertado y no comprendiera todavía. La muñeca había caído boca abajo pero el impulso la había hecho girar sobre sí misma y ahora estaba de espaldas, rota en dos mitades, un brazo torcido. Al levantar la valija para salir, Celia vio mejor el cuerpo roto de la muñeca, algo que asomaba por la rajadura. Gritó sin comprender, su grito era una comprensión anterior a ella misma, un horror final que precedió a la ciega fuga, la inútil voz de Hélène llamándola, interrogando el aire hueco mientras Celia corría escaleras abajo hasta una calle que olía a pan, a café con leche de las ocho y media.

En algún momento tendría que bajarme, pero como ocurría siempre en esos tranvías repletos no era fácil reconocer o adivinar la esquina des-

de donde habría que seguir a pie hasta la calle
Veinticuatro de Noviembre; en todo caso después
de bajar entraría en la calle de las altas aceras
hasta salir a la región de los portales de hierro
y los depósitos tranviarios, y después vendría la
calle y la casa donde me esperaban, donde quizá podría entregar el paquete y descansar de ese
viaje entre gentes que se apretaban y me apretaban en cada viraje, en cada alto silencioso marcado al final por un campanillazo seco. Cuando
pude bajar, magullándome contra bolsos y codos
y portafolios, protegiendo el paquete que me las-
timaba los dedos. me bastó pisar el refugio en
la mitad de la avenida para comprender que me
había equivocado y que estaba antes o después
de la esquina en donde hubiera debido bajarme;
como expulsada del tranvía por la presión de los
que se amontonaban en la plataforma delantera,
lo vi alejarse silencioso por una avenida que parecía irse ensanchando más y más sin llegar a
ser verdaderamente una plaza, con un montículo
de tierra a la derecha, restos de algún parque
abandonado o quizá simplemente la tierra desnuda que emergía en plena ciudad como un tú-
mulo más allá del cual se veía un garaje y una
estación de servicio con su playa brillante de
grasa y aceite, el perfecto escenario para sentirme
como perdida para siempre con un paquete en
las manos y el miedo de llegar tarde, de no poder llegar ya nunca al lugar donde me esperaban.
Muy lejos, el tranvía acababa de detenerse otra
vez después de una carrera silenciosa en la que
Juan había tenido que ingeniarse penosamente
para alcanzar con dos dedos las monedas en el
fondo del bolsillo, ahogado por el amontonamiento de cuerpos y de bultos, mientras en la plataforma trasera una mujer gorda con una gorra de
visera ladeada estiraba el brazo entre los hombros de los pasajeros y cada uno luchaba por
sacar monedas y las iba entregando al que esta-

ba más cerca para que las hiciera llegar al guarda, y había como un tráfico de monedas y boletos que volvían por las mismas manos o por otras manos hasta ser atrapados por los dedos de los pasajeros junto con el dinero del cambio, sin que nadie protestara o se equivocara o ni siquiera contara las monedas. Casi en el mismo momento de trepar a la plataforma trasera Juan había entrevisto a Hélène en mitad del tranvía, y quizá hubiera podido llegar hasta ella o por lo menos bajarse en la misma esquina si en ese momento la mujer gorda no hubiera reclamado el precio del boleto, obligando a Juan y a los que lo rodeaban a ayudarse mutuamente para pasar el dinero y recibir los boletos y el vuelto, y todo eso había retardado su avance por el pasillo hasta que Hélène, que no había mirado ni una sola vez hacia atrás, debió bajar en alguna parte y Juan dejó de verla como si hubiera sido expulsada de su visión por la fuerza opaca de todos esos cuerpos apelmazados. Cuando a su vez pudo bajar, mucho más lejos, la esquina era una esquina como casi siempre en la ciudad, los portales y las arcadas se perdían a lo lejos, y en el fondo empezaba la ciudad comercial con sus torres y el brillo intermitente del canal. Imposible desandar camino para buscar a Hélène, casi en seguida las calles se bifurcaban y en cada calle había dos y hasta tres rieles de tranvía. No quedaba más que apoyarse en una pared, sacar un cigarrillo amargo y breve, como ya otra vez había fumado apoyándose en la sombra de un portal en una calle de París, y al final preguntarle a cualquiera dónde quedaba la Domgasse, volver paso a paso hasta el hotel. No demasiado perturbada por la noche en blanco, Tell leía una novela sentada a los pies de la cama.

—Te perdí apenas salimos —dijo Tell—. Lo mejor era volverme, hacía tanto calor. Si te quieres bañar, el agua sigue caliente a pesar de la hora y de la economía hotelera. Qué cara tienes, pobre querido.

—Nada puede pesar más que estos zapatos —dijo Juan tirándose en la cama—. Bebamos, Lesbia mía, bebamos cualquier cosa que haya a tiro. Gracias.

Tell le quitó los zapatos, lo ayudó a desprenderse la camisa, a bajarse los pantalones. Casi desnudo, respirando en paz, Juan se enderezó para beber un largo trago de whisky. Tell le llevaba dos vasos de ventaja y se le notaba en los ojos, en un pliegue muy especial de la boca.

—En todo caso no tendremos que seguir vigilando —dijo Tell—. Ya verás que desde la mañana habrá otra gente en esas dos piezas.

—No lo veremos —dijo Juan—. Con el tercer canto del gallo nos volvemos al Capricorno.

—Qué bueno. Ese bar tan bonito que tiene y esa sopa transparente que hacen los jueves, a menos que sea los martes.

—¿Sabes quién iba en el tranvía? —preguntó Juan.

—No vi ningún tranvía —dijo Tell—. Corrías como un verdadero atleta y renuncié a seguirte, en la calle no se puede correr con sandalias, es suicida. Pero si subiste a un tranvía, desde luego que lo sé. En los tranvías está siempre esperando el destino, lo aprendí en Copenhague hace mucho. Naturalmente, la perdiste de vista.

—A veces me pregunto cómo puedes aceptar así todo lo que te digo —murmuró Juan alcanzándole el vaso vacío.

—Pero también tú me crees —dijo Tell, como sorprendida.

—En todo caso fue lo de siempre —dijo Juan—. Qué tristeza, bonita, qué miserable tristeza. No parece posible, ¿verdad? Uno pone tanta tierra de por medio, horas y horas de avión o de montañas, y después, en cualquier tranvía...

—Te obstinas en separar lo inseparable —dijo

Tell—. ¿No sabías que son Némesis, no los has *visto* nunca? Son siempre el mismo tranvía, cualquier diferencia se anula apenas se sube, no importa la línea, la ciudad, el continente, la cara del guarda. Por eso cada vez hay menos —dijo brillantemente Tell—, los hombres se han dado cuenta y los están matando, son los últimos dragones, las últimas gorgonas.

—Estás deliciosamente borracha —dijo Juan enternecido.

—Y tú, claro, tenías que subirte a uno, y también ella. El verdadero diálogo de Edipo y la esfinge debió ocurrir en un tranvía. ¿Dónde podía estar Hélène sino en esa tierra de nadie? ¿Dónde podías encontrarla sino en un tranvía, mi pobre pajarraco? Es demasiado para una sola noche, la verdad.

Juan la atrajo y la apretó contra él. Tell se dejó abrazar, distante y gentil. Toda la amargura de una boca con el sarro de la madrugada, slívovitz y whisky y habitaciones y linternas sordas e inglesitas maniatadas por una antigua sombra, todo el inútil deseo sin amor después de un amanecer de tranvías y desencuentros; una vez más le abandoné la boca, dejé que sus manos terminaran de desnudarme, me apretaran contra él, empezaran las caricias en el orden presumible, en la divina proporción que llevaría al divino espasmo. No sería la primera vez que al pasear sus manos y su boca por mi cuerpo, al recorrer con una lenta mirada mis senos, mi vientre o mi espalda, lo sentiría entrar en el simulacro, hacerme otra, tomarme otra sabiendo demasiado bien que yo sabía y despreciándose. «¿Por qué regalarme a mí la muñeca de monsieur Ochs?», pensé antes de dormirme. «Mañana se la enviaré a Hélène, es justo que la tenga ella. A mí me tocan otros juegos, esto se acaba, Tell, esto se acaba. Tuviste tu conferencia internacional, tu barroco vienés, tu café Mozart, tu mala película de miedo con

200

Frau Marta, tu argentino amargo y tonto. By the way tengo que contarle lo de la carta de Marrast, reservar avión para Londres. Qué suerte que no te quiero demasiado, bonito, qué suerte que soy libre, que te doy mi tiempo y todo lo que te gusta sin importarme demasiado, jamás en un tranvía, bonito, sobre todo jamás en un tranvía, gran tonto, pobrecito mío.»

El teléfono sonó con la seca bofetada que corta la histeria, las preguntas inútiles, el gesto de echar a correr detrás de alguien que anda ya tan lejos. Hélène se sentó en el borde de la cama y escuchó el mensaje mientras su mano libre buscaba la blusa del piyama y la echaba sobre sus hombros que temblaban. A las diez y cuarto en la clínica, la colega de turno estaba enferma. De acuerdo, llamaría un taxi. Las diez y cuarto, tenía el tiempo justo. Negándose a pensar se envolvió en una bata y fue a cerrar la puerta de entrada. Había que bañarse, llamar un taxi, ponerse el traje gris porque quizá hiciera fresco a esa hora. Mientras se secaba llamó al taxi para estar segura, y se vistió mirándose apenas en el espejo. Se hacía tarde, no podía perder tiempo en tender la cama, ya habría tiempo cuando volviera. Buscó el bolso, unos guantes. El taxi debía estar esperando, y no esperaban mucho, se iban casi en seguida. Al entrar en el living vio de cerca la muñeca que hasta entonces había sido una mancha rosada en el suelo, algo en que no había que pensar hasta la vuelta. Hélène se tomó del marco de la puerta, creyó que también ella iba a gritar; pero no, quedaría para la vuelta, junto con las sábanas sucias y el desorden y el cuarto de baño salpicado. La rajadura abría en dos el cuerpo de la muñeca, dejando ver claramente el interior. El taxi no esperaría, el taxi no esperaría. El taxi no esperaría si no bajaba inmediatamente. El taxi no esperaría, no esperaban nunca. Entonces era así: a las diez y cuarto en la clínica. Y el taxi no esperaría si no bajaba en seguida.

—Así que ya ves —le escribía Marrast a Tell—, para los demás no tendrá nada de extraordinario
ocurre todos los días
pero me niego a creer que se pueda explicar como quizá se lo explicarán tú o Juan o mi paredro
contando las razones con los dedos de la mano izquierda y usando los de la derecha para hacer un gesto como de guillotina o de abanico.
No me explico nada, ni siquiera estar escribiéndote esta carta a tres metros de un juke-box; en realidad supongo que se la estoy escribiendo a Juan, previendo que se la darás a leer como sería lógico y justo y obvio le hablo por sobre tu hombro, que me tapa un poco su cara. Tengo tanto asco de mí, Tell, de este *pub* de Chancery Lane donde estoy en el quinto whisky y te escribo y ahora que lo pienso no tengo siquiera la dirección de ustedes. Pero no importa, siempre puedo hacer un barquito de papel con la carta y botarlo al Támesis desde el puente de Waterloo Si te llega ya sé, te acordarás de Vivian Leigh y de una noche en Ménilmontant cuando lloraste hablándome de un negro que había sido tu amigo en Dinamarca y que se mató en un auto rojo, y después lloraste todavía más porque te acordabas de las películas de entonces y del puente de Waterloo. A lo mejor esa noche estuvimos a punto de acostarnos juntos, me parece que muy bien hubiéramos

podido acostarnos juntos y que todo habría
cambiado tanto, o no hubiera cambiado en
absoluto y a lo mejor ahora, desde un café
de Bratislava o de San Francisco, yo le estaría escribiendo esta misma carta a Nicole hablándole de ti y de algún otro que ya
no se llamaría Austin, porque
Tell ¿cuántas combinaciones habrá en esa
roñosa baraja que el tipo con cara de pes-
cado está mezclando en la mesa del fondo?

Mañana me vuelvo a París, tengo que hacer
una estatua, creo que lo sabes. No hay problema, por desgracia soy recuperable; todavía me verás reír, nos encontraremos con
mi paredro en el *Cluny*, aquí y allá con Nicole y con Austin y con los argentinos, y
hasta podría ocurrir que tú y yo acabáramos acostándonos juntos alguna vez de puro
aburridos
pero no sería para consolarnos recíproca-
mente, jamás se me ocurriría imaginar que
podrías consolarte algún día de Juan con
algún otro, aunque naturalmente lo harás
porque todos acabamos haciéndolo, pero
será otra cosa, quiero decir que no lo harás
deliberadamente como quien cierra una
puerta, como Nicole. Mira, si pienso que un
día la baraja se da de una manera que nos
junte en alguna cama de este mundo, lo
pienso libremente y no por esto que me ha
ocurrido ni por lo que pueda ocurrirte a ti
alguna vez con Juan
lo pienso porque somos amigos y porque
ya una vez cuando hablamos de Vivian
Leigh en aquel café de Ménilmontant bien
pudo suceder que acabáramos besándonos,
siempre ha sido tan fácil para ti y para mí,
siempre besamos con tanta facilidad a los

que no nos quieren, porque tampoco nosotros nos querríamos, creo que lo sabes.

Tengo que hacerte una confesión horrible: esta mañana la pasé en un parque. No lo creerás, verdad Yo, rodeado de verde y palomitas. Todavía no había empezado a beber y hubiera sido mejor escribirte con el bloc en las rodillas, debajo de un castaño que era como un estúpido país de pájaros. Me había ido del hotel sin hacer ruido porque Nicole seguía durmiendo, yo la había obligado a dormir. comprendes, no era posible que siguiéramos hablando de todo lo que ya estaba tan hablado, entonces la obligué a tomar las pastillas y la ayudé a dormirse y me quedé todavía un rato mirándola y creo, Tell, esto te lo digo porque estoy borracho, creo que Nicole se durmió convencida de que no iba a volver a despertarse, alguna cosa así, comprendes, y antes de cerrar los ojos me miró de una manera que quería decir eso, una especie de agradecimiento inconcebible antes de morir, porque estoy seguro de que creía que yo iba a matarla apenas se durmiera, o que ya había empezado a matarla con las pastillas. Y era absurdo y yo estaba junto a ella y le decía tantas cosas, Nicole, oruguita mía, escúchame bien, no me importa que estés dormida o que finjas dormir, que andes tal vez por la ciudad o retengas esa lágrima que nace al borde de tus pestañas como nacía la primera escarcha, te acuerdas, al borde de las carreteras provenzales cuando todavía éramos felices. Te das cuenta, Tell, cómo la desdicha se complace infatigable en suscitar las imágenes mismas de todo eso que entonces hasta que no se puede más

pero ya ves. Nicole dormía y no me escuchaba, y yo no quería que sufriera por los

dos, por Juan y por mí, por la ausencia
de Juan y por mi boca que todavía la besa-
ba sin derecho. con esa fuerza insoportable
que da el no tener derecho. Y le decía esas
cosas porque ya no me escuchaba, y antes
que se durmiera habíamos hablado casi toda
la noche, primero para convencerla de que
se quedara en el hotel puesto que yo iba a
volverme a Francia y dejarle la pieza, pero
ella insistía en mudarse en seguida a otra
parte, parecía decidida a ser ella quien tomara por segunda vez la iniciativa, me cor-
taba la retirada y como si no le bastara mi
abatimiento, mis esfuerzos idiotas por comprender, por empezar a comprender ese
absurdo, porque no me negarás que eso no
tenía sentido alguno y que la única explicación posible era tan pueril como esos dibujos para la letra B de la enciclopedia que
se secaban en la mesa al lado de la ventana,
y en ningún momento Nicole había negado
que fuera la verdad, solamente me miraba
y bajaba la cabeza y repetía hasta el cansancio lo que acababa de hacer, y era inocente y
estúpido y cualquiera, hasta el imbécil de
Austin, hubiera podido darse cuenta de que
lo había hecho para borrarse en mi memoria
o cambiarse por un recuerdo sucio, algo tan
infinitamente tonto que hubiera podido to-
marla en los brazos y ponerla boca abajo
jugando como tantas veces, para darle unas
palmadas antes de empezar a besarla como
cada vez que habíamos jugado a las palmadas, a ti también te habrá ocurrido, está en
todos los manuales especializados, máxime
en los de Copenhague. Porque fíjate, Tell,
todo el tiempo yo sabía de sobra que a ella
no le importa Austin, que el único que contaba era ese que estará leyendo por encima
de tu hombro

cómo te va, Juan

y si se hubiera acostado con ése yo me hubiera alegrado por ella, borracho y debajo
del maldito castaño o en este mismo *pub* y
ahora mismo me hubiera alegrado por ella
y la hubiera dejado en paz también por ella,
mientras que ahora, fíjate bien, Tell,

ahora es solamente por mí que me voy a ir,
Tell, porque de golpe esa tontería, esa especie de acto gratuito que no tenía otra razón que la de desencantarme en los dos
sentidos de la palabra, esa idiotez de la malcontenta que quería proporcionarme una razón valedera y exclusivamente mía para dejarla caer y mandarme mudar y sobre todo,
sobre todo eso, Tell, sobre todo dejarme el
buen papel, cargar ella con la culpa para
dejarme una buena conciencia, ayudarme a
salir del pozo y encontrar otro rumbo, de
golpe se vuelve algo que ella no había podido prever, de golpe es al revés, de golpe
eso la mancha en mí, no sé cómo decírtelo
mejor con el maldito juke-box y esta cabeza
que me duele hasta partírseme, la mancha
como si realmente se hubiera acostado con
Austin para engañarme, comprendes, o pre-
firiéndolo por cualquier razón, o por ninguna razón más que una frivolidad o el jazz
de Ben Webster,

te repito que la mancha como si de verdad
hubiera querido engañarme y yo supiera en
este momento que es una puta y yo un cor-
nudo y así el resto, y no es así, Tell, desde
luego no es eso ni es así, pero ahí entra en
juego el resentimiento y eso no podía pre-
verlo la malcontenta, me descubro tan convencional como cualquier otro tan marido
sin estar casado, y no le puedo perdonar que
se haya acostado con Austin aunque me
conste que lo ha hecho porque era lo único

que se le ocurría, si hubieras visto su mirada
estos últimos días, su acorralamiento, su
contra la pared, si me hubieras visto a mí
estúpidamente callado o solamente esperando, como si todavía hubiera algo que esperar
cuando

en fin, Tell, lo único que se le ocurría para
que yo me fuera con la conciencia tranquila del que tiene razón porque lo han
traicionado y se va y alguna vez se curará
porque era él quien tenía razón mientras
ella.

En resumen. dos cosas: el resultado inmediato es el mismo, me vuelvo a Francia, etcétera. Pero si no fuera tan imbécil (ésta es
la segunda cosa) debería llevarme conmigo la imagen de siempre, el recuerdo de la
niña tonta, y en cambio la siento sucia en
mí, la imagen está sucia para siempre, pero
no es ella la que está sucia y lo sé y no puedo impedirlo la mancha está en mí que no
soy capaz de sacarme de la sangre todo esto
que se deja pensar tan claramente, y es inútil que diga niña tonta, que diga malcontenta tonta, Nicole oruguita tonta, la siento
sucia en mi sangre, puta en mi sangre, y
quizá también lo haya previsto y aceptado,
finalmente

pero entonces sería admirable, Tell, tú crees
realmente que ella pudo prever que yo sentiría que era una puta, ¿tú crees que ella
realmente? Fíjate que hablo de sentir, porque no es algo que se piense está por debajo
o en otra parte, pienso pobrecita y siento
puta, entonces es el triunfo del infierno, ella
no lo quiso así, Tell, ella solamente quería
desencantarme porque me sabía incapaz de
irme por mi cuenta, de aprender de una vez
a dejarla sola, empezar la estatua de Vercingétorix y otra vida, otras mujeres, cual-

quier cosa pero como antes de las casas
rojas. ¿Tú crees que realmente pensó que
yo iba a matarla? Con la cara tan blanca,
lo mejor de Ben Webster fue *Body and soul*
pero ellos no lo oyeron, a la izquierda de la
carretera, tendría que explicarte todo eso,
Tell
habíamos ido al cine la noche antes, habíamos hecho el amor lentamente, acariciándo-
nos tanto. Sus manos
no es verdad. sus manos no
mis manos solamente
mi boca
una espera amable, ella, una respuesta dócil
solamente una respuesta
y me bastaba me bastaba Tell
me bastaba así ya era tanto
Tampoco es verdad, te das cuenta de quien
está sucio, Tell,
y ella lo sabía y no era capaz de mentir, no
sabe mentir, me lo dijo en seguida, entró en
la pieza del hotel y me dijo Mar me acosté
con Austin y se puso a juntar los dibujos
sin mirarme y yo supe que era verdad y supe
todo y por qué y quién tenía la culpa y vi
de nuevo las casas rojas vi a Juan me vi
como un vómito al pie de la cama y en ese
minuto todavía era como ella lo había imaginado inocente acosada exasperada en el límite
en ese minuto como un cristal su acto su
renuncia su llanto silencioso guardando los
dibujos en la carpeta la carpeta en la valija
la ropa en la valija queriendo irse ya mismo
Tell
su cintura, mis manos en su cintura, las preguntas, por qué, por qué, dime por qué, solamente por qué, el vómito hablando, pobre
imbécil

el insomnio las pastillas su cara blanca este
pub el castaño el miedo Vercingétorix
Si volviera ahora al hotel la mataría
el castaño sucio de pájaros me duele aquí,
Tell, todas ustedes
putas todas con pájaros todas putas y yo un
hombre Tell con su ultraje salvándole el
sexo un hombre de verdad mi pobre puta
pobre pobrecita puta
un hombre a salvo con su puta dentro
un hombre porque puta
solamente por eso
y entonces puta entonces puta entonces
puta
Creo porque es absurdo.

Polanco tenía razón pero a medias: apenas se
instalaron en la canoa, el motor la proveyó de una
tal velocidad que la técnica usual en materia de
gobernalle se vio superada por las nuevas perfor-
mances de la embarcación, estrellando de paso a
Polanco, a Calac y a mi paredro en una parte más
bien fangosa de la laguna.

Después de vadear una zona donde no se sabía
cuál de los integrantes era más desagradable, si
el agua que les arruinaba los zapatos o los juncos
que les pinchaban las manos, los náufragos llega-
ron a una isla en medio de la laguna y desde allí
pudieron apreciar en toda su variedad las lamen-
taciones y los plañidos de la hija de Boniface
Perteuil relegada en tierra firme mientras los
hombres ensayaban la canoa, y que entre clamores y retorcimientos anunciaba su intención de
acudir de inmediato en procura de socorro.

—Siempre habla así, no tiene importancia
—dijo modestamente Polanco—. Desde luego, el
motor es formidable.

La isla tenía exactamente dos metros cuadra-
dos de superficie, por lo cual mi paredro y Calac

distaban de compartir el entusiasmo náutico de Polanco, aunque en el fondo no se estaba tan mal con ese sol de las cuatro de la tarde y unos Gitanes que procedieron a encender sin más trámite. Una vez que la hija de Boniface Perteuil terminara de enumerar sus planes de salvamento cabía la posibil·dad de que se decidiera a ponerlos en práctica todo lo cual llevaría su tiempo puesto que en la laguna no había otra canoa que la accidentada, aunque podía esperarse que los alumnos del vivero-escuela decidieran fabricar marimoñas y petunias bajo la dirección de Boniface Perteuil. A la espera de todo eso los náufragos tuvieron tiempo sobrado para secarse los zapatos y acordarse de los días de Londres y sobre todo del inspector Carruthers, figura por incompleto irreal en el paisaje latino de Seine et Oise donde acababa de ocurrirles el siniestro pero que en cambio se había adecuado perfectamente al olor mohoso del Bolton Hotel y de los cafés que todos ellos frecuentaban hasta el día de la ominosa llegada de' inspector. A Calac y a Polanco no les preocupaba demasiado la historia, pero mi paredro estaba ofendido por la intervención del inspector Carruthers cosa extraña en él que casi siempre tendía a situarse en un plano de gran desapego tan pronto como alguno de sus amigos se metía en alguna de a pie. Con un estilo perceptiblemente plagiado de un códice maya según sospechas de Calac, mi paredro volvía una y otra vez al momento en que el inspector Carruthers había golpeado a la puerta de la habitación catorce del Bolton Hotel sito en la Bedford Avenue, donde Austin estudiaba francés con Marrast y donde Polanco ajustaba el sistema de poleas en miniatura destinado a probar que la canoa soportaría el peso del motor de segadora cedido por Boniface Perteuil en un momento de obnubilación inexplicable. Las evocaciones de mi paredro tomaban el sesgo siguiente: Un individuo flaco, era un individuo vestido de negro y flaco, con un paraguas. El inspector Carruthers era un individuo con paraguas, flaco y vestido de negro. Como siempre, cuando golpean a la puerta es mejor no abrir, porque del otro lado habrá un individuo con paraguas y flaco, el inspector Carruthers vestido de negro.

—Che, yo también estaba ahí —dijo Polanco aburrido—. Y Calac que no estaba se sabe de memoria todo lo que pasó. Ahorrá el fiato, hermano.

—Me indigna —prosiguió imperturbablemente mi paredro— que Scotland Yard delegara sus poderes en un individuo lleno de moho y de oficina, en un individuo con paraguas, flaco y vestido de negro que nos miraba con unos ojos que parecían peniques gastados. Los ojos del inspector Carruthers eran como peniques gastados, el inspector Carruthers no venía a expulsarnos, de ninguna manera nos expulsaría del país. A los individuos flacos y vestidos de negro les agrada que los ocupantes de las habitaciones de los hoteles abandonen voluntariamente el país antes de dos semanas; van vestidos de negro y tienen paraguas, casi siempre se llaman Carruthers y están llenos de moho y oficina, tienen ojos como peniques gastados, llaman a las habitaciones de los hoteles, de preferencia a la habitación catorce del hotel. No expulsan a nadie, van vestidos de negro, les agrada que los ocupantes se marchen del país por su propia voluntad. Casi todos se llaman Carruthers, son flacos y están detrás de la puerta de la habitación. Ah, pero entonces yo le dije...

—No le dijiste absolutamente nada —cortó Calac—. El único que habló fue Austin por la sencilla razón de que sabe inglés. Y no sirvió de mucho como lo prueba nuestra presencia en este promontorio rocalloso. La verdad es que vamos de isla en isla pero cada día se nos vuelve más chica, hay que decir lo que es.

—Y Marrast, a todo esto, ni una palabra —dijo rencorosamente Polanco—. En casos así uno se adelanta, che, abre los brazos y se proclama autor del fato como en Dostoievski. Al fin y al cabo Marrast ya tenía pensado mandarse mudar por su cuenta, aparte que la municipalidad de Arcueil estaba gastando una fortuna en telegramas conminatorios. ¿Vos sabías que la piedra de hule llegó sin previo aviso y que los ediles casi se mueren cuando vieron el tamaño?

—El tamaño de la factura, you mean —dijo mi paredro—. Pero ¿de qué hubiera podido acusarse Marrast, decime un poco? Una broma inocente, una sacudida a las costumbres esclerosadas de Harold Haroldson. Fíjate que Scotland Yard no tenía nada contra nosotros, como no fuera un miedo pánico, es decir, metafísico y numinoso. Se daban cuenta de que éramos capaces de hacer algo más grande, que aquello no había sido más que un ensayo, como el de éste con su afeitadora eléctrica. Siempre habrá un inspector Carruthers detrás de la puerta de los poetas, hermano. Y la gorda que no viene con la jangada, nos vamos a quedar sin cigarrillos en pleno tramonto.

—Encendamos una hoguera —propuso Polanco— y fabriquemos una bandera con la camiseta de Calac, que incurre en ellas.

—A diferencia de otros, creo en la higiene —dijo Calac.

—A mí la camisa me gusta sentirla contra la piel —dijo Polanco—, es algo que me refresca el alma. Qué historia, che, todo salió tan mal en el fondo. Hasta el motor me está fallando, tengo que reconocer que es demasiado poderoso para la eslora. ¿Ustedes no me ayudarían a construir una embarcación más pesada, digamos una especie de trirreme? Tiemblo al pensar que la gorda va a querer subir a la canoa uno de estos días, fíjate que en el medio de la laguna hay casi un metro cincuenta, le sobra para ahogarse. A mí no me gustaría perder este empleo, y con la gorda me entiendo aunque el padre sea un repugnante petiforro.

—En fin —dijo mi paredro—, vos tenés razón, todo salió muy mal pero no dirán que no nos divertimos.

En los cuarenta minutos que llevaban perdidos en la isla, las posibilidades del terreno les habían permitido algunas evoluciones más bien modestas, es decir que Polanco se había pasado a la piedra donde antes se sentaba Calac y éste había preferido instalarse en una especie de embudo rocoso que había sido el primer refugio de mi paredro, tirado ahora en el suelo y etruscamente apoyado en un codo. Por poco que se movieran los tres se tocaban con los zapatos, los hombros y las manos, y como la isla se erguía semejante a un pedestal en el centro de la laguna, los observadores de tierra firme hubieran podido contemplar los frecuentes empujones, manotazos y otros movimientos estratégicos de los náufragos para ampliar sus respectivos espacios vitales. Pero no había nadie en la orilla para contemplarlos, y Polanco que conocía de sobra a la hija de Boniface Perteuil la sospechaba corriendo como una loca por las plantaciones de tulipanes en busca de alumnos de la escuela-vivero que se prestaran a constituir la brigada de rescate y salvamento.

—En el fondo hicimos bien en irnos —había afirmado mi paredro—. Una invasión terrible de mujeres y las tres completamente locas como de costumbre. ¿Qué cuernos tenía que venir a hacer Tell a Londres, decime un poco? Se descuelga de la Lufthansa como una especie de rollmops convulso, es para no creerlo, y no hablemos de Celia que llega con un aire de escapada de la morgue, sin hablar de la otra en pleno jaleo existencial, con sus gnomos y esa manera que tiene siempre de echarme la mitad de la ensalada en los pantalones, damn it.

—Tu inglés se ha perfeccionado notablemente —observó Polanco que solamente había oído el final de la frase.

—Ya lo hablamos con gran soltura —dijo Calac—. ¿Locas, dijiste? Bueno, hay que reconocer que nuestra vida en el West End no era precisamente como para que te pongas tan supercilioso, che, o fastidioso si preferís. Oh dear.

Así siguieron hablando un rato en su notable inglés hasta que Polanco se inquietó y propuso un recuento general de cigarrillos y provisiones. Ya varias veces se habían oído gritos por el lado de los cultivos de marimoñas donde Boniface Perteuii enseñaba esa mañana los injertos a la rumana, pero la partida de rescate no se hacía ver. Se descubrió que entre los tres náufragos llegaban a veintisiete cigarrillos, que no era mucho teniendo en cuenta que doce estaban mojados, y que no había la menor provisión de boca. Dos pañuelos, un peine de bolsillo y un cortaplumas formaban los bastimentos, junto con catorce cajas de fósforos, producto de las manías de Polanco que amaba las compras al por mayor. Previendo que la partida de salvamento tardaría en llegar y que quizá la estación de los monzones estuviera próxima, mi paredro propuso que el total de las provisiones fuera almacenado en una especie de nicho situado en la parte interior del cono rocoso, y que se tirara a la suerte para designar al mayordomo o despensero general que tendría a su cargo el severo racionamiento que imponían las circunstancias.

—Quedás designado —dijeron al unísono Calac y Polanco, que estaban cómodamente instalados y no pensaban en moverse ni en trabajar por el bien común.

—Me parece sumamente irregular —dijo mi paredro— pero de todos modos me someto a la voluntad de la mayoría. Vengan los cigarrillos y los fósforos. Vos no te olvidés del cortaplumas.

Será mejor que cada uno conserve su reloj pulsera, por la cuestión de la cuerda.

—Hace pensar en el capitán Cook —dijo Calac con sincera admiración.

—En Bougainville, che —dijo Polanco—. A vos te bastan unas cuantas semanas en el extranjero para perder todo sentimiento patriótico. ¿Vivís o no vivís en Francia?

—Momento —dijo Calac—. Si te ponés en plan nacionalista, tendríamos que compararlo con nuestros almirantes, Brown o Bouchard, y ya ves que no cambia gran cosa.

—Convendría montar guardia de noche – dijo mi paredro—. Ponele que la gorda tarde más de un mes en organizar el rescate, lo que no me extrañaría nada en ese paquidermo, o que les dé por navegar de noche, en ese caso corresponde encender una fogata y dar el quién vive.

—Hablando de paquidermos, usted es un rinoceronte peludo —dijo Polanco ofendido.

—Más respeto y disciplina —mandó mi paredro—. Ustedes me nombraron jefe y ahora se aguantan como es de rigor en estos casos.

Siguió una vivaz polémica sobre los rinocerontes, los almirantes argentinos, la jerarquía y temas conexos, cortada de tanto en tanto por la equitativa distribución de cigarrillos y fósforos. Reclinado en la suave pendiente del embudo rocoso, Calac los escuchaba a medias y se adormecía con el recuento melancólico de los días londinenses, la última visión que había tenido de la cara de Nicole en la ventanilla del tren de París, las posibles consecuencias de cantar un tango en un museo o de insinuar las conveniencias de un viaje como higiene mental. Al fin y al cabo, si buscabas los grandes medios para que Marrast te dejara en paz, ¿por qué el laudista, Nicole, cuando yo estaba ahí sentado con vos en ese horrible sofá de museo? Te ofrecí llevarte lejos, ventilarte bajo otros cielos, esas cosas que alientan; y a vos no se te ocurre nada mejor que... Oh vanidoso, oh lastimado, si está más claro que sus ojos zarcos. Conmigo no hubiera sido tan fácil y lo sabías, a mí no me hubieras alejado de un manotazo como al laudista, una vez más te habrías atado a un futuro por meses o por años, y vos no querías un nuevo futuro tan malo como el otro, un nuevo Marrast tan paciente y sufrido como el otro, entonces Austin, la mosca pasajera, el pretexto para quedarte de veras sola. Como si ya hubieras sospechado que apenas llegara Celia con su carita salpicada de pecas la colección entera de laúdes se precipitaría a una pasacaglia incontenible y se curaría de golpe de sus adolescentes angustias, de esperar horas en la puerta de tu hotel, de gemir en el hombro de Polanco, de querer matar a Marrast sin haber terminado de aprender los verbos en *ir*. Menos mal que yo... Sí, uno ha vivido, uno aprende a ser también los demás, a meterse en su piel, en el fondo hacías bien, no debías llegar a agradecerme nada, pero absolutamente nada, porque entonces volvía a sufrir por todos, vos que no querés hacerle daño a nadie. Ya fue bastante con que ya te diera la idea sin saberlo, silbándote un tanguito, nena. Qué amargo es este cigarrillo, seguramente que me han dado uno de los más mojados, estos dos se confabulan, a la hora del canibalismo voy a tener que ganarles de mano.

Calac entrecerró los ojos, un poco porque ya se estaba durmiendo y también porque tenía la buena costumbre de todo náufrago de fumar hasta el final sin sacarse el pucho de la boca, pero al mismo tiempo porque la penumbra lo ayudaba a ver mejor la imagen de Nicole después que Tell le había telefoneado para que las ayudara a llevar las maletas a la estación, Nicole bebiendo un café sin azúcar en el bar de Victoria Station, Nicole en la ventanilla del *boat train* («Nous irons à Paris toutes les deux» había cantado Tell sacando medio cuerpo fuera para espanto de clérigos y guardias), Nicole tendiéndole unos dedos laxos que por un momento habían dormido en su mano. «Todos ustedes son demasiado buenos», le había dicho como si eso sirviera para algo, y la danesa loca se había metido un puñado de caramelos en la boca puesto que Calac había sentido el melancólico placer irónico de llevar los caramelos prometidos a la estación a la hora de despedir a Nicole, pero naturalmente la danesa loca se los comería sola, Nicole cerraría los ojos y dejaría pasar el paisaje inglés con la frente apoyada en la ventanilla, oyendo desde muy lejos la voz de Tell que hablaría de petreles y de morsas. Y así, una vez más, cualquier intervención que...

—¡Esta laguna tiene mareas! —clamó mi paredro enderezándose de un salto y mostrando la botamanga del pantalón empapada y un zapato chorreante—. ¡El agua está subiendo, se nos van a humedecer los fósforos!

Polanco tendía a pensar que en un descuido mi paredro había metido una pierna en la laguna, pero por las dudas puso un guijarro al borde del exiguo litoral y los tres esperaron conteniendo la respiración. El agua tapó casi en seguida la piedra y de paso un zapato de Calac que tenía una pierna colgando para acordarse con más comodidad de Londres y de esas cosas, y que soltó una maldición mientras se acurrucaba en lo más alto del embudo rocalloso que disponía de un borde relativamente ancho Desde ahí se puso a llamar a los de tierra firme con resultados contradictorios, pues varios alumnos de corta edad aparecieron bruscamente en el sector donde terminaban los sembrados de tulipanes negros y se quedaron estupefactos mirando a los náufragos, mientras un alumno de piernas ya peludas se hacía presente al borde de los canteros de marimoñas y en el mismo momento en que los más pequeños se sentaban al borde de la laguna con un aire entre alelados y expectantes, se ponía las manos en la cintura y se doblaba hasta el suelo en un ataque tan violento de risa que se hubiera podido creer que estaba llorando a gritos, tras de lo cual hizo una señai conminatoria a los más chicos y todos ellos desaparecieron con la misma rapidez con que habían llegado.

—La infancia, esa edad supervalorada —gruñó Calac que ya veía el momento en que los otros náufragos iban a disputarle el embudo rocalloso y temblaba por sus pantalones—. Naturalmente tu gorda estará comiendo salame en algún rincón, completamente olvidada de nuestro predicamento, carajo. Lo mejor va a ser ir caminando hasta la orilla y secarnos en el café del pueblo, donde recuerdo que hay un ron muy indicado para casos de naufragio.

—Estás loco —dijo Polanco indignado—. De aquí a la orilla hay por lo menos cinco metros, no vas a pretender que los caminemos. ¿Y las hidras, y las sanguijuelas, y las fosas submarinas? Este se cree que soy el comandante Cousteau.

—Vos tenéis la culpa de todo —dijo mi paredro—. Con lo bien que estábamos entre las flores, tenías que venir a complicarnos con tu famosa turbina. Y ahora esta laguna donde hay unas mareas terribles, nunca oí hablar de un fenómeno parecido. Habría que escribir una comunicación al almirantazgo, a lo mejor nos borran de la lista negra y un día podemos volver a ese *pub* de Chancery Lane adonde íbamos con Marrast.

—Ya no me interesa volver a Londres —dijo Calac.

—Tenés razón, es tan húmedo. Pero ya estamos, ¿a vos no te parece rara esa invasión de las mujeres a nuestra falansterio? Nicole vaya y pase, la pobre casi no contaba porque se la veía tan poco con sus gnomos y esas cosas. Y de golpe se aparecen las otras dos y en menos de tres días entre ellas y el inspector Carruthers nos hacen la vida imposible, unas que llegan y el otro que quiere que nos vayamos, decime si eso era vida.

—Si te fijás bien —dijo Polanco—, Tell estuvo acertada en venir, por lo menos se hizo cargo de Nicole y la sacó del pozo con esa manera estruendosa que ella tiene. Lo que es nosotros no hubiéramos servido para *baby-sitters*, como decimos en Chelsea.

—De acuerdo. Pero ¿qué me decís de la otra? ¿Qué cuernos tenía que venir a hacer en Londres? Fue como una conjuración, hermano, nos caían de todos lados como perros cósmicos.

—Oh, Celia —dijo desapegadamente mi paredro—, a su edad se va y se viene, no era por nosotros que vino, o vino a buscar consuelo pero por pura costumbre. Vaya a saber qué le pasaba, habrá que preguntárselo al laudista que ya estará bien informado. Decime un poco: ¿Vos ves lo que yo estoy viendo, o han empezado las alucinaciones clásicas en estas circunstancias?

—Semejantes tetas no caben en ninguna alucinación —dijo Calac— Es la gorda, idéntica a Stanley con su safari.

—¿Qué les dije? —irradió Polanco entusiasmado—. ¡Mi Zezette!

—Vos, en ves de sacar a relucir sobrenombres íntimos, harías mejor en gritarle que sos el doctor Livingston antes que cambie la idea —aconsejó mi paredro—. Che, pero hasta traen una soga y una especie de bañadera, va a ser un rescate padre. Help! Help!

—¿No te das cuenta de que no entiende el inglés? —dijo Polanco—. Mirá qué abnegación, apreciá si sos capaz. Se ha venido con todos los alumnos, yo estoy conmovido.

—Dejame subir al embudo —le dijo mansamente mi paredro a Calac.

—No hay lugar más que para uno —observó Calac.

—Es que se me están mojando las medias.

—Aquí te podrías resfriar, he comprobado que sopla un viento considerable.

Por supuesto la nueva situación estaba provocando importantes cambios de ideas, mientras en la orilla la hija de Boniface Perteuil rodeada de los alumnos del vivero-escuela aprestaba confusamente una serie de implementos y se agitaba de una manera poco propicia para favorecer la adopción de medidas prácticas. Nada dispuestos a malograr las operaciones de salvamento mezclando instrucciones continentales con otras provenientes de la isla, los náufragos fingieron una indiferencia estoica y siguieron hablando de sus cosas. Polanco había empezado por hacer una referencia marginal a la decisión que habían tomado los tres luego de la visita del inspector Carruthers, y consistente en no dejar sola a Celia en Londres puesto que la solidaridad sólo podía manifestarse con ella después de la partida más o menos brusca de Marrast, Nicole y Tell. Pasada la primera sorpresa de que Austin se les agregara con el producto de sus ahorros y dos laúdes, agregación favorecida por alguna que otra sonrisa tímida de Celia y la manifiesta tendencia de Austin a buscar un asiento del tren donde cupieran los laúdes, Celia y él mismo, los tres futuros náufragos habían comprendido que no se podía pedir nada mejor para la salud mental y moral del grupo, y la verdad había estado de su parte porque el cambio de Austin entre el puente de Chelsea y el café de Dunquerke donde esperaban el ferry-boat había sido tan sensible que la mera diferencia de aire y de latitud no alcanzaba a explicarlo de ninguna manera, sin contar que en Celia se había manifestado un fenómeno similar a partir de la estación de Oak Ridge, a siete minutos de la partida de Londres, coincidiendo quizá con el descubrimiento de que Austin, excelente alumno de Marrast, conseguía expresarse en francés de una manera tan elocuente que era casi como si lo que decía tuviera algún sentido. Así habían subido al ferry-boat con un estado de ánimo sensiblemente mejorado y a la hora de los vómitos, es decir casi inmediatamente, Calac había podido comprobar con algún enternecimiento que Austin se llevaba a Celia a la borda, la envolvía en su gabardina y en algún momento le sostenía la frente, le pasaba un pañuelo por la nariz y la ayudaba a sacrificar a Neptuno el té con limón que había tomado en tierra. Toda voluntad perdida junto con el líquido, Celia se dejaba mimar y escuchaba los consejos respiratorios de Austin que hablaba cada vez mejor el francés a menos que lo estuviera haciendo en inglés y que Celia, ayudada por la semiinconsciencia, recordara las lecciones del liceo. En todo caso un sol extraordinario rebotaba en el maldito canal y los envolvía cariñosamente, no era una tarde para marearse, las colinas inglesas se perdían a lo lejos y aunque ni Austin ni Celia sabían gran cosa de lo que los esperaba del otro lado, Austin derivando rápidamente de Parsifal a Galahad, Celia abandonando a los tritones los últimos sorbos de té con limón y sintiéndose protegida por el brazo que la mantenía de este lado de la borda y la voz que le prometía para momentos mejores las suites de Byrd y las vilanelas de Purcell.

—Ojalá que a la gorda no se le ocurra capitanear la expedición de rescate —le dijo mi paredro en un susurro a Calac—, primero porque no quedaría sitio para nosotros en la balsa, y segundo porque va a pasar de la orilla al fondo apenas se suba a la almadía o jangada que están fabricando.

—No creo que sea tan pandola —estimó Calac—. El problema está más bien en que todos los niños aspiran a embarcarse, sin contar que la almadía no tiene proa ni nada que se le parezca, y ya vas a ver la confusión que va a salir de ese detalle.

Polanco contemplaba enternecido a la hija de Boniface Perteuil y ya le había propuesto a gritos que aprovecharan la expedición para rémolcar de paso la canoa incrustada entre los juncos. Calac suspiró, rebasado por los acontecimientos y el fanatismo científico de Polanco, y trató de ubicarse mejor en el borde del embudo que empezaba a tatuársele en el alma; bastó ese segundo de descuido para que mi paredro saltara sobre el embudo y se posesionara de la mejor parte, con vista directa hacia las plantaciones de tulipanes negros. Calac no hizo nada por defender el reducto puesto que no se estaba tan mal después de todo y los pantalones de mi paredro chorreaban agua, había que tener sentimientos. La marea ascendía ineluctable y el único que parecía ignorarla era Polanco, perdido en su admiración por las disposiciones que seguía tomando la hija de Boniface Perteuil. Como el héroe de Victor Hugo, el agua le subía hasta los muslos y pronto le llegaría a la cintura.

—Salvemos por lo menos las reservas de tabaco y fósforos —le dijo mi paredro a Calac—. Dudo de que los nautas tengan éxito, al vernos en esta situación. Pondremos los bastimentos en la cima, y calculo que vos y yo tendremos para unos tres días con sus noches A éste el agua le va a llegar a la boca dentro de una media hora, pobre Polanco.

—Pobre hermanito —dijo Calac, mientras Polanco los miraba con un desdén infinito y de paso se aflojaba el cinturón que tendía a contraerse bajo los efectos del agua. El sol vespertino convertía la laguna en un vasto cristal azogado, y las propiedades hipnóticas de tan poética metamorfosis aletargaban cada vez más a los náufragos siempre propensos a espejismos y fatas morganas, en especial mi paredro que aprovechaba su flamante instalación para fumar y divertirse retrospectivamente con la irrupción de Tell en plena catástrofe londinense, su manera al mismo tiempo delicada y expeditiva de llegar sin prevenir a nadie, telefonearles que se moría de hambre y que pasaran a buscarla a cenar al Gresham Hotel, noticia que mi paredro acogió con una mezcla de exasperación y de alivio como muy bien pude darme cuenta e incluso comprender mientras miraba a Nicole que seguía vagando atontada por la habitación, recogiendo prendas de ropa, carpetas de dibujos y periódicos viejos, metiendo todo en la valija y volviéndolo a sacar para proceder a una vaga clasificación que terminaba en una nueva e inútil tentativa de llenar la valija. Me había recibido sin decir nada, dándose cuenta de que yo estaba enterada por Marrast, viniendo hacia mí con un piyama en una mano y unos lápices en la otra, dejando caer todo al suelo para abrazarme y quedarse largo rato temblando contra mí, antes de preguntarme si Marrast me había escrito, si no podría pedir por teléfono otra taza de café, y reanudando su ir y venir por la habitación, obstinándose en hacer el equipaje y olvidándolo todo para ir hasta la ventana o sentarse en una silla y darme la espalda. Nicole ya no se acordaba de cuándo se había ido Marrast, probablemente el lunes si ahora era miércoles, o tal vez el domingo por la tarde, de todos modos había dormido un día entero bajo la acción de las pastillas y después había empezado a tomar café amargo y a hacer la valija, pero como entretanto mi paredro y Polanco se aparecían cada tanto para ver cómo seguía con ese aire de inocentes que ponían aunque supieran perfectamente que Marrast ya estaba en Francia, y terminaban llevándola a ver comedias musicales perfectamente absurdas en las que para colmo aparecían enanos y personajes de cuentos de hadas, al final era difícil saber cuánto tiempo habían pasado, y además poco importaba ahora que Tell estaba ahí y todavía quedaban veinte libras y catorce chelines que Marrast había dejado sobre la mesa al irse y que sobrarían para pagar el hotel y pedir que le subieran café y agua mineral. Marrast se había ido sin despedirse porque ella estaba durmiendo con las pastillas, y más tarde Nicole había querido irse a su vez pero le fallaban las piernas y había tenido que quedarse en la cama todo ese día, levantándose de a ratos para dar vueltas por la pieza y tratar de meter sus cosas en la valija, y en algún momento habían llamado a la puerta y naturalmente era Austin, desde la puerta entornada me había mirado temeroso, tratando de sonreír y de mostrarse a la altura de las circunstancias, ya mi paredro o Calac le habrían dicho que Marrast me había dejado sola y que podía venir, que en realidad era necesario venir, que su deber era venir, porque bastaba verle la cara para darse cuenta de que estaba ahí más por obligación que por otra cosa, la valija que no se cerraba, de cuando en cuando Polanco o mi paredro, mistress Griffith con toallas limpias, un aire reprobatorio y la cuenta, Austin yéndose sin comprender, asustado o quizá comprendiendo de golpe que nadie sobraba tanto como él en ese momento, mucho más que mistress Griffith o cualquiera de las muchas cosas que no me cabían en la valija hasta que Tell, sentándose encima previo salto gimnástico, la cerró limpiamente y se echó a reír como solamente ella

—Lo primero de todo una ducha caliente —dijo Tell—, y después nos vamos a la calle porque yo ni he venido a Londres para mirar estas horrendas paredes empapeladas.

Nicole se había dejado quitar el piyama, meter en una bañadera deliciosamente tibia, lavar el pelo, frotar la espalda, todo entre risas de Tell y observaciones no siempre morales sobre su anatomía y su higiene. Se había dejado secar y frotar con agua colonia, se había dejado vestir, ayudando torpemente, contenta de sentir a Tell a su lado, de saberse todavía un rato acompañada antes de hacer lo que en algún momento tendría que hacer. Y un té casi lujoso en Shaftesbury Avenue, mientras Tell recorría el periódico buscando un espectáculo a donde ir esa misma noche, a costa de los tártaros naturalmente, y les telefoneaba para confirmar el encuentro y la cena y el teatro, agregando de paso que era lo menos que podían hacer por alguien que había llegado justo a tiempo mientras ellos, trío de inútiles, daban vuelta como estúpidos sin atinar a ocuparse de la enfermita, etcétera. Y Nicole había bebido su té y comido pasteles escuchando las historias probablemente imaginarias que traía Tell de Viena, y ni una sola vez había preguntado por Juan, quizá porque Tell se encargaba, como parte del tratamiento, de mencionar cada tanto a Juan de una manera que lo volvía manejable y casi innocuo, como alguien igualmente alejado de las dos, lo que en el fondo era muy cierto según opinión intercambiada más tarde por los tártaros después de una cena a base de carnes jugosas y vino tinto.

—Madre querida —dijo Polanco—. ¡Lo único que nos faltaba!

La abrupta llegada de Boniface Perteuil, que endosaba el overall azul de los trabajos prácticos y cargaba una enorme regadera, pareció perturbar considerablemente las tareas de salvamento, en la medida en que gran parte de los alumnos, sobre todo los más chicos procedieron a esconderse instantáneamente entre las marimoñas y los tulipanes amarillos, mientras los más grandes, leales a la gorda, tomaban un aire de perros de San Bernardo que dio mala espina a Calac y a mi paredro. Precipitándose hacia su padre, la gorda empezó a explicarle la situación con gran revoloteo de manos en dirección de la isla. En la diafanidad del atardecer la voz de Boniface Perteuil se alzó con una claridad casi sobrenatural.

—¡Que se ahogue, mierda!

—¡Papá! —clamó la gorda.

—¡Y tus amigotes también! ¡No hacen ninguna falta aquí! ¡Tú te callas, yo sé lo que digo, para algo he hecho la guerra del catorce, *yo*! ¡Me hirieron dos veces, *a mí*! ¡Tengo la medalla al valor militar, *yo*! En el invierno del dieciséis, espera, no, fue en el diecisiete, pero entonces... Tú te callas, fue en el dieciséis, un invierno entero en las trincheras del Somme, un frío, pero un frío, te lo digo, cuando me recogieron tenía heladas las partes, por poco me las cortan, tú te callas. Yo soy un hombre de trabajo, *yo*, no estoy para que esos existencialistas se diviertan a costa de mi establecimiento y me echen a perder a los alumnos. ¡A trabajar, ustedes! ¡El que no complete veinte injertos rumanos no come!

—Está en contra de los principios de la OIT —dijo Calac de manera que Boniface Perteuil no pudiera oírlo.

—No sea petiforro, usted —dijo Polanco—. No se da cuenta de que se están jugando nuestras últimas chances, si la gorda me afloja estamos perdidos, habrá que volver a pie y es un descrédito, che.

—¡Me han roto la canoa! —bramó Boniface Perteuil, en respuesta a una comunicación tan sigilosa cuanto contraproducente de su hija—. *Ça alors!*

—¿Vos te das cuenta? —le dijo Polanco a Calac—. Me acusa de haberle roto una canoa que me había regalado en acto solemne, tengo testigos. Me acuerdo muy bien cuando dijo que estaba archipodrida, aunque lo mismo se la agradecí porque de todas maneras era un gesto.

—¡Una embarcación que costó setenta mil francos! —gritó Boniface Perteuil—. ¡Tráiganlos aquí inmediatamente! ¡La canoa me la pagan o llamo a los gendarmes, aquí estamos en Francia y no en su país de salvajes! ¡Esto me enseñará a emplear a extranjeros!

—Cállese la boca, xenófobo del carajo —dijo amablemente mi paredro—. Diga que no me quiero humedecer los pies, si no fuera por eso ya habría cruzado a retorcerle el pescuezo hasta que la lengua se le saliera por el traste, con perdón de la señorita. Vos te das cuenta, pensar que esta mañana les llevamos tres botellas de vino para realzar nuestra presencia en la cena, y ahora se las van a zampar en familia porque no seré yo el que me digne, ponele la firma.

—Che, por lo menos un poco de respeto —dijo Polanco—. Es el papá de mi novia y no porque se esté portando como un hijo de puta tenés derecho a insultar a un pobre anciano.

—Que me los traigan —gritaba Boniface Perteuil, rechazando a su hija que se empecinaba en besarlo y calmarlo para regocijo universal de los alumnos.

—No hay peligro, verás que no se embarca en la jangada —profetizó Calac—. Ahí está, se inicia la operación, ésta va a ser propiamente la cruzada de los niños. Mil francos a que se hunden antes de soltar amarras.

—Ojalá —dijo rabiosamente mi paredro—. Si se le ahogan los alumnos se queda sin la subvención de la Unesco.

—En realidad estábamos tan bien aquí —dijo melancólicamente Calac—. Los tres solos en nuestro pequeño reino, con esas costumbres británicas que se le van contagiando a uno. Teníamos tabaco para rato, fósforos y éramos tres, cifra galvánica por excelencia.

—Vos mirá la maniobra —aconsejó mi paredro— porque es algo que no tiene desperdicio.

Incapaces de desprenderse de la orilla, los alumnos del vivero-escuela multiplicaban sus esfuerzos para salir a alta laguna y franquear los cinco metros que los separaban de la isla donde los náufragos, respetando el silencio purpúreo de Boniface Perteuil y la vergüenza lacrimosa de su hija, se habían quedado fumando y parecían asistir a las maniobras como si se tratara de un salvamento ajeno. En el centro de la almadía, erigido en almirante *ex-officio*, el alumno de las piernas peludas daba órdenes con un ritmo aprendido en las actualidades Movietone con motivo de la regata Oxford versus Cambridge. Dieciocho alumnos de edades diversas, provistos de otros tantos remos que pocos minutos antes habían sido tablones, escobas y azadones, se amontonaban en las cuatro bordas de la jangada remando al mismo tiempo, con lo cual lo más que conseguían era imprimir a la embarcación un ligero movimiento rotatorio de babor a estribor, seguido de otro movimiento de estribor a babor y de una tendencia general a hundirse paulatinamente. Mi paredro y Calac ya habían formalizado la apuesta concerniente a la distancia moral entre los acontecimientos y su persona, prefería entregarse a la nostalgia y a la rememoración. Todo eso nacía de un mal cálculo de la potencia de la turbina náutica, fundado a su vez en las falsas manifestaciones empíricas del modelo en miniatura ensayado en el hotel de Londres. «En el fondo es una tragedia», pensaba Polanco, «la gorda va a tener que elegir entre su padre y yo, y eso basta para demostrar la importancia del porridge: la suerte quedó echada en Londres, y sólo se puede retroceder hacia adelante». Que era exactamente lo que estaban haciendo los tripulantes de la balsa con no poca sorpresa de su parte, puesto que después de interminables evoluciones giratorias, la almadía se había desplazado un metro y medio en dirección de la isla, cabiendo afirmar que se encontraba poco menos que en la mitad exacta de la derrota náutica necesaria para abordar la ribera del naufragio.

—Mirá —le dijo mi paredro a Calac—, no faltaban más que ésos para remacharnos el clavo, a menos que sea una de las típicas alucinaciones de los náufragos sedientos.

Llevando de la mano a Feuille Morte, que agitaba el brazo libre como un molinete, Marrast acababa de surgir entre los canteros de marimoñas y contemplaba estupefacto el escenario de la tragedia. La hija de Boniface Perteuil, que lo conocía por algunas reuniones vinosas en el café del pueblo con Polanco y mi paredro, se precipitó a explicarle los elementos del problema mientras la jangada, sin que se supiera bien por qué, empezaba a retroceder sensiblemente entre las maldiciones de Boniface Perteuil y las órdenes espasmódicas del alumno de las piernas peludas.

—Salud —dijo Marrast, que había escuchado vagamente los antecedentes del caso—. Los vine a buscar porque estoy hasta por encima de la cabeza con los ediles y otros cretinos de Arcueil, y de paso que nos tomamos una copa los invito a la inauguración que es mañana a las diecisiete p.m.

—Te antepongo —dijo con algún sarcasmo mi paredro—, que estábamos perfectamente al tanto de la inauguración, y que pensábamos constituirnos en bloque si nos salvaban a tiempo, cosa que dudo.

—¿Por qué no cruzan a pie? —preguntó Marrast.

—Bisbis bisbis —dijo sobresaltada Feuille Morte.

—Ahí tenés, ella se da cuenta mucho mejor que vos —dijo mi paredro—. Yo tengo una pierna empapada por culpa de la marea, pero la otra brilla todavía por su sequedad y siempre he creído que hay que luchar contra la simetría. Tenemos tabaco para un rato y no se está tan mal, preguntales a éstos.

—Oh, sí —dijeron Calac y Polanco que se divertían enormemente con las maniobras de salvamento y con la vehemencia que ponía la hija de Boniface Perteuil en explicarle a Feuille Morte las circunstancias del siniestro. Desgraciadamente no podían impedir, aunque hubiera sido su mayor anhelo, que Marrast se acercara a la orilla y con el zapato izquierdo a manera de arpón atrajera la almadía mientras Boniface Perteuil, raudo como el águila, adelantaba una bota claveteada para consolidar el amarre y empezaba a repartir bofetadas en todas direcciones mientras los niños pasaban bajo su horca caudina con la máxima velocidad posible y se dispersaban, remos en ristre, por los campos de marimoñas y tulipanes. El capitán de las piernas peludas pasó el último, momento en que la mano abierta de Boniface Perteuil asumió perceptiblemente la forma de un puño; el capitán se agachó a tiempo y el puño estuvo a punto de acabar con Marrast que fingió magnánimemente no darse cuenta y saltó a la balsa armado de un azadón. Los náufragos lo recibieron con una elegante condescendencia y subieron a la almadía entre los clamores de Feuille Morte y de la gorda. La llegada a tierra firme se vio marcada por el anuncio de Boniface Perteuil de que Polanco quedaba despedido en el acto, y por el llanto estertoroso de la gorda a quien Feuille Morte se dedicó a consolar mientras los náufragos y Marrast tomaban con silenciosa dignidad el sendero que a través de tulipanes multicolores llevaba hasta el almacén del pueblo donde podrían secarse y hablar de la inauguración de la estatua.

¿Qué sentido tendría explicar? El mero hecho de que fuese necesario mostraba irónicamente su inutilidad. Nada podía yo explicarle a Hélène, a lo sumo ofrecerle una recapitulación de cosas ocurridas, el herbario reseco de siempre, hablarle de la casa de basilisco, de la noche en el restaurante Polidor, de monsieur Ochs, de Frau Marta, como si así quizá pudiera comprender el gesto de Tell, eso que Tell no había podido imaginar y que había ocurrido al término de tantas otras cosas que ninguno de nosotros había imaginado pero que estaban allí, habían sucedido por sí mismas. Ahora la carta de Hélène había llegado a Viena después de la partida de Tell, yo estaba preparando mi maleta y comprobando que Tell había olvidado llevarse un cepillo de jabalí y la última novela empezada; la imaginaba en Londres ocupándose de los tártaros, y entonces me trajeron tu carta para Tell que abrí como abríamos todas nuestras cartas, y otra vez fue el amontonamiento de pasajeros en el pasillo, la desesperación de abrirme paso hasta ti, verte bajar en esa esquina que ya se quedaba atrás, y aunque tu carta no hablaba de nada de eso y en cambio aludía a la muñeca que te había enviado Tell, lo mismo era el pasillo y la distancia, la angustia de estar casi tocándote con las manos y verte bajar en una esquina y no poder alcanzarte, llegar tarde una vez más. No hubiera tenido sentido explicar nada, lo único posible era buscarte en París, y eso sí me estaba dado, *Austrian Airlines* a las dos de la tarde, llegar y mirarte, no sé, una vez más mirarte y esperar que comprendieras que no había sido así, que yo no había estado detrás de ese envío y de esa torpeza que ya había estrellado la muñeca en el suelo (pero no te quejabas había tanta irónica distancia en el relato que le hacías a Tell, sin nombrarme ni una sola vez), y que sin embargo todo eso me concernía y te concernía, era nosotros pero como por fuera, una sucesión de enlaces que empezaba vaya a saber cuándo, en la Blutgasse siglos atrás o una nochebuena en el restaurante Polidor, una charla con monsieur Ochs en su casilla de sereno, un capricho de Tell dictado por esos cuajarones de niebla que inútilmente había querido descifrar alguna noche mientras fumaba cerca del Panteón, mientras fumaba amándote amargamente frente a la casa del basilisco, pensando en el canal Saint-Martin y en el pequeño clip que te prendías en la blusa.

Pero la carta había llegado y Juan tendría que explicar fuera inútil y ridículo y terminara como tantas otras veces con una fría sonrisa de despido y una mano seca y rápida. Aterrizó en Orly con la falsa calma de tres whiskies y la rutina familiar de los trámites de salida y las escaleras rodantes. Hélène estaría en la clínica y quizá volviera tarde a su casa; incluso podría ser que no estuviese en París, cuántas veces partía en su auto para perderse durante semanas en alguna provincia sin enviar noticias a nadie, sin dejar un poste restante, para reaparecer cualquier noche en el *Cluny* y poner sobre la mesa una caja de dulces provenzales o una colección de postales cursis para delicia de Tell y mi paredro. Desde el aeródromo, Juan telefoneó a la clínica. Hélène contestó casi en seguida, sin sorpresa. Esa noche en el café. No, no en el café. Podía ir a buscarla en auto y llevarla a su casa o a otro café, o a cenar si prefería

—Gracias —dijo Hélène—. Quisiera descansar un par de horas antes de volver a salir.

—Por favor —dijo Juan—. Si quiero hablar contigo en seguida es porque tengo una razón, que ya te habrás imaginado.

—No tiene la menor prisa —dijo Hélène—. Déjalo para otra vez

—No, hoy mismo. He venido para eso, te estoy telefoneando desde el aeródromo. Iré a buscarte a las seis a la clínica. Es la primera vez que te pido algo.

—De acuerdo —dijo Hélène—. Perdóname, no quise ser grosera. Estoy cansada.

—No seas tonta —dijo Juan, y colgó sintiendo la misma dolorosa felicidad que alguna otra vez había nacido de cualquier mínima condescendencia de Hélène, un paseo por el canal Saint-Martin, una sonrisa sólo para él en la mesa del café. A las cinco y media (había dormido mal una hora en su apartamento, se había bañado y afeitado innecesariamente, escuchando discos y bebiendo más whisky), sacó el auto del garaje y atravesó París sin pensar en nada, sin tener la menor frase preparada, abandonándose por adelantado a lo que sería como siempre. como Hélène siempre. Cuando le abrió la portezuela y ella le tendió una mano enguantada y la retiró bruscamente para sacar los cigarrillos del bolso, Juan guardó silencio y casi no la miró. Hizo lo posible para ganar la orilla izquierda a lo largo de calles tranquilas, pero nada había tranquilo en París a esa hora y les llevó largo rato llegar al barrio de Hélène, cambiando apenas unas frases que se referían siempre a los otros, a los tártaros en Londres, a Feuille Morte que había estado con gripe, a Marrast que acababa de regresar, a mi paredro que enviaba postales con highlanders y pandas gigantes.

—Si prefieres entramos en el café de la esquina —dijo Juan mientras estacionaba el auto.

—Sí, está bien —dijo Hélène sin mirarlo—. No, subamos si quieres.

—No lo hagas por cortesía —dijo Juan—. Sé muy bien que ninguno de nosotros conoce tu casa. Es un placer o un derecho como cualquier otro.

—Subamos —repitió Hélène, adelantándose.

Polanco les había prestado su departamento hasta que Austin encontrara trabajo en alguna de esas *boîtes* del barrio latino donde un laúd podía ser escuchado sin demasiados bostezos. Calac, que no ocultaba demasiado el rencor que le tenía a Austin, protestó cuando Polanco adujo razones de humanidad y le pidió permiso para instalarse en su pieza por un par de semanas, pero convino en que tantos sacrificios se hacían por Celia y no por el laudista.

—Vos comprendés que ya es tiempo de que Austin se entere verdaderamente de lo que es una mujer —había dicho Polanco—. El pobre no tuvo suerte hasta ahora primero con el duc d'Aumâle y después con esa función de zángano que le asignaron en Londres y sobre la que no abundaré para no molestarte.

—Andate al reverendo carajo —fue la simple

admonición de Calac, que en esos días empezaba a escribir un libro como antídoto de malos recuerdos.

Austin se enteró como esperaba Polanco, temerosamente, con una ansiedad en la que entraban las noches, el amor y el crujido de las almendras saladas que a Celia le gustaban tanto, y Celia también se enteró, las ceremonias previsibles, los murmullos del nuevo lenguaje, completamente olvidados de que había que empezar a vivir, tendidos boca arriba mirando la claraboya donde a veces pasaban las patas de una paloma y las sombras de las nubes. Tan lejos ya de esa primera tarde cuando Celia había murmurado: «Vuélvete, no quiero que me mires», mientras sus dedos inseguros buscaban los botones de la blusa. Yo me había desnudado más lejos, escondido a medias por la hoja entornada del armario, y al volver había visto el dibujo de su cuerpo bajo la sábana, una mancha de sol sobre la alfombra, una media que parecía flotar en la barra de bronce de la cabecera. Había esperado un momento, incapaz todavía de creer que todo eso era posible, me había echado una bata sobre los hombros y después, de rodillas junto a la cama, había tirado lentamente de la sábana hasta ver asomar el pelo de Celia, su perfil pegado a la almohada, los ojos cerrados, el cuello y los hombros, desde ahí algo como una diosa niña saliendo lentamente del agua mientras la sábana seguía bajando y el misterio se volvía sombra azul y rosa bajo las manchas del sol de la claraboya, un cuerpo Bonnard naciendo trazo a trazo bajo mi mano que tiraba de la sábana conteniendo el deseo de arrancarla de un tirón, revelando el misterio de lo nunca visto por nadie, el nacimiento de la espalda, los senos mal defendidos por los brazos cruzados, la cintura delgada, el lunar en el nacimiento de la grupa, la línea de sombra que dividía su carne y se perdía entre los muslos protectores, la tersura de las corvas y otra vez lo familiar, las pantorrillas tostadas, lo diurno y común después de esa zona guardada, los tobillos y los pies como caballitos dormidos en lo hondo de la cama. Todavía incapaz de alterar su inmovilidad ofrecida y temerosa al mismo tiempo, me incliné sobre Celia y miré de muy cerca ese país de suave orografía. Debió de pasar tanto tiempo, quizá con los ojos cerrados el tiempo era diferente, primero había sido un gran silencio, un zapato cayendo en el piso, una hoja de armario que chirriaba, una cercanía, después había sentido que las sábanas se corrían poco a poco, y a cada instante había esperado el peso de su cuerpo contra el mío para volverme a abrazarlo y pedirle que fuera bueno y tuviera paciencia, pero la sábana seguía bajando y sentí miedo, una imagen diferente volvió por un segundo y estuve a punto de gritar, pero era tonto, sabía que era tonto y hubiera preferido volverme de golpe y sonreírle, pero no quería verlo así desnudo como una estatua al lado de la cama, seguía esperando mientras la sábana bajaba hasta que yo también me sentí desnuda y no pude más y me enderecé volviéndome, y Austin estaba envuelto en una bata y de rodillas y mirándome, y yo busqué la sábana para taparme pero él la había tirado lejos y ahora me miraba de frente y sus manos buscaban mis senos, anochecer, claraboya borrosa, pasos en la escalera crujido del armario, tiempo, almendras, los chocolates, la noche, el vaso de agua, estrella tragaluz, calor, agua de colonia, vergüenza, pipa, manta, vuélvete, así, cansada, ¿sientes?, tápame, llaman a la puerta, déjame, sed, hueles a mar revuelto, tú a tabaco de pipa, de niño me bañaban con agua de afrecho, de niña me decían Lala, ¿está lloviendo?, aquí eres trigueña, tonto, tengo frío, no me mires así, tápame otra vez, almendras, ¿quién te regaló ese perfume?, Tell, creo, por favor, tápame un poco más, pero ¿entonces era miedo, por eso te quedaste tan quieta?, sí, ya te contaré, perdóname, no pensé que tendrías miedo, me pareció solamente que esperabas, desde luego que esperaba, que te esperaba.

—Sabes, me alegro tanto de que hayamos esperado —dijo Austin—. No te lo puedo explicar, me sentía como... No sé un pájaro marino suspendido en el aire sobre una pequeña isla, y hubiera querido quedarme así toda una vida antes de posarme en la isla, oh ríete, gran idiota, te lo explico como puedo, y además no era cierto que hubiera querido quedarme así toda una vida, desde luego que no, dc qué me hubiera servido eso sin el después, sin sentirte llorar contra mí.

—Cállate —dijo Celia, tapándole la boca—. Gran bruto.

—Torpe, tonta, ineficaz, resbaladiza, equivocada.

—Torpe tú. Mira.

—Nada puede parecerme más lógico.

—Porque no serás tú quien se tome el trabajo.

—Yo la llevaré a la terraza —dijo Austin magnánimo.

—Almendras —pidió Celia.

Hasta ese momento todo había sido moderadamente amargo y difícil, pero cuando entramos en el ascensor que entre dos pisos daba la sensación de inmovilizarse antes de seguir con una sacudida que parecía desplazarlo lateralmente, la cercanía de Hélène fue aún peor, la sentí como un nuevo rechazo, todavía más duro ahora que su cuerpo rozaba obligadamente el mío, ahora que había vuelto apenas la cabeza para preguntarme: «¿Estás seguro de no haber venido antes aquí?»

La miré sin comprender, pero ya abría la puerta y salía al pasillo, giraba la llave en la cerradura y se perdía en la oscuridad sin volver la cabeza. En la puerta vacilé, esperando una invitación a entrar, pero Hélène andaba ya en otra habitación encendiendo luces. Lo que pensé cabía en tres palabras, podía pensarse en tres palabras: «Está ahí esperándome», pero no se refería a Hélène. Oí su voz y me arranqué a algo que debía ser miedo, cerré la puerta a mi espalda y busqué dónde dejar mi gabardina. En el living ya iluminado Hélène esperaba junto a una mesa baja con vasos y botellas; sin mirarme puso un cenicero en la mesa, me ofreció un sillón con un gesto y fue a sentarse en otro; ya tenía un cigarrillo entre los dedos.

—Oh sí, estoy seguro —dijo Juan—. Los dos sabemos muy bien que jamás había entrado aquí. Ni siquiera ahora, si me perdonas que lo diga.

Sólo entonces Hélène lo miró de lleno, alcanzándole un vaso. Juan bebió whisky sin esperar que ella llenara su propio vaso, sin el gesto obligado de saludo.

—Perdóname —dijo Hélène—. Estoy cansada y hace días que vivo como en el aire. Por supuesto que nunca habías venido aquí. No sé por qué lo dije.

—En algún sentido hubiera debido alegrarme. Los viejos mecanismos del halago, como si hubieras traducido una nostalgia. Y sin embargo sentí otra cosa, algo que se parecía a... Pero no he venido a hablarte de mis fobias. Tell recibió tu carta y me la dio a leer. Me da a leer todas las cartas que recibe, incluidas las de su padre y las de antiguos amantes; no lo tomes a mal.

—No era una carta confidencial —dijo Hélène.

—Quisiera que comprendas esto: la muñeca era de Tell, yo se la había regalado. Por juego, por una larga serie de cosas, por haberle contado alguna vez la historia de algunas de esas muñecas. Nunca sabré por qué decidió enviártela a ti, y ella tampoco lo sabe demasiado, pero cuando me lo dijo no me tomó de sorpresa, me pareció simplemente que la operación se cumplía en dos tiempos. Mientras me lo decía me di cuenta de que todo lo que yo he podido regalarle a Tell te lo estaba regalando a ti.

Hélène alargó la mano, ajustó la ubicación de un cortapapeles

—Pero eso no tiene importancia ahora —dijo Juan—. En cambio necesito que sepas, y por eso he venido en vez de escribirte o esperar alguna otra ocasión, que Tell no te envió esa muñeca por indicación mía. Mis defectos los conoces mejor que nadie, pero no creo que la torpeza se cuente entre los peores. Ni Tell ni yo teníamos una idea precisa de lo que pudiera haber en esa muñeca.

—Desde luego —dijo Hélène—. Es casi absurdo que me lo digas, pude haberla guardado toda la vida sin que se rompiera. A lo mejor algún día se descubre que todas las muñecas del mundo están llenas de cosas por el estilo.

Pero no era así y Juan hubiera podido explicarle por qué no era así y por qué su regalo a Tell había tenido un lado humorístico y casi erótico para quien conocía los azares manipulados por monsieur Ochs; y lo malo de las explicaciones era que como siempre a medida que se iban desarrollando se volvían una especie de segunda explicación para el que estaba explicando, que anulaba o pervertía la explicación superficial, porque bastaba haberle dicho a Hélène que todos sus regalos a Tell habían sido en el fondo para ella (y se lo había dicho antes de empezar la explicación, sin saber en ese momento que la frase iba a cambiar por completo la perspectiva de lo que estaba tratando honradamente de aclarar) para darse cuenta de que el capricho de Tell no era más que una corroboración de un oscuro, obstinado reemplazo en el que una muñeca de monsieur Ochs terminaba por llegar a su verdadera destinataria. Y Hélène no podía dejar de sentir que de alguna manera él había previsto la verdadera naturaleza de la muñeca puesto que conocía su origen, y a pesar de que la conducta superficial sólo hubiera tenido en cuenta el placer irónico de regalarle la muñeca a Tell, en alguna forma ese regalo ya había sido para Hélène, la muñeca y su contenido habían sido siempre para Hélène aunque desde luego Hélène no habría recibido jamás la muñeca si a Tell no se le hubiese ocurrido enviársela, y así por debajo y a pesar de todas las contingencias y las improbabilidades y las ignorancias el camino era abominablemente recto e iba de él a Hélène, y en ese mismo minuto en que estaba tratando de explicarle que jamás se le hubiera ocurrido hacer eso que había terminado en una monstruosidad, algo le devolvía en plena cara el bumerang de porcelana y rizos morenos que había llegado desde Viena para Hélène toda su responsabilidad en eso que había ocurrido por el doble azar de un capricho y de un golpe contra el suelo. Ahora era casi simple comprender por qué había sentido que alguien más que Hélène lo estaba esperando en el departamento, por qué había vacilado en la puerta como a veces en la ciudad, se vacilaba antes de entrar en alguna parte aunque después inevitablemente hubiera que entrar cerrando la puerta a la espalda.

Las almendras y el chocolate se habían terminado, llovía despacio sobre la claraboya y Celia se amodorraba, mal envuelta en una sábana arrugada, oyendo como desde lejos la voz de Austin, perdida en una fatiga que debía ser la felicidad. Sólo por momentos la hostigaba otra cosa, como si algo se trizara finamente en ese blando, uniforme abandono, una mínima grieta que la voz de Austin volvía a colmar por un rato, y debía ser muy tarde y tendrían que decidirse a bajar a comer, y Austin se empecina en preguntar pero piensa un poco, piensa en eso, ¿qué conocía yo de ti?, inclinándose para besarla y repetir la pregunta, ¿qué conocía yo realmente de ti? Un rostro, unos brazos, tus pantorrillas, tu manera de reírte, lo mucho que vomitaste en el ferry-boat, nada más. Estúpido, había dicho Celia con los ojos cerrados, y él insistía, piensa un poco porque es grave, es tan importante, desde el cuello a las rodillas el gran misterio, estoy hablando de tu cuerpo, de tus senos, por ejemplo, qué sabía yo más que una forma marcándose en tu blusa, ya ves, son más pequeños de lo que imaginaba pero todo eso no es nada al lado de otra cosa mucho más grave y es que también tú tenías que descubrir que otros ojos iban a verte por primera vez, lo que se dice verte tal como eres, enteramente tú y no el sector de arriba y el sector de abajo, ese mundo de mujeres descuartizadas que miramos en la calle, esos pedazos que ahora mi mano puede juntar en uno solo, de arriba abajo, así. Ah cállate, había dicho Celia, pero era inútil, Austin quería saber, necesitaba saber quién había podido mirar alguna vez así su cuerpo, y Celia había vacilado un instante, sintiendo que en la felicidad se abría otra vez paso la fina grieta instantánea, y después había dicho lo previsible, nadie, en fin, el médico, claro, una compañera de habitación cuando veraneaban en Niza. Pero no así, por supuesto. Pero no así, había repetido Austin, naturalmente que no así, y por eso tienes que comprender lo que es haber creado de una vez por todas tu cuerpo como lo hemos creado tú y yo, acuérdate, tú vuelta de espaldas y dejándote mirar, yo bajando poco a poco la sábana y viendo nacer eso que eres tú, esto que ahora se llama de veras con tu nombre y habla con tu voz. El médico, me pregunto qué pudo ver el médico de ti. Sí, en algún sentido más que yo si quieres, palpando y sabiendo y ubicando, pero ésa no eras tú, eras un cuerpo antes y después de otro, el número ocho un jueves a las cinco y media en un consultorio, una inflamación de la pleura. Las amígdalas, había dicho Celia, y el apéndice hace dos años. Como tu madre, si vamos al caso, cuando eras pequeña nadie pudo conocerte mejor que ella, es obvio, pero tampoco eras tú, solamente hoy, ahora en esta pieza eres tú, tampoco tu madre cuenta, sus manos te limpiaban y conocían cada repliegue de tu carne y te hacían todo lo que hay que hacerle a un niño casi sin mirarlo, sin ponerlo definitivamente en el mundo como yo a ti ahora, como tú y yo ahora. Vanidoso, había dicho Celia, abandonándose otra vez a la voz que la adormecía. Y las mujeres hablan de virginidad había dicho Austin, la definen como la hubieran definido tu madre y tu médico, y no saben que solamente hay una virginidad que cuenta, la que precede a la primera mirada verdadera y se pierde bajo esa mirada, en el mismo instante en que una mano alza la sábana y junta por fin en una sola visión todas las piezas del puzzle. Ya ves, en lo más hondo yo te tomé así antes de que empezaras a quejarte y quisieras una tregua, y si no te escuché y no tuve lástima fue porque ya eras mía, nada de lo que hiciéramos o no hiciéramos podía cambiarte. Fuiste bruto y malo, había dicho Celia, besándolo en el hombro y acurrucándose, y Austin había jugado con el vello rubio de su vientre y había dicho algo sobre el milagro, que el milagro no había cesado, le gustaba decir cosas así, no, no ha cesado, insistía, es algo lento y maravilloso y durará todavía mucho, porque cada vez que miro tu cuerpo sé que tengo todavía tanto por descubrir, y además te beso y te toco y te respiro, y todo es tan nuevo, estás llena de valles desconocidos, de barrancos llenos de helechos, de árboles con lagartos y madréporas. No hay ninguna madrépora en los árboles, había dicho Celia, y me da vergüenza, cállate, tengo frío y dame la sábana, tengo vergüenza y frío y eres malo. Pero Austin se inclinaba sobre ella, apoyaba la cabeza entre sus senos, déjate mirar, déjate poseer de verdad, tu cuerpo es feliz y lo sabe aunque tu pequeña conciencia de niña bien criada lo niegue todavía, piensa hasta qué punto era horrible y contra natura que tu piel toda entera no hubiese conocido la verdadera luz, apenas el neón de tu cuarto de baño, el falso beso frío de tu espejo, tus propios ojos examinándolo hasta donde alcanzaban a verlo, mal y falsamente, sin generosidad. Ya ves, apenas te quitabas un slip ya venía otro a reemplazarlo, caía un corpiño para que el siguiente aprisionara esas dos palomitas absurdas. El vestido rojo después del gris, la falda negra después de los blue-jeans, y los zapatos y las medias y las blusas... ¿Qué sabía tu cuerpo del día? Porque esto es el día, estar los dos desnudos y mirándonos, éstos son los únicos espejos de verdad, las únicas playas con sol. Aquí, había agregado Austin un poco avergonzado de sus metáforas, tienes un lunar muy pequeño que quizá no conocías, y aquí otro, y entre los dos y este pezón hacen un bonito triángulo isósceles, no sé si lo sabías, si tu cuerpo tenía verdaderamente esos lunares hasta esta noche.

—Tú eres más bien pelirrojo y horrible —dijo Celia—. Ya es tiempo de que te enteres si vamos al caso, a menos que Nicole te lo haya explicado en detalle.

—Oh no —dijo Austin—. Ya te conté, era otra cosa tan distinta, no había nada que descubrir entre nosotros, ya sabes cómo pasó. No hablemos más de ella, sigue diciéndome cómo soy, también quiero conocerme, yo también era virgen, si quieres. Oh sí, no te rías, yo también era virgen, y todo lo que te he dicho vale por los dos.

—Hm —dijo Celia.

—Sigue diciéndome cómo soy.

—No me gustas nada, eres torpe y demasiado fuerte, y estás lleno de olor a tabaco, y me has hecho daño y quiero agua.

—Me hace bien que me mires —dijo Austin—,

y quisiera advertirte que no termino en absoluto a la altura del estómago. Sigo más abajo, mucho más abajo, si te fijas bien verás una cantidad de cosas: allá están las rodillas, por ejemplo, y en este muslo tengo una cicatriz que me hizo un perro en Bath, un día de vacaciones. Mírame, aquí estoy.

Celia se incorporó sobre un codo, estirándose alcanzó el vaso de agua en la mesa de noche, lo bebió sedienta. Austin se apretó contra ella, una mano perdiéndose en su espalda, profundamente, mientras Celia se volvía para esconder la cara en su pecho y de pronto se contraía como negándose, sin rechazarlo pero bruscamente aparte, iniciando una frase ahogada y callándose, temblando bajo una caricia que la poseía hasta lo más hondo, y reconociendo ese mismo temblor en el recuerdo y rechazándolo para decir con una voz casi inaudible: «Austin, te he mentido», aunque no había sido una mentira, se había hablado de un médico, de su madre, de gentes que la habían mirado y la habían tocado de otra manera, de una condiscípula con la que había compartido una habitación, y ella no había mentido, pero si no decirlo todo era mentir entonces sí, había mentido por omisión y la grieta se abría ahí en plena dicha, separándola de Austin que no escuchaba, que seguía acariciándola, que buscaba tenderla de espaldas sin violencia, que poco a poco parecía entender y débilmente preguntaba, retrocedía para abrir un hueco entre los cuerpos, la miraba en los ojos y esperaba. Sólo mucho más tarde, en la oscuridad, ella le habló de Hélène con frases confusas que un llanto pueril y convulso reducía a hilachas, y Austin supo que no había sido el primero en bajar lentamente una sábana para mirar una espalda inmóvil, para hacer nacer de la infancia el verdadero cuerpo de Celia.

—Ya ves —dijo Juan—, de nada me acusabas en tu carta, lo sé, pero era peor, hubiera preferido el malentendido total, un insulto, qué sé yo. Hasta Tell comprendió que no era posible, que no le hubieras escrito esa carta si no hubieras sospechado de mí.

—No era una sospecha —dijo Hélène—, para eso no había ninguna palabra posible. Una especie de mancha o de vómito, si quieres. Tendría que explicarte por qué esa mancha nació en su momento justo, sin que tuvieras nada que ver directamente, pero ya me conoces. Te agradezco que hayas venido a hablarme, en el fondo nunca hubiera podido creerte capaz de una cosa así.

—La llamaste mancha o vómito. Existía, existe. No me creías capaz pero tu carta me acusaba, por lo menos yo entendí que me acusaba.

—Supongo que sí —dijo cansadamente Hélène—, supongo que si la escribí era porque de alguna manera no conseguía dejarte fuera de lo que había sucedido. Nada de todo eso se deja entender, comprendes.

—You're telling me —murmuró Juan.

—¿Cómo resolver una pura contradicción, no sospechar de ti y a la vez sentirte culpable de eso que me había ocurrido sin que tuvieras nada que ver? Esa culpa, como una...

—Sí, yo también he sentido algo así. Como si la culpa hubiera viajado por cuenta propia en esa muñeca. Pero entonces, Hélène...

—Entonces —dijo Hélène mirándolo de lleno— parecería como si en el fondo ni tú ni yo tuviéramos nada que ver con esto. Pero no es así, y lo sabemos. Nos ha sucedido a nosotros, no a otros. Esa culpa de la que hablas, esa culpa que anda sola...

Juan vio que se tapaba la cara con las manos

y se preguntó, con una especie de pánico y una horrible ternura inútil, si Hélène iría a llorar, si alguien iba a ver esa imposibilidad, las lágrimas de Hélène. Pero su cara era la de siempre cuando apartó las manos.

—En todo caso, puesto que has venido por eso, me parece justo decirte que sucedió exactamente cuando debía suceder, y que se puede hablar de misión cumplida, cualquiera que sea. Todo eso me concierne a mí, solamente a mí. Me arrepiento de haberle escrito a Tell, de haberte afligido. Perdóname.

Juan tendió vagamente una mano, la retiró con un gesto casi pueril para buscar un cigarrillo.

—¿Dónde está?

—Ahí —dijo Hélène, mostrando un placard—. A veces la saco de noche. Haz lo que quieras con ella, no tiene importancia.

Entonces el paquete era eso, y Hélène había bajado del tranvía llevando el paquete con la muñeca cuando hubiera sido tan simple abandonarlo en el tranvía atestado, dejarlo caer en cualquier parte sin abrirlo, sin que se rompiera. Ahora, allí donde la buscara, Juan sentía que el paquete colgaría de la mano de Hélène y que cuando encontrara a Hélène en la ciudad o en cualquier parte la muñeca seguiría con ella como ahora, en el placard o en otro mueble o todavía dentro del paquete. Y sería inútil imaginar que el paquete podía contener otra cosa, un equipo portátil de anestesia, muestras de remedios, un par de zapatos, como había sido inútil imaginar que él podría bajarse en la misma esquina que Hélène, inútil y todavía más amargo ahora que le parecía adivinar un oscuro sentido en esa esperanza, como si alcanzar a Hélène y liberarla del peso del paquete hubiera podido cerrar, dejar atrás uno de esos esquemas que se cumplían por fuera, como si encontrarse por fin en la ciudad hubiera podido lavarlos de esas culpas que andaban solas, rebotando en espejos de restaurantes y manchas de linternas sordas en las alfombras, mientras ahora, encendiendo otro cigarrillo, tan cerca uno del otro, nada tenía sentido, nada existía verdaderamente fuera del gesto de frotar un fósforo, mirarse un segundo por encima de la llama, agradecer con un movimiento de la mano

—¿Cómo no la destruiste? —preguntó Juan, y su voz me llegó con la violencia de un golpe aunque estaba segura de que había hablado en voz muy baja, saliendo de un silencio en que los dos habíamos estado perdidos, desencontrados como nunca, él quizá obstinándose en razones y caminos. la cabeza gacha, el perfil agudo e inmóvil como si también estuviera esperando el dolor de la aguja que le buscaría la vena del brazo. Quizá hubiera podido detenerlo antes que se levantara y fuera a abrir el placard, decirle que era inútil y que él sabía que era inútil, que de alguna manera la aguja ya estaba clavada en la vena y todo se cumpliría sin que lo quisiéramos ni lo impidiéramos, en la interminable libertad de elegir lo que de nada nos serviría. Dejando el cigarrillo en el cenicero, Juan fue hacia el placard y lo abrió de un tirón. La muñeca estaba sentada contra el fondo en penumbras, desnuda, sonriendo entre sábanas y toallas. Al lado se veía la caja con las ropas, los zapatos y una capucha; se olía a sándalo y quizá a estopa, en la semioscuridad era difícil ver la rotura oculta a medias por las rodillas levantadas. Juan tendió la mano y tiró de un brazo, atrajo la muñeca hasta la zona iluminada del borde del armario donde una sábana minuciosamente plegada figuraba a la escala de la muñeca una camilla o una mesa de operaciones. El cuerpo se abrió en dos sobre la sábana y Juan vio que Hélène no había tratado siquiera de cerrar la rotura con un esparadrapo, cerrar otra vez lo que blandamente se volcaba sobre la sábana.

—No me molesta que siga ahí —dijo la voz de

Hélène a su espalda—. Si lo prefieres llévatela, pero me da igual.

Juan cerró el placard con un golpe que hizo saltar los objetos sobre la mesa baja. Hélène no se movió siquiera cuando sus manos se cerraron en sus hombros y la sacudieron.

—No tienes derecho a hacer eso —dijo Juan—. Una vez más no tienes derecho a hacer eso conmigo. Culpable o no culpable, yo te la envié. Soy yo el que está ahí dentro para tu venganza, soy yo lo que miras cada vez que abres ese placard, cada vez que la sacas de noche, cada vez que te acercas con una linterna para mirarla, o te la llevas bajo el brazo.

—Pero yo no tengo por qué vengarme de ti, Juan —dijo Hélène

Quizá era la primera vez que pronunciaba su nombre esa noche. Lo dijo al término de la frase, el nombre nació con un timbre, con una inflexión que no hubiera tenido de otra manera, cargado de algo que iba más allá de la información y que Hélène pareció lamentar porque le temblaron los labios y lentamente procuró desasirse de los dedos que seguían hincándose en sus hombros, pero él me retuvo con más fuerza y casi grité y me mordí la boca hasta que comprendió y con un confuso rumor de excusa se apartó bruscamente y me dio la espalda.

—No es por ti que la guardo —le dije—. Ahora no tiene sentido que te lo explique, pero no es por ti. No fui yo quien la desnudó, sabes, ni tampoco yo la rompí.

—Perdóname —dijo Juan, siempre de espaldas—, pero no me es fácil creerte ahora. Con fetiches, con altares así uno se siente podrido para siempre en otro, y cuando ese otro eres tú... Siempre me tuviste rencor, siempre te vengaste de alguna manera. ¿Quieres saber cómo me llamó un día mi paredro? Acteón. Es muy culto, ya sabes.

—No fui yo quien la desnudó —dijo de nuevo

Hélène como si no hubiera oído—. Todo eso pertenece a otra cosa que ocurrió sin que tuvieras nada que ver directamente. Y sin embargo estás aquí por eso, y otra vez tenemos que pensar que nos usan, que servimos vaya a saber para qué.

—No te sientas obligada a explicar —dijo Juan, volviéndose bruscamente—. Yo también sé que no sirve de nada.

—Oh, ya que estamos locos déjame decirte una locura: yo te maté. Juan, y esto empezó entonces, ese mismo día en que te maté. No eras tú, claro, y tampoco a él lo maté, era lo mismo que la muñeca o esta conversación, una remisión a otras cosas pero con una especie de responsabilidad total, si me entiendes Siéntate aquí de nuevo, dame whisky, sírvelo tú, quieres. Dame un gran vaso de whisky, esto sí podré contártelo, me hará bien, y después te irás si quieres, quizá sea mejor que te vayas pero antes dame whisky y otro cigarrillo, Juan. Es insensato pero se te parecía tanto y estaba desnudo, era un muchacho más joven que tú pero tenía una manera de sonreírse como la tuya, un pelo como el tuyo, y se me murió entre las manos. No digas nada, escucha; no digas nada ahora.

¿De dónde venía esa voz que era inconcebiblemente la voz de Hélène? Tan cerca, sintiendo alentar su respiración entrecortada, me era imposible creer que fuese ella la que hablaba así, repitiendo mi nombre cada tantas palabras, murmurando frases truncas, retenidas o lanzadas casi como un grito mientras me contaba esa muerte mía cediéndome un pedazo de su larga noche vedada, hundiendo otra vez la aguja en mi vena. Me lo contaba a mí, bebía y fumaba conmigo contándome todo eso, pero yo sabía que no le importaba, que no le había importado nunca, que otra cosa había nacido en el momento de esa muerte que se había parecido a mi muerte, y entonces había llegado la muñeca y alguien la había dejado caer como alguien había podido pedir un castillo sangriento o mirar una casa con el relieve de un basilisco, poniendo de alguna manera todo eso que ahora tomaba la forma del llanto en la voz de Hélène. Sentí que si hubiera podido bajar al mismo tiempo que ella en esa esquina donde la había perdido, quizá todo se habría dado en otra forma aunque más no fuese porque más tarde no me habría sentido tan desesperado junto a Tell y acaso a Tell no se le hubiera ocurrido enviar la muñeca como un irónico capricho. Y a la vez nada se tenía en pie porque si algo podía yo saber era que Hélène y yo no bajaríamos nunca juntos en ninguna esquina de la ciudad o de ninguna parte, y aunque en otro tiempo me hubiera cedido algunas palabras amables o un paseo de camaradas por el borde del canal Saint-Martin, lo mismo no nos encontraríamos de veras en ninguna parte y su nueva voz, ese nombrarme histéricamente cada tantas palabras, ese llanto que ahora se resolvía por fin en lágrimas tangibles, en un reflejo que bajaba por sus mejillas y que ella apagaba con el revés de la mano hasta que volvía a encenderse, nada de eso tenía que ver conmigo y en el fondo me rechazaba una vez más, poniéndome como el testigo exterior e insoportable de lo peor que podía ocurrirle a Hélène, de la desdicha y las lágrimas de Hélène. Hubiera querido evitárselo, devolverla a su cortés distancia para que alguna vez me perdonara haber asistido a esa derrota, y al mismo tiempo cedía a un goce para el que no había palabras, la sentía débil y quebrada bajo el peso de algo que la había arrancado a esa negociación minuciosa de la vida que la obligaba a llorar mirándome en los ojos que le exigía seguir, manchada y lastimada, arrastrando su paquete y hundiendo los zapatos en un barro tibio de palabras y de lágrimas. Una y otra vez me habló del muchacho muerto, sustituyéndolo y sustituyéndome en un

lento delirio que la llevaba y la traía de una sala
de la clínica a ese monólogo frente a mí (yo había
apagado las luces del living, dejando sólo una lámpara en un rincón para que Hélène pudiera llorar
sin ese gesto irritado de pasarse la mano por la
cara), y en muchos momentos era como si yo fuese
el enfermo tendido en la camilla y ella le estuviese
hablando de mí hasta que bruscamente invertía
los términos y con el gesto de secarse las lágrimas
como si se arrancara una máscara volvía a hablarme y repetía mi nombre y yo sabía que era inútil,
que su máscara estaba siempre ahí, que no era por
mí que se abandonaba a la desesperación, otra
Hélène persistía más adentro, otra Hélène seguía
bajando en una esquina que no me era dado alcanzar aunque la tuviera ahí casi entre los brazos. Y ésa, la que se alejaba llevando el paquete,
la que inútilmente lloraba ante mí, guardaría para
siempre las llaves del castillo sangriento; mi última, triste libertad era imaginar cualquier cosa,
elegir cualquier Hélène entre las muchas que en
las charlas del café habían postulado alguna vez
mi paredro o Marrast o Tell, imaginarla frígida o
puritana o simplemente egoísta o resentida, víctima de su padre o peor aún, victimaria de alguna
oscura presa inconcebible como algo me lo había
hecho sentir en la esquina de la rue de Vaugirard, en la mancha amarilla de la linterna sorda
buscando la garganta de la chica inglesa, y qué
podía importarme todo eso si la amaba, si el
pequeño basilisco que alguna vez se había paseado
por su pecho resumía en su verde relámpago mi
interminable servidumbre.

En algún momento dejé de hablar, quizá Juan
me pidió que callara, en todo caso había apagado
las luces y ya tantas veces me había alcanzado su
pañuelo sin lastimarme con una mirada de frente,
atento a su cigarrillo y a su vaso, dejando que la
fatiga y el asco de mí misma me consumieran al
final como ese fósforo que había visto quemarse

entre sus dedos hasta el brusco gesto de rechazo. Cuando me perdí en un silencio que por dentro seguía luchando con las espinas que me arañaban la garganta, él vino a sentarse a mi lado, me secó la cara, llenó mi vaso, hizo tintinear el hielo. «Bebe un buen trago», dijo, «sigue siendo lo mejor para nosotros». Su perfume de siempre, una colonia un poco áspera y fresca, se mezcló con el sabor del whisky. «No sé si has podido entender», le dije, «quise que por lo menos comprendieras que nada es arbitrario, que no te he hecho sufrir por perversidad, que no te maté por placer». Sentí que sus labios buscaban mi mano y la besaban levemente. «No sé querer así», le dije, «y sería inútil esperar alguna cosa de la costumbre, de la rutina. Vaya a saber si Diana no se entregó a Acteón, pero lo que cuenta es que después le echó los perros y probablemente gozó viendo cómo lo destrozaban. No soy Diana pero siento que en alguna parte de mí hay perros que esperan, y no hubiera querido que te hicieran pedazos. Ahora se usan inyecciones intravenosas, simbólicamente claro está, y la mitología ocurre en un líving donde se fuma tabaco inglés y se narran historias también simbólicas, se mata a alguien mucho antes de recibirlo en casa y darle whisky y llorar su muerte mientras él nos ofrece su pañuelo. Tómame, si quieres, ya ves que no te prometo nada, que sigo siendo la misma. Si te crees más fuerte, si imaginas que podrías cambiarme, tómame ahora mismo. Es lo menos que puedo darte y es todo lo que puedo darte». Lo sentí que temblaba contra mí, le ofrecí mi boca sucia de palabras, agradeciéndole que me hiciera callar, que me volviera un objeto obediente en sus brazos. Hacia el amanecer me dormí por fin (él fumaba, tendido boca arriba, y estábamos en la oscuridad); alcancé a ver su perfil iluminado por la brasa del cigarrillo y apreté los párpados hasta hacerme daño, hasta resbalar a un sueño sin imágenes.

Cuando se corrió el velo de plástico verde y la banda municipal de Arcueil tocó *Sambre et Meuse*, los primeros comentarios audibles para mi paredro fueron pero no tiene la espada ni el escudo / es un Picasso / ¿dónde está la cabeza? / parece un pulpo / dis donc, ce type-là se fout de nos gueules / ¿eso ahí arriba es un baúl? / la mano derecha la tiene puesta en el culo / no es el culo, es la Galia / qué enseñanza para los niños / ya no hay religión / prometieron limonada y banderitas / ça alors / ahora comprendo a Julio César / no hay que exagerar, eran otros tiempos / pensar que Malraux tolera esto / ¿está desnudo o eso que tiene ahí abajo qué es? / pobre Francia / yo vine porque recibí esa invitación en cartulina celeste tan distinguida, pero te juro por lo más sacrosanto que si me llego a sospechar /

—Pero, tía, es el arte moderno —dijo Lila.

—No me vengas con futurismos —dijo la señora de Cinamomo—. El arte es la belleza y se acabó. Usted no me contradecirá, joven.

—No, señora —dijo Polanco que gozaba como solamente un cerdo

—No es a usted que le hablo sino a ese otro joven —dijo la señora de Cinamomo—. Usted y sus compinches ya se sabe que son carne y uña con el autor de ese espanto, para qué habré venido, Dios mío.

Como de costumbre las reflexiones de la señora de Cinamomo activaban instantáneamente las tendencias de los tártaros a explicarle las cosas a su manera. «Guti guti guti», dijo mi paredro. «Ostás ostás fetete», dijo Tell. «Poschos toquetoque sapa», dijo Polanco. «Tete tete fafa remolino», sostuvo Marrast, a quien naturalmente le tocaba defender la estatua. «Bisbis bisbis», dijo Feuille Morte. «Guti guti», dijo mi paredro. «Ptac», dijo Calac, que confiaba en que el monosílabo cerrara la discusión. «Honk honk honk», dijo Marrast que por el contrario quería mantenerla encendida. «Bisbis bisbis», dijo Feuille Morte siempre un poco inquieta por el giro que iba tomando la conversación. «Honk honk honk», insistió Marrast, que jamás daría su brazo a torcer. «Ptac», dijo Calac satisfecho al ver que la señora de Cinamomo les volvía una espalda de rayón violeta y arrastraba a Lila que los miraba entristecida y cada vez más lejos. De todo eso y de tanto más pudieron hablar a gusto en el tren de vuelta, con el cansancio y los vasos de limonada que los habían llenado de una agradable languidez gástrica, lamentando solamente que Marrast hubiera tenido que quedarse en Arcueil rodeado de ediles que disimularían con un banquete las ganas que debían tener de partirle la cabeza. A los tártaros la estatua del héroe les había parecido magnífica y estaban convencidos de que jamás una piedra de hule se había alzado con una agresividad tan calculada en el centro de una plaza francesa, sin contar que la idea de esculpir el pedestal en la parte superior era muy lógica para ellos y podía prescindir de todo comentario, por lo menos en el caso de Calac y de Polanco que habían acabado por vencer la tímida resistencia de Tell para quien la sirenita de Andersen en el puerto de Copenhague seguía siendo un canon absoluto en materia escultórica.

El tren estaba casi vacío y mostraba una sensible tendencia a detenerse en todas las estaciones y hasta entre dos de ellas, pero como nadie tenía el menor apuro se habían distribuido en un vagón donde el sol de la tarde fabricaba toda clase de espectáculos cinéticos en los respaldos y los asientos, favoreciendo el clima artístico con que lo habían abordado los tártaros. En un asiento del fondo, Nicole y Hélène fumaban silenciosas y sólo de cuando en cuando salían de la distracción para comentar las opiniones de la señora de Cinamomo, la tristeza con que Lila había tenido que arrancarse de la contemplación de Calac, y la aplicación que había puesto la hija de Boniface Perteuil en admirar todo lo que admiraba Polanco en materia de inauguraciones. Se estaba muy bien en ese vagón casi vacío donde se podía fumar, ir de un asiento a otro para charlar o pelearse con los amigos, divertirse con las caras de Celia y Austin tomados de la mano y mirando el paisaje suburbano como si fuera el de Arcadia; nos sentíamos casi como en el *Cluny* aunque nos faltaran Curro y el café, aunque el pobre Marrast hubiera tenido que quedarse por culpa del maldito banquete, y cada uno se divertía o se distraía a su manera, sin contar el instante glorioso en que el guarda descubrió que Calac no tenía boleto y procedió a extenderle una enorme hoja amarilla con multa y recargo y amonestación para interminable regocijo de Polanco, Tell y mi paredro, todo eso entre recuerdos de inauguraciones y naufragios, hasta el momento en que mi paredro sacó al caracol Osvaldo y se trató de saber (con las apuestas correspondientes) si Osvaldo sería capaz de recorrer íntegramente el borde de un respaldo mientras el tren salvaba la distancia de Arcueil a París, incorporando de paso el elemento de poesía que representaba la idea de su desplazamiento perpendicular con relación a la marcha del tren y la diagonal imaginaria resultante de los dos movimientos en cruz y las velocidades respectivas.

Como solía ocurrirles cuando se encontraban después de viajes y ausencias, los tártaros estaban entre perturbados, satisfechos y belicosos. Ya al final de la inauguración habían polemizado acerca de un sueño de mi paredro que, según Calac, coincidía sospechosamente con una película de Milos Forman, y Tell había intervenido para modificar el desenlace, con el consiguiente desmentido de mi paredro y las aportaciones colaterales de Polanco y Marrast que habían llevado el sueño a dimensiones que su iniciador consideraba una pura fantasía. El vaivén del viaje los incitaba ahora a la nostalgia y a la distracción, y los que realmente se quedaban dormidos y soñaban por momentos, no se sentían inclinados a contarlo a los otros. Amodorrado, Polanco recordaba con algo que debía ser emoción la presencia de la hija de Boniface Perteuil en la ceremonia inaugural, es decir que la gorda seguía queriéndolo a pesar del naufragio, aunque la contrapartida de esas rememoraciones sentimentales era la idea recurrente de que se había quedado sin trabajo y que habría que ponerse a buscar otro. «Chófer de taxi», pensaba Polanco que elegía siempre un buen trabajo aunque después aceptara cualquier cosa. «Tener un taxi y circular de noche levantando pasajeros sospechosos, hacerse llevar por ellos a los sitios más increíbles, porque en realidad es el pasajero el que lo lleva a uno y el taxi llega a sitios desconocidos y callejones sin salida, ocurren cosas y siempre hay un poco de peligro por la noche, y después, pibe, dormir de día que es a lo que más aspira un tipo como yo.»

—Llevaré a todo el mundo gratis —proclamó Polanco—, por lo menos los tres primeros días, y después bajo la bandera y no la levanto hasta las calendas griegas.

—¿De qué habla? —le preguntó Calac a mi paredro.

—Por lo de la bandera parecería que se le ha contagiado el patriotismo municipal de hace un rato —dijo mi paredro alentando a Osvaldo que siempre se desanimaba un poco a partir del tercer centímetro—. No me le merme, hermano, a ver si su fiaca me va a costar mil francos. Mirá, mirá cómo reacciona, soy el Leguisamo de los moluscos, fijate qué vivacidad en esos cuernitos.

—Bisbis bisbis —dijo Feuille Morte que no había apostado nada pero era como si.

Armado de una libreta, Calac escribía en un

rincón un proyecto de libro o algo así, y de cuando en cuando, entre dos pitadas al cigarrillo, miraba a Hélène y a Nicole sentadas frente a él y les sonreía sin demasiadas ganas, por pura costumbre, un poco porque no le hacía demasiado bien mirar a Nicole y sobre todo porque ya estaba profundamente hundido en la literatura y el resto era como un juego de polillas. Precisamente entonces Polanco vino a hablarle del taxi, y Calac le contestó de mala manera que jamás subiría a un taxi conducido por semejante cronco. ¿Ni siquiera gratis? Mucho menos, porque eso era mero chantaje sentimental. ¿Ni siquiera cinco cuadras para probar el tapizado? Ni dos metros.

—Usted desentona aquí, don —dijo Polanco—. A buena hora me viene a sacar esa libretita y a tomar apuntes. Apuntes de qué, me pregunto yo.

—Ya era tiempo —dice Calac— de que alguien tomara nota de esta colección de anormales.

—Et ta soeur —dijo Tell, que no le perdía pisada.

—No le hagás caso —lo despreció Polanco—, ya te imaginás lo que puede escribir semejante petiforro. Decime una cosa, che: ¿por qué no te volvés a Buenos Aires ya que parece que allá sos bastante conocido, andá a saber por qué?

—Te voy a explicar —dijo Calac cerrando la libreta como un abanico japonés, signo de particular cólera—. No he podido resolver un problema básico, y es que allá hay tanta gente que me quiere bien *in absentia* que si volviera quedaría seguramente muy mal con todos, sin contar que además hay una enormidad de puntos que me quieren mal y que estarían encantados de ver cómo quedo mal con los que me quieren bien.

La explicación fue recibida, como correspondía, con un minuto de silencio.

—Ya ves —reaccionó congruentemente Polanco— que harías mucho mejor en subir a mi taxi que no tiene tanta milonga. ¿A vos no te parece, slípin biúti?

—No sé —dijo Nicole que volvía de una larga distracción—, pero yo sí subiría a tu taxi amarillo, eres tan bueno y me llevarías a.

—Como dirección es más bien imprecisa —murmuró Calac abriendo otra vez la libreta.

—Sí, bonita, yo te llevaré —dijo Polanco— y a ese petiforro lo dejaremos plantado a menos que vos me pidas otra cosa. Bueno, de acuerdo, que suba, que suba, decime si esto es vida.

¿Por qué no, después de todo, por qué no subiría Calac al taxi con Nicole, y por qué de golpe el taxi era amarillo? La mano apretaba la libreta, y el lápiz se había detenido en la palabra detenido, y ya tantas veces Calac había acompañado a Nicole a los sitios más absurdos, a sentarse con ella en un sofá de museo a la estación para alcanzarle caramelos por la ventanilla, incluso habían hablado de irse juntos de viaje y aunque no lo hubieran hecho a Calac le alegraba descubrir que Nicole lo había invitado a subir al taxi amarillo a pesar de la cólera de Polanco. La miró un momento, sonriéndole, y se guareció detrás de la libreta porque algo le decía que Nicole estaba otra vez lejos, todavía débil y sin voluntad de participar en los juegos, perdida en la contemplación de la calle que remontaba hacia el norte (pero eso ya no lo veía Calac) en cuyo lejano término brillaban las aguas del canal, un brillo engañoso porque las paralelas de los soportales se encontraban en el horizonte y el brillo podía ser el de alguna de las torres de aluminio y cristales y no el de las aguas del canal; entonces no quedaba más que echar a andar bajo las galerías, escogiendo una u otra acera sin razones determinadas, y subir cuadra tras cuadra en dirección del brillo lejano que casi seguramente sería el del canal al atardecer. No valía la pena apurarse, de todos modos cuando llegara al borde del canal me sentiría sucia en la ciudad, y quizá por eso con tanta frecuencia se perdía un tiempo interminable en los pasillos del hotel que conducían a los baños donde después era imposible bañarse porque las puertas estaban rotas o no había toallas, pero algo me decía que ahora ya no habría más pasillos ni ascensores ni retretes, que por una vez no habría dilaciones y que la calle de las arcadas me llevaría por fin al canal de la misma manera que los rieles (pero eso ya no lo veía Nicole) estaban llevando al tren de Arcueil a París, y la vistosa pista plateada que laboriosamente fabricaba el caracol Osvaldo lo iba llevando de un lado al otro del respaldo del asiento junto al cual y a la luz de cálculos cada vez más precisos se enardecían los ánimos deportivos.

—Otro pasito, Osvaldo, no te me achiqués que ya se adivina el parpadeo de las luces de la urbe —lo alentaba mi paredro—. Cuatro centímetros y medio en treinta y ocho segundos, un promedio excelente; si sigue así vos podés ir garpando los mil francos, menos mal que esta mañana le di ración extra de lechuga previendo los sobresaltos de la inauguración de la estatua, se ve que el metabolismo le responde este animal es la alegría de mi vida.

—Cuando llegue a esa veta negra que parece la huella de una escupida más bien cargada, frenará con los cuatro cuernos —vaticinó Polanco.

—Estás loco —dijo mi paredro—. Nada le gusta más que la saliva aunque esté seca. El último tramo lo va a hacer a media rienda, tiene una moral de fierro.

—Vos te lo trabajás de palabra y así cualquiera gana —se quejó Polanco—. Vení aquí, Feuillé Morte, dame una mano que éste se está aprovechando de su labia.

—Bisbis bisbis —dijo Feuille Morte, solidaria.

—Y esa otra ahí, hablando de laúdes —rezongó Polanco— Nena vení una cosa. Ah, si estuviera mi gorda, ésa sí que tiene fibra.

Celia sonreía vagamente con el aire de no haber entendido nada, y seguía escuchando a Austin que se empecinaba en iniciarla en las diferencias entre violas, arpas y pianos verticales. No podía dejar de ver a Hélène aunque toda la tarde había tratado de evitarla desde la llegada a la plaza de Arcueil cuando Hélène había saludado a los tártaros just back from England y se había puesto a charlar con Nicole y con Tell. Desde su privilegiado lugar entre los ediles, Marrast le había hecho una seña de bienvenida y agradecimiento, y Hélène le había sonreído como para alentarlo al pie del cadalso. Así los tártaros volvían a encontrarse y estaban contentos, pero Celia se había atado al brazo de Austin sin acercarse demasiado a nadie, y al subir al tren había esperado que Hélène eligiera un lugar junto a Nicole para buscar un asiento en el otro extremo del vagón. «Aquí», había dicho mostrando una banqueta de espaldas a los tártaros, pero Austin se había negado a viajar así y mientras explicaba las diferencias entre clavecín y clavicordio tenía los ojos fijos en Hélène que fumaba y a ratos miraba una revista. También Nicole había sentido distraídamente que Austin tenía los ojos clavados en Hélène; perdida en su modorra se interrogó vagamente, se desinteresó en seguida.

—Por favor no la mires así —había pedido Celia.

—Quiero que sepa —dijo Austin.

Pero sí, bebé, cómo no iba a saberlo, cómo imaginar que Celia hubiera podido callarse, me había bastado verlos juntos en la plaza para comprender que todo estaba dicho y que era justo que estuviera dicho, que la almohada hubiera sido una vez más el viejo puente de palabras, y en algún momento Austin se habría incorporado apoyándose en un codo para mirarla como me estaba mirando ahora, con esa dureza que venía de tanta inocencia abolida, y después habría querido saber hasta lo último y Celia se habría tapado la cara y él le habría apartado las manos para repetir las preguntas, y todo habría venido así a jirones entre besos y caricias y una especie de perdón que ni ella tenía que pedir ni él que dar, un certificado para esa vida de tontos felices tomados de la mano y admirando las chimeneas y los jefes de estaciones que se iban sucediendo de Arcueil a París. «Entonces él le habrá contado a su vez lo de Nicole» se dijo Hélène, «y Celia habrá llorado un poco porque siempre quiso mucho a Nicole y comprende que la ha perdido como amiga, que nos ha perdido a Nicole y a mí, pero naturalmente no se le ocurrirá que de alguna curiosa manera ha perdido a Nicole por huir de mi lado y cruzarse entre ella y el inglesito, así como al inglesito no se le ocurrirá que en vez de odiarme me debe a Celia, y que mi paredro tiene razón cuando dice que Sartre está loco y que somos mucho más la suma de los actos ajenos que la de los propios. Y tú ahí de espaldas de pronto más sabio y más triste que ellos, de qué te habrá servido tanta previsión si al final estás danzando esta misma música insensata. Qué hacerle, Juan, fuera de encender otro cigarrillo y dejarse mirar por el bebé ultrajado, darle de frente todo el mapa de la cara para que se la aprenda de memoria».

—Ahí en esa pradera, fíjate —dijo Celia.

—Es una vaca —dijo Austin—. Volviendo al órgano hidráulico...

—¡Negra y blanca! —dijo Celia—. ¡Pero es hermosísima!

—Sí, y hasta tiene un ternero.

—¿Un ternero? Austin, bajémonos ahora mismo, vayamos a mirarlos de cerca, nunca he visto de veras una vaca, te lo juro.

—No es nada tan extraordinario —dijo Austin.

—Estamos por entrar a una estación, podemos tomar el tren siguiente, bajémonos sin saludar, sin que se den cuenta.

Nicole entreabrió los ojos y los vio pasar borrosamente, imaginó que buscarían otro vagón para sentirse más solos, tan distantes como esa tarde Marrast rodeado de ediles entrando en la sala del banquete después de los discursos, como Juan de espaldas junto al asiento donde se disputaba la carrera, todos ellos borrosos y distantes, Austin alejándose, Marrast lejos, Juan de espaldas y era preferible, simplificaba la marcha calle arriba hacia el norte porque aunque no hubiera nunca sol en la ciudad se sabía que el canal estaba al norte, siempre se hablaba de subir al canal que sin embargo pocos conocían, donde pocos habían entrevisto los lisos pontones deslizándose en silencio hacia el estuario que abría la ruta a las presuntas islas. Caminar bajo los soportales se hacía cada vez más lento y penoso, pero Nicole estaba segura de que el brillo lejano le estaba mostrando el canal y no una torre, indicándole lo que tendría que hacer cuando llegara al borde aunque ahora no podía saberlo ni preguntarle a nadie, con Hélène sentada a su lado y a veces ofreciéndole un cigarrillo o hablando de la inauguración de la estatua, con Hélène a la que habría sido tan sencillo preguntarle si alguna vez había llegado hasta el canal o si siempre, como tantas otras veces, había que regresar en un tranvía o entrar en una pieza del hotel encontrarse una vez más con las verandas y los sillones de mimbre y los ventiladores.

—A esa estatua le falta vida —sostuvo Tell que seguía fiel a la sirenita de bronce—, y no porque Vercingétorix parezca un gorila enarbolando un armonio me convencerás de lo contrario. No creas que no se lo dije a Marrast, en el fondo estuvo bastante de acuerdo aunque la verdad es que lo único que le interesaba era tener noticias de Nicole y además parecía medio dormido por los discursos.

—Pobre Marrast —dijo Juan, instalándose con

Tell en el asiento que habían dejado libre Celia y Austin— me lo imagino en ese salón lleno de ediles y de estucos. que viene a ser lo mismo, pobre infeliz tragando unas costillas de cordero médio frías como ocurre siempre en esos banquetes, y pensando en nosotros tan confortables aquí en estos asientos de puro pino.

—Mucho compadecer a Marrast —dijo Tell—, y para mi ni una palabra de aliento. Pensar que luché día y noche en Londres para salvar a esa tonta, y apenas llego aquí tengo que aguantarme al otro que no acaba de comprender, que me pregunta cien veces si Nicole ha ido por su propia voluntad a la inauguración o porque yo le he impuesto mi dinamismo, te juro que lo dijo así. El pobre se moría por acercarse pero lo rodeaban los ediles y Nicole se había quedado atrás, tú ves la escena

—No comprendo por qué tenías que llevarla —dijo Juan.

—Ella insistió. me dijo que quería ver de lejos a Marrast, lo dijo de una manera que sonaba... La verdad —agregó Tell con un suspiro ominoso— es que aquí todo el mundo se mira esta tarde de una manera que en Copenhague no la entendería ni Sören Kierkegaard. Y tú, y esa otra...

—Los ojos son las únicas manos que nos van quedando a unos cuantos, bonita —dijo Juan—. No procures entender demasiado, te caería mal la limonada.

—Entender, entender... ¿Tú entiendes, acaso?

—No sé, probablemente no. En todo caso ya no me sirve de nada.

—¿Te acostaste con ella, verdad?

—Sí —dijo Juan.

—¿Y ahora?

—Hablábamos de los ojos, creo.

—Claro, pero tú dijiste que eran manos.

—Por favor —dijo Juan, acariciándole el pelo—.

262

Otra vez, quizá, pero no ahora. For old time's sake, my dear.

—Pero claro, Juan, perdóname —dijo Tell.

Juan le acarició otra vez el pelo, su manera de pedirle también él perdón. Los pocos pasajeros desconocidos acababan de bajar en una vaga estación mal alumbrada por faroles amarillentos entre árboles y galpones y playas ferroviarias, una luz que entristecía y mataba los objetos y las caras allí afuera mientras el tren se despegaba lentamente de la estación después de un pitido ronco y como inútil para meterse otra vez en la penumbra cortada por bruscas erecciones de chimeneas de ladrillo, algún árbol ya casi enmascarado por la noche y otra estación mal iluminada, detenciones inútiles porque ya nadie subía al tren, por lo menos al vagón donde habíamos quedado pocos, Hélène y Nicole y Feuille Morte y Osvaldo y Tell y Juan y Polanco y Calac, los de siempre menos Marrast sentado entre ediles imaginando ese vagón de tren, inventándolo casi en pleno banquete para viajar de alguna manera a París con los tártaros, como esa tarde en la inauguración había sentido que inventaba casi la presencia de Nicole en la plaza, Nicole con la cara lunar de la convaleciente que sale por primera vez a tomar el sol del brazo de la enfermera diplomada y nórdica, pero no había sido una invención, malcontenta, realmente estabas ahí en la última fila, entonces habías venido a ver inaugurar mi estatua, habías venido, habías venido malcontenta, y en algún momento pienso que me sonreíste para alentarme como también me había sonreído Hélène para salvarme un poco de los ediles y del representante de la sociedad de historiadores que en este momento se prepara, maldito sea, a exaltar la memoria de Vercingétorix, y a la izquierda estaba Austin mi ex alumno de francés, desde luego sin mirarme porque eso es ser un gentleman, y yo me preguntaba/ *Señoras, señores: El curso de la historia...*/ si eso era también el curso de la historia, si partiendo de unas casas rojas o del tallo de una planta entre los dedos de un médico británico se llegaba verdaderamente a eso que me rodeaba, a que la malcontenta estuviera allí/ *Ya Michelet observaba...*/ y que nada tuviera el menor sentido a menos que lo tuviera de una manera que se me escapaba de la misma manera que al ilustre orador se le escaparía el sentido de mi estatua/ *César humillará al héroe, lo hará llevar encadenado a Roma lo sumirá en una mazmorra y más tarde lo mandará decapitar...*/ y no podría comprender cómo eso que mi estatua sostiene en lo alto es su propia cabeza cortada y agigantada por la historia, convertida en dos mil años de composiciones escolares y pretexto de discursos huecos, y entonces, malcontenta, carita de azúcar, entonces qué me quedaba más que seguir viéndote de lejos como te veía esa tarde entre los tártaros, sin que me importara el curso de la historia y el laudista y lo tonta que pudiste ser, malcontenta, sin que me importara nada hasta casi al final cuando giraste la cabeza, porque eso sí tenías que hacerlo al final para devolverme a la verdad y a este lúgubre banquete, exactamente al final tenías que girar la cabeza para mirar a Juan perdido entre la gente, mostrármelo como el historiador estaba mostrando el curso de la historia y como el tallo se doblaba poco a poco entre los dedos que lo habían recibido para sostenerlo verde y erguido y hermodactylus hasta la eternidad./ *(Aplausos.)*

Alguien le tocó suavemente el hombro, un camarero le avisó que le telefoneaban desde París. Era absurdo esperar eso, Marrast se lo repitió mientras se dejaba guiar hasta una oficina, no podía ser que en el otro extremo del hilo esperara la voz de Nicole. No podía ser, como muy claramente se dedujo del hecho de que la voz era la de Polanco, que además no hablaba desde París sino desde la cabina telefónica de una estación suburbana con nombre doble que Polanco no recordaba y tampoco mi paredro o Calac o Tell que al parecer estaban también amontonados en la cabina.

—Mirá, pensamos que ya estarías harto de discursos y te llamamos para encontrarnos y beber un poco de vino —dijo Polanco—. La vida no es solamente estatuas, comprendés.

—Vaya si lo comprendo —dijo Marrast.

—Entonces vos te venís para acá y te esperamos para jugar a las cartas o algo así.

—De acuerdo —agradeció Marrast—, pero lo que no entiendo es que me hablen desde una estación. ¿Osvaldo, dijiste? Mejor pásame a mi paredro, puede ser que entonces comprenda algo.

Terminamos por hacerle entender pero llevó un buen rato porque la línea no era muy buena y además había que explicarle los antecedentes del asunto, empezando por la apuesta entre mi paredro y Polanco y la notable performance de Osvaldo que llevaba todas las de ganar y había ya salvado sin siquiera mirarla la mancha negruzca que era la última esperanza de Polanco, hasta el momento de la llegada de un tipo galoneado que se nos apiló con un aire de circunstancias en el que predominaba una especie de rictus cadavérico, y que nos conminó a tirar a Osvaldo por la ventanilla so pena de expulsión inmediata del convoy.

—Señor inspector —dijo Calac que siempre se adelantaba intempestivamente en casos parecidos, aunque hasta ese momento había estado como perdido en su libreta de apuntes—, la inocencia de este juego no necesita demostración.

—¿Usted tiene algo que ver con esto? —preguntó el inspector.

Calac respondió que no, pero que como el caracol Osvaldo era incapaz por el momento de acceder a la lengua francesa, creía oportuno constituirse en su representante oficioso para insistir en la perfecta innocuidad de su derrotero en el respaldo.

—El animal sale por esa ventanilla o ustedes tres se bajan en la próxima —dijo el inspector sacando un carnet angosto y largo y mostrando un artículo ilegible con un dedo más bien sucio. Mi paredro y Polanco se inclinaron para leer el artículo incriminatorio con una aplicación que disimulaba el ataque de risa que les había dado, y descubrieron así una loable preocupación oficial por la higiene de los vagones. Vos te darás cuenta de que inmediatamente le señalamos al individuo que Osvaldo era más limpio que su hermana, es decir la del individuo, y mi paredro lo desafió a que pasara el dedo por la pista en busca de la huella más ínfima de baba, cosa que el sujeto se cuidó de hacer. A todo esto el tren se había parado en una estación (me parece que Nicole se bajó allí, en el tramo siguiente nos dimos cuenta de que ya no estaba en el vagón, a menos que se hubiera ido a otra parte del tren para seguir durmiendo, pero más bien pienso que se bajó para imitar a Celia y al laudista, de golpe todos se estaban poniendo románticos y se largaban a mirar vacas o a juntar trébol), pero la discusión no estaba ni siquiera empezada y el tren volvió a salir sin que el inspector consiguiera resolver la alternativa Osvaldo-ventanilla/nosotros-portezuela. Claro que no sirvió de gran cosa, porque mucho antes de llegar a la próxima estación, que es esta del nombre doble, el individuo nos aplicó otros tres artículos higiénicos y salutíferos, inició una especie de sumario en el carnet, que ya venía con una hoja de papel carbónico y un lápiz adosado al lomo, algo bastante práctico si te fijás bien, y mi paredro se dio cuenta de que la cosa iba a terminar con el abrupto ingreso de un gendarme, por lo cual y agarrando amorosamente a Osvaldo lo instaló en su jaula no sin antes proclamarlo vencedor moral de la carrera, cosa que Polanco no

se animó a discutir ya que estaba claro que a Osvaldo le faltaba nada más que dos centímetros
para llegar a la meta mientras que el tren andaba
todavía en pleno yuyo. Uf. Así fue la cosa, hermano.

—Son unos cobardes —le informó Tell a Marrast—. Desde el momento que mi paredro había
levantado a Osvaldo, ¿qué derecho tenía el inspector a echarnos del tren? ¿Por qué se dejaron ex-
pulsar como carneros?

—Las mujeres están siempre sedientas de sangre —dijo Calac, con un fondo de gruñidos apro-
batorios de Polanco y mi paredro—. Vos venite
aquí, nos tomamos una botella y después seguimos a París.

—De acuerdo —dijo Marrast—, pero primero
hay que decirme el nombre de la estación.

—Andá a ver —le dijo Polanco a mi paredro—.
Hay un cartel así de grande en el andén.

—Andá vos, yo tengo que atender a Osvaldo que
está muy nervioso con este episodio intempes-
tivo.

—Que vaya Tell —propuso la voz de Calac, y a
partir de ese momento parecieron olvidarse de
que Marrast estaba en Arcueil esperando el nombre de la estación. y discutieron interminablemente mientras a Marrast le sobraba tiempo para ima-
ginarse a Nicole caminando sola hasta París en
plena noche.

—Banda de idiotas —dijo Marrast—, dejarla
bajar así sabiendo que todavía está enferma, que
se cansa.

—Se está quejando de algo —informó Polanco
al grupo.

—Pásame a Tell. Estúpida, ¿de qué te sirvió
acompañarla tanto, tenerla del brazo toda la tarde, si ahora la dejas en pleno campo?

—Las inauguraciones le caen mal —comunicó
Tell—. Me está insultando, se ve que el menú
era horrible.

—Dime cómo se llama esa maldita estación.

—¿Cómo se llama la estación, Calac?

—No sé —dijo Calac—. Usted tenía que ir a fijarse en el nombre en el andén, pero qué se puede esperar de semejante cronco.

—Vaya usted mismo personalmente —dijo Polanco—. Todo petiforro es automáticamente el petiso de los mandados. Vaya, m'hijito, apúrese.

—Se están preparando para ir a ver —lo explicó Tell a Marrast—. Puedes seguir insultándome entretanto, vas a tener todo el tiempo que quieras. Te señalo de paso que Nicole estará probablemente mejor andando sola que entre nosotros, en el vagón había una atmósfera muy encerrada, te lo aseguro. A ti no te importa saber, por ejemplo, por qué me bajé con éstos. Nadie me expulsó, me bajé porque estaba harta de asistir a sus duelos oculares, a sus inútiles rompecabezas. En todo caso estos tres son más locos pero más sanos, y te haría bien venirte aquí y dejar al resto en paz.

—El nombre de la estación —repitió Marrast.

—En el fondo parece que no tiene nombre —le informó mi paredro—. Acabamos de descubrir que no es una estación sino una especie de refugio donde suben y bajan diversos fogoneros y maquinistas para hacerse marcar unas boletas en un aparato que hay en el andén. Esperá, esperá, no te pongas tan frenético. Hay un tipo que acaba de decirle a Calac que ni siquiera teníamos derecho a telefonear desde esta cabina, yo no entiendo cómo el inspector nos abandonó en una estación en la que no tenemos ningún derecho. Esperá, ahora viene la información precisa. La estación no tiene nombre porque como ya te dije no es una estación, pero la anterior se llama Curvisy y la que viene tiene un nombre muy vistoso, Lafleur-Amarranches, decime un poco.

Mi paredro colgó el tubo con gran dignidad para

que nadie sospechara que Marrast acababa de hacerlo antes que él.

—Está fuera de sí —informó—. Está completamente inaugurado él también, se nota en seguida.

—Llévenme a beber —pidió Tell—. Ya sé que tendré que hacer de nuevo de enfermera, el muy idiota cree que Nicole es incapaz de manejarse sola. En fin, como no le falta razón y ya que estamos aquí, podríamos buscarla. Si se bajó donde pensaban ustedes no andará muy lejos.

Se pusieron a caminar al costado de las vías, ya en plena noche mirando un poco para todas partes; en algún momento pasaron cerca de Nicole que se les había adelantado mientras telefoneaban y que descansaba apoyada en una tronco de árbol, fumando, mirando las luces de París a lo lejos, con los zapatos mojados por la humedad de las hierbas, fumando el último cigarrillo que le quedaba en el bolso antes de echar a andar otra vez hacia el brillo ya cercano.

Como suele ocurrir en los modestos trenes suburbanos, alguien se había olvidado de encender las luces y el vagón entraba en una penumbra que el humo de tantos cigarrillos volvía casi consistente, un fluido elástico y hospitalario que alivió los ojos cansados de Hélène. En algún momento había esperado, sin demasiado interés, el retorno de Nicole a quien suponía en busca de retrete o asomándose entre dos vagones para mirar el miserable escenario de fábricas y cables de alta tensión; pero Nicole no volvió, como no volvieron Celia y Austin, y Hélène siguió fumando con una vaga noción indiferente de que sólo Feuille Morte y Juan seguían cerca de ella, Feuille Morte oculta por el respaldo de algún asiento, y la sombra de Juan moviéndose a veces para mirar por alguna ventanilla, para acercarse sólo cuando la oscuridad borraba ya los límites del vagón, y sentarse en la banqueta opuesta sin hablar.

—Se olvidaron de Feuille Morte —le dije.

—Sí, la pobre se ha quedado como perdida en ese rincón —dijo Juan—. Estaban tan ocupados en pelearse con el inspector que no pensaron más en ella.

—Llévala tú al *Cluny* esta noche, somos los únicos sobrevivientes en el tren.

—¿Tú no vendrás?

—No.

—Hélène —dijo Juan—. Hélène, anoche...

Había como una rotación ceremonial, levantarse en busca de un vaso, encender o apagar una lámpara o un cigarrillo, abrazarse interminablemente o con una violencia que los apartaba en el mismo instante, como si del deseo creciera amarga la distancia. Y siempre por debajo un silencio agazapado donde latía el tiempo enemigo, y esa obstinación de Hélène que ocultaba la cara en el antebrazo como si quisiera dormir mientras sus hombros temblaban de frío y Juan, buscando la sábana con una mano incierta, la cubría un momento para desnudarla otra vez, para volcarla boca arriba o acariciar en su espalda morena un nuevo camino de olvido o recomienzo.

No podía haber tregua porque apenas las pausas se prolongaban más allá de la saciedad momentánea, volvíamos a mirarnos y éramos los de antes, por fuera del reconocimiento y de la reconciliación, aunque rodáramos una vez más entre quejas y caricias, ahogando con el peso de los cuerpos el latir de ese otro tiempo que esperaba indiferente en la llama de un nuevo fósforo, en el sabor de un nuevo trago. Qué decirnos que no fueran superficies e ilusiones, de qué hablar si no pasaríamos nunca al otro lado para cerrar el dibujo, si seguíamos buscándonos desde muertos y muñecas. Qué decirle a Hélène cuando yo mismo me sentía tan lejos, buscándola todavía en la ciudad como durante tanto tiempo la había buscado en la zona, en el más imperceptible cambio de su rostro, en la esperanza de que algo de su remota sonrisa fuera solamente para mí. Y sin embargo, debí decírselo porque de a ratos hablábamos en la oscuridad, de boca a boca, con frases que venían de las caricias o las interrumpían para traernos de nuevo a ese otro encuentro aplazado, a ese tranvía donde yo ni siquiera había subido por ella, donde la había encontrado por un mero lujo de la ciudad, del orden de la ciudad, para perderla casi en seguida como tantas otras veces en la zona o ahora, apretado contra ella, sintiéndola deshacerse una y otra vez como una ola repetida, inapresable. Y qué responder a esa ansiedad que me buscaba y me acorralaba como sus labios venían a los míos en un interminable reconocimiento, yo que no había encontrado nunca a Juan en la ciudad, que nada sabía de esa persecución interrumpida por un error más, por la torpeza de bajar en una esquina diferente. De qué podía servirme que él me apretara desesperadamente, prometiéndome seguir, encontrarme al fin como nos habíamos encontrado de este lado, si algo que estaba al borde de todo lenguaje y de todo pensamiento se me hincaba con la seguridad de que nada ocurría así, que en algún momento yo debería seguir y llevar el paquete al lugar de la cita, y quizá sólo entonces, a partir de ese momento, pero tampoco, tampoco así, la más honda de sus caricias no me quitaría esa certidumbre, esa ceniza contra la piel donde ya empezaba a secarse el sudor de la noche. Se lo dije, le hablé de esa misión incomprensible que había empezado sin empezar, como todo en la ciudad o en la vida, le dije que tenía que encontrarme con alguien en la ciudad, y él debió imaginar (su boca me mordía suavemente, sus manos me buscaban otra vez) que acaso llegaría, que finalmente llegaría al último encuentro, adiviné en su piel y en su saliva que todavía le quedaba esa última ilusión, la de que la cita fuera con él, que los derroteros se unieran finalmente en alguna de las habitaciones del hotel de la ciudad.

—No lo creo —dijo Hélène—. Ojalá fuera así pero no lo creo. Allá será lo mismo para mí.

—Pero ahora, Hélène, ahora que por fin...

—Ahora ya es antes, ahora va a amanecer y todo va a recomenzar, nos veremos otra vez los ojos, comprenderemos.

—Aquí eres mía —murmuró Juan—, aquí y ahora es la verdad, la única. ¿Qué nos importa esa cita, los desencuentros? Niégate a ir, rebélate, tira el maldito paquete al canal, o búscame también allá como yo te estoy buscando. No puede ser que no nos encontremos, ahora. Tendrían que matarnos para que no nos encontráramos.

La sentí encogerse, retraerse entre mis brazos, como si algo en ella se parapetara, negándose a ceder. Teníamos de pronto frío, nos envolvimos en la sábana mojada y sentimos venir la primera luz, olimos nuestros cuerpos cansados, la baba de la noche que empezaba a retirarse de nosotros tirados en una playa sucia de resaca, de pedazos de madera y de vidrios. Todo ya era antes, Hélène lo había dicho y su cuerpo apenas tibio pesaba entre mis brazos como una renuncia abominable. La besé hasta que me negó su boca con un quejido, la apreté contra mí, llamándola, pidiéndole una vez más que me ayudara a encontrarla. La oí reír con una risa seca, su mano se posó en mi boca para alejarme de su cara.

—Aquí decidimos tan fácilmente cualquier cosa —dijo Hélène—, y en este mismo momento puede ser que tú estés sufriendo porque andas desnudo por los pasillos o no tienes jabón para bañarte, mientras yo he llegado quizá a donde tenía que llegar y estoy entregando el paquete, si hay que entregarlo. ¿Qué sabemos de nosotros mismos, allá? ¿Por qué imaginarlo consecutivamente, cuando tal vez ya todo se ha resuelto en la ciudad, y esto es la prueba?

—Por favor —dijo Juan buscándole la boca—. Por favor, Hélène.

Pero Hélène volvió a reír en la sombra, y Juan se echó atrás y buscó la llave de la luz, y de la nada saltó el pelo de Hélène donde estaba perdida una de sus manos, la curva de sus pequeños senos alzados, el vello del vientre y la garganta breve y ancha, los hombros esbeltos pero con una fuerza que él había tenido que doblegar, hundir obstinadamente en las sábanas hasta poder atarse a una boca sellada y dura, enseñarle a entreabrirla, a quejarse entre sus dientes que hubieran podido morderlo en plena carne antes de ceder a su lengua y mezclar los últimos besos en un solo lamento interminable. El dardo de la luz se clavó en el final de la risa de Hélène y Juan le vio unos ojos muy abiertos, de pupilas dilatadas, una expresión de maldad primordial, de una ignorada negativa a su propio deseo que se refugiaba ahora en las manos y las piernas anudándose al cuerpo de Juan, acariciándolo y llamándolo hasta que él la tendió boca abajo y cayó sobre ella hundiendo la boca en su pelo, obligándola a apartar los muslos para penetrarla duramente y quedarse en ella con todo su peso, sumido hasta el dolor, sabiendo que las quejas de Hélène eran gozo y repulsa a la vez, un placer rabioso que la sacudía espasmódicamente y le torcía la cabeza a uno y otro lado bajo los dientes de Juan que mordían en su pelo y la ataban al peso de su cuerpo. Y otra vez fue ella quien se volcó sobre él para recibirlo con un solo envión de los riñones y gritar en el suplicio, y al término del goce, estando sobre él y pegada a él, con el pelo metido en los ojos entrecerrados de Juan, le dijo que sí, que se quedaría con él, que tirara la muñeca a la basura, que la librara de los últimos restos de olor a muerte que había en la casa y en la clínica, que no le dijera nunca más hasta luego, que no se dejara tomar, que se salvara de sí mismo, y se lo dijo estando sobre él, doblegándolo bajo su fuerza inconcebible, como poseyéndolo, y después resbaló de lado, colmada y llorando con un hipo seco y breve que inquietó a Juan desde la modorra que lo ganaba. desde la paz de haber oído todo eso, de haber sido todo eso, de imaginar que ahora no tendría que seguir buscando a Hélène en la ciudad, que de alguna manera el muchacho muerto había perdonado y estaba con ellos y ya no diría nunca más hasta luego porque no habría hasta luego ahora que Hélène se quedaría junto a él acurrucada y dormida y temblando por momentos hasta que la tapó y la besó en el puente de la nariz donde era tan dulce besarla, y Hélène abrió los ojos y le sonrió para hablarle, con otro cigarrillo, de Celia.

Estaba segura de que llegaría aunque le costara cada vez más caminar; ahora tenía la seguridad de que el brillo nacía del canal y que allí la esperaba algo que debía ser el descanso. En alguna esquina habían cesado los soportales, el temor de meterse en atajos que terminaban en la calle de las altas aceras o en algún pasillo del hotel. Por un pavimento de lajas blancas y pulidas Nicole avanzó hacia el canal, y en algún momento se quitó los zapatos mojados que le lastimaban los pies, sintió la tibieza de la piedra que la ayudaba en la marcha. Agachándose, rozó con la mano una de las lajas y pensó que a Marrast le hubiera gustado la calidad de esas piedras, que quizá alguna vez andaría también por esa avenida y se quitaría los zapatos para sentir la tibieza del pavimento.

No había nadie al borde del canal de aguas tranquilas como de mercurio, no pasaban pontones ni se distinguía movimiento alguno en la orilla opuesta, alejada y brumosa. Nicole se sentó en el borde, con las piernas colgando sobre el agua que resbalaba cuatro o cinco metros más abajo. Ya no tenía cigarrillos y lo lamentó vagamente, exploró el bolso con manos fatigadas porque muchas veces había encontrado en el fondo cigarrillos aplastados pero aprovechables. En esos últimos minutos, que sabía últimos aunque nunca los había pensado definitivamente así, ni siquiera aquella primera tarde en el Gresham Hotel al despertar del largo sueño, cuando había comprendido que debía llegar hasta el canal, se consintió las ilusiones que esa tarde, en el tren de Arcueil, había rechazado obstinadamente. Ahora podía sonreír de lejos a Marrast que estaría volviendo solo a París, harto de discursos y mentiras, podía volverse hacia Juan que le daba la espalda en el vagón del tren, mirarlo interminablemente como si él hubiera estado realmente allí y como tantas otras veces se diera cuenta de lo que pasaba y sacara un atado de cigarrillos y el encendedor, le ofreciera todo lo que era capaz de ofrecerle con la sonrisa del amigo en las noches del *Cluny*. Tal vez por eso, porque había cedido a esa imagen de Juan inclinándose para ofrecerle un cigarrillo, no la sorprendió demasiado ver a la mujer esmirriada y de pelo gris que se acercaba por la orilla del canal, miraba un momento el agua y después, metiendo una mano en un bolso donde se agitaban incontables objetos, sacaba un estuche alargado de cigarrillos y se lo ofrecía como si se conocieran, como si todo el mundo se reconociera en la ciudad y pudiera acercarse y fumar y sentarse a orillas del canal para ver pasar el primer pontón que ya asomaba por el este, chato y liso y negro y deslizándose en un absoluto silencio.

«Ya ves, ni siquiera vale la pena de que tires la muñeca», había dicho Hélène. «No serviría de nada, de alguna manera seguirá siempre aquí.»

No había amanecido todavía, fumábamos en la oscuridad, sin tocarnos ya, aceptando que la noche y el delirio fueran esa continuidad fría y viscosa en la que flotaban las palabras. «¿De qué te quejas?», había dicho Hélène. «Faltaba echar esa carta y ahí la tienes sobre el tapete, juego limpio, querido. Te hablo con figuras, como a ti te gusta. La carta de la niña virgen que destripa tus basiliscos.» Sobre .a brasa del cigarrillo, sus ojos se entrecerraban, cedían a un cansancio que venía desde tanta vida atrás.

—Pero entonces, Hélène...

—Quisiste venir, quisiste saber —dijo ella sin salir de su inmovilidad—. Tómalo todo, entonces, sin quejarte, ya no tengo más nada que darte.

—¿Por qué no me hablaste de ella anoche, cuando entramos aquí?

—No estábamos desnudos —dijo Hélène—. ¿Qué esperabas, las grandes confesiones al lado de la puerta, con ɪos guantes puestos? Ahora sí, ahora estamos de veras desnudos, ahora conoces cada poro de mi piel. Faltaba pasar de la muñeca a Celia, el paso está dado. No era fácil, aunque eso no importe ahora; quién sabe si yo no esperé también encontrarte aquí, que esto fuera lo que tú querías, lo que algo en mí también quería. Ahora sé que no y entonces faltaba eso, decirte el final, terminar limpiamente. De alguna manera te quiero, pero también tenías que saber que lo mismo me da Celia que tú o lo que pueda venir mañana, porque yo no estoy enteramente aquí, algo sigue en otra parte y eso también lo sabes.

«En la Blutgasse», pensó Juan. Cerrando los ojos, rechazó la imagen recurrente, la luz de la linterna sorda en el suelo, la esquina desde donde tendría que seguir andando en busca de Hélène. Pero entonces Celia, lo que ella había buscado en Celia, aunque luchara con todas sus fuerzas sentía que los dedos de la imagen se cerraban sobre Hélène y que él lo había sabido siempre, desde la nochebuena, desde la esquina de la rue de Vaugirard, frente a ese espejo con guirnaldas de alguna manera te alcancé, conocí esto que ahora me niego a aceptar, tuve miedo y apelé a cualquier cosa para no creer, te quería demasiado para aceptar esa alucinación en la que ni siquiera estabas presente, donde eras solamente un espejo o un libro o una sombra en un castillo, me perdí en analogías y botellas de vino blanco, llegué al borde y preferí no saber, consentí en no saber aunque hubiera podido, Hélène, todo me lo estaba diciendo y ahora me doy cuenta de que hubiera podido saber la verdad, aceptar que fueras...

—¿Quién, Juan, quién?

Pero él fumaba sin quitarse el cigarrillo de la boca, perdido en un delirio de palabras, obstinándose.

—Ya ves —le dije—, ni siquiera vale la pena de que tires la muñeca. No serviría de nada, de alguna manera seguirá siempre aquí.

No serviría de nada, los actos y las palabras no servirían como no habían servido jamás entre Hélène y yo, acaso solamente desde otro punto inconcebible (pero no era inconcebible, era el ascensor o alguna habitación empapelada con listas rosas o verdes, ya no me quedaba más que eso y no podía perderlo), solamente así tal vez nos alcanzaríamos de otra manera ahora que sentíamos la piel tan fría, el sudor seco y agrio, las palabras dichas y repetidas como moscas muertas.

—Sí, uno puede equivocarse, ya ves —dijo Juan en algún momento—. Entonces no era aquí, no era en tu casa esta noche. Tengo que seguir buscándote, Hélène, ya no me importa quien seas, tengo que llegar a tiempo, tengo que irme ahora. Perdóname este lenguaje desaforado, ya no sé cuidar mi elegancia. Me voy, es casi de día.

En la media luz lo vi levantarse, detenerse alto y desnudo en el centro de la habitación, orientándose mal. Oí la ducha, lo esperé sentada en la cama y fumando, le encendí la luz de la mesa de noche para que encontrara su ropa, lo miré vestirse con movimientos precisos. No se puso la corbata, la guardó en el bolsillo de la chaqueta, pasó junto al placard sin siquiera mirarlo; desde la puerta se volvió y me hizo un gesto vago con la mano izquierda, algo entre saludo y ademán de espera, o quizá solamente un gesto automático mientras la otra mano buscaba ya la puerta. Oí el ascensor, los primeros rumores de la calle.

A las cuatro de la tarde se inauguraba la estatua de Vercingétorix Juan tanteó en el bolsillo aunque estaba seguro de que no le quedaban cigarrillos y que tendría que esperar a que abriera algún café; tocó una cinta sedosa, sacó su propia corbata, se quedó mirándola como si no la reconociera. Pero también había un cigarrillo perdido en el fondo del último paquete. En un banco de piedra entre los ligustros de la plazoleta paralela al canal Saint-Martin, fumó sin quitarse el cigarrillo de la boca mientras sus manos fabricaban automáticamente un barquito con el papel azul del paquete: después, acercándose al borde, echó el barquito al agua. Cayó bien, flotó amistosamente entre dos corchos y una rama seca. Juan se quedó mirándolo, una o dos veces se pasó la mano por la garganta como si le doliera un poco. Si hubiera tenido un espejo de bolsillo se hubiera mirado la garganta, casi le hizo gracia pensar que era preferible no tenerlo al lado de las aguas sucias y negras del canal. Después volvió a sentarse en el banco porque lo aplastaba la fatiga, y estuvo pensando inciertamente si cruzaría a beber café y a comprar cigarrillos cuando abrieran enfrente, mientras esperaba que la corriente del canal se llevara el barquito hacia el centro de modo que él pudiera seguirlo con la vista sin moverse de su sitio.

—¿Tú no vendrás?

—No.

—Hélène —dijo Juan—. Hélène, anoche...

Entró alguien que se parecía al inspector que había expulsado a los tártaros; miró desde la puerta del vagón y retrocedió con escándalo, el artículo veinte estipulaba que las luces del tren se encenderían a la caída de la noche. Feuille Morte debía haberse quedado dormida porque seguía muy quieta en su rincón; hacía ya mucho que el tren corría sin detenerse en las incontables estaciones suburbanas que ahora pasaban con un destello violeta desgarrando las ventanillas y las banquetas en una silenciosa furia de luces y sombras en torbellino. Hélène fumaba, con una vaga noción indiferente de que sólo Feuille Morte y Juan seguían cerca de ella, Feuille Morte oculta por el respaldo de algún asiento y la sombra de Juan moviéndose a veces para mirar por alguna ventanilla, para acercarse sólo cuando la oscuridad borraba ya los límites del vagón, y sentarse en la banqueta opuesta sin hablar.

—Se olvidaron de Feuille Morte —dijo Hélène.

—Sí, la pobre se ha quedado como perdida en ese rincón —dijo Juan—. Estaban tan ocupados en pelearse con el inspector que no pensaron más en ella.

—Llévala tú al *Cluny* esta noche, somos los únicos sobrevivientes en el tren.

—¿Tú no vendrás?

—No.

—Hélène —dijo Juan—. Hélène, anoche...

El inspector volvió a asomarse a la puerta, se marchó dejándola abierta. Las luces de una estación barrieron por un segundo el vagón pero no hacía falta ninguna luz para que Hélène pudiera pasar de un vagón a otro, aunque al principio le había costado abrirse paso entre la gente que dormía y el confuso amontonamiento de bultos y maletas que llenaban los pasillos, hasta que en algún momento había podido llegar a una plataforma y bajarse frente al montículo de tierra que se alzaba al otro lado de la gran avenida, cerca de la estación de servicio con su playa manchada de aceite. No quedaba más que seguir andando, girar al término de dos esquinas y reconocer como tantas veces la entrada del hotel, las verandas de caña del primer piso, los pasillos desiertos que llevaban a las primeras habitaciones vacías; el peso del paquete se había vuelto insoportable pero ahora Hélène sabía que después de esa habitación habría un breve pasillo, un codo, y que allí estaría la puerta que daba al lugar donde podría entregar el paquete y volverse a la rue de la Clef para dormir hasta el final de la mañana.

La puerta cedió con la mera presión de los dedos, se abrió a la oscuridad. No había esperado eso porque el hotel estaba siempre iluminado, pero ya se encendería una luz o alguien diría su nombre. Dio dos pasos, empujando la puerta para cerrarla a su espalda. Hubiera querido apoyar el paquete sobre una mesa o en el suelo porque el cordel le laceraba los dedos; lo pasó de una mano a otra, empezó a distinguir vagamente una cama en el fondo de la habitación, se acercó poco a poco, esperando que la llamaran. Oyó su nombre sin que la voz viniera de ningún lugar preciso, o sí, como viniendo de muy cerca pero infranqueablemente, como alguien que se despidiera mientras la llamaba. Le pareció que tendiendo apenas la mano hubiera podido acariciar el cabello de esa voz, la frente helada de la voz del muchacho muerto; entonces Juan había tenido razón, la cita era con él, el muchacho muerto la llamaba para que todo volviera al orden, para que su absurdo hasta luego alcanzara un sentido y Juan despertara desnudo en la cama para recibir el paquete y destruir para siempre la podredumbre que debía llenarlo, que pesaba cada vez más al término de sus dedos contraídos.

—Aquí estoy —dijo Hélène.

De la sombra vino Austin, el corto cuchillo de aficionado, el torpe molinete. Alguien, quizá una mujer, gritó en la cama, una sola vez. Hélène no llegó a saber de dónde, por quién le entraba ese fuego que se abría en pleno pecho, pero alcanzó a oír el golpe del paquete contra el piso aunque ya no se oyó a sí misma cayendo sobre algo que se rompía por segunda vez bajo su peso. En la oscuridad, con gestos de autómata, Austin se agachó para limpiar el cuchillo en el borde de la falda de Hélène. Alguien volvió a gritar, huyendo por una puerta en el fondo de la habitación. Boca arriba, Hélène tenía los ojos abiertos.

También él había bajado después que un haz de luz amarillenta le mostró el vagón vacío, con solamente Feuille Morte dormida en su banqueta, y era lógico que el único camino a seguir empezara en esa esquina desde donde había abandonado torpemente la búsqueda para volverse a la Domgasse junto a Tell. De las muchas vías que allí se cruzaban bastaba escoger, ahora era tan claro, la que directamente volvía a la gran plaza, entrar en una de las primeras calles laterales que llevaba al ángulo desde donde todo se definía inconfundiblemente, torcer a la izquierda para dejar atrás la calle de las galerías, descubrir las verandas del hotel y comprender casi irónicamente que nada había cambiado y que una vez más recorrería los pasillos y las habitaciones sin rumbo fijo y a la vez sin vacilar, pasando de una a otra pieza, desembocando en el pasadizo frente al ascensor que subiría incontables pisos y resbalaría por los altos puentes que descubrían el panorama de la ciudad con el brillo del canal en el norte, hasta volver a sumirse en el hotel y en algún momento salir del ascensor y encontrar una puerta que daría a una habitación con empapelado de flores o de listas, atravesar una tras otra las habitaciones hasta una última puerta que se abría a una habitación idéntica pero en la que sólo una lámpara mortecina en una mesa de noche alcanzaba a hacer brillar el pestillo de la puerta del fondo, los pies de bronce de una cama, los ojos abiertos de Hélène.

Juan hizo un gesto como para espantarse una mosca de la cara. No necesitaba arrodillarse junto a Hélène para distinguir el paquete aplastado contra su cuerpo, el cordel desatándose como un hilo más de la sangre. La puerta del fondo había quedado abierta de par en par, y él la conocía. La atravesó, por una escalera salió a la calle, tomó hacia el norte. Casi en seguida estuvo frente al canal; la avenida desembocaba directamente sobre el muelle de lajas que limitaban el borde enceguecedor de las aguas Viniendo del este bajaba uno de los pontones negros, deslizándose sin ruido, y la silueta de Nicole era claramente visible en la cubierta lisa. Juan se preguntó con una total indiferencia por qué habría subido Nicole a ese pontón, por qué se iba hacia el poniente a bordo de un pontón desmantelado. Nicole reconoció a Juan y gritó, le gritó algo y le tendió los brazos, y Juan se dijo que Nicole iba a tirarse al agua en la estrecha franja azogada entre el enorme pontón y el muelle, y que también él tendría que echarse al agua para salvarla porque no era posible que una mujer se ahogara sin hacer algo. Entonces vio la segunda silueta en el pontón, la figura menuda de Frau Marta acercándose por detrás a Nicole, tomándola cariñosamente del brazo, hablándole al oído, y aunque desde el muelle era imposible percibir sus palabras, nada podía ser más sencillo que comprender lo que estaba ocurriendo, cómo Frau Marta le explicaba a Nicole las ventajas de un hotel tranquilo y económico, cómo poco a poco la alejaba de la borda del pontón y se la llevaba con ella para presentarla al gerente del hotel donde le darían una habitación excelente en el tercer piso con vista sobre las calles viejas.

Cuando se acordaron de Feuille Morte se miraron con el aire de las recriminaciones mutuas, pero mi paredro fue el primero en sacarlos de una interminable discusión.

—Como en las películas de vaqueros, llegaremos antes que el tren —dijo mi paredro con una enorme autoridad moral—. Llamá un taxi y rescatemos a Feuille Morte, con el desbande que ha habido en el tren lo más probable es que la pobre se haya quedado sola y esté asustadísima.

—Llame un taxi, don —dijo Polanco a Calac.

Para gran sorpresa de Polanco, Calac lo llamó sin protestar. Tell y todos ellos estaban afligidos de verdad por Feuille Morte y casi no hablaron hasta llegar a la estación de Montparnasse y comprobar aliviados que todavía faltaban ocho minutos para el tren de Arcueil. Mientras se dispersaban estratégicamente en el andén para que Feuille Morte no se les perdiera entre la gente, mi paredro se puso a fumar junto a la puerta de salida, mirando un farol que atraía muchísimo a los insectos; era divertido ver los rápidos poliedros que componían y que sólo la atención o un parpadeo conseguía fijar por un instante para dar paso a nuevas combinaciones en las que sobresalían por sus méritos propios algunas mariposas blancas, diversos mosquitos y una especie de escarabajo peludo. Mi paredro hubiera podido pasarse la vida así siempre que no le faltaran cigarrillos; apenas lo dejaban solo tendía a pensar que en el fondo nunca había otra cosa, que no había nada mejor que estarse toda una noche o toda la vida al pie de un farol mirando los insectos. Vio venir por el andén a la partida de salvamento con Feuille

Morte ilesa y contentísima en el medio, abrazando a Polanco, besando a Tell, cambiando de lugar con Calac que a su vez dejaba sitio a Tell, de manera que a veces Polanco quedaba en el medio flanqueado por Feuille Morte y Tell, y luego era Feuille Morte quien quedaba en el centro rodeada por sus salvadores.

—Bisbis bisbis —decía Feuille Morte.

CLUB BRUGUERA

La gran colección de literatura universal que ofrece al lector semana a semana los títulos y autores más representativos de la narrativa actual.

Una idea editorial sin precedentes que pone al alcance de todos, a precios eminentemente populares, una notable selección preparada por verdaderos especialistas. En ediciones cuidadas, excelente presentación y diseño, sus cien volúmenes de periódica publicación constituirán una definitiva e indispensable biblioteca para el hombre de hoy.

TRUMAN CAPOTE

A sangre fría

La crónica de un crimen
y de la vida carcelaria,
un estremecedor documento dramático,
en una de las grandes novelas
de la actual literatura norteamericana.

JORGE LUIS BORGES
Nueva antología personal

Las obsesiones,
temas fundamentales y profunda cultura
de uno de los máximos escritores
de nuestra lengua en la última,
y quizá definitiva,
selección personal.

GABRIEL GARCIA MARQUEZ
El otoño del patriarca

La patética recreación literaria
de una dictadura latinoamericana
con toda la riqueza verbal e imaginativa
del más brillante
de los escritores latinoamericanos de hoy.

GRAHAM GREENE
El americano impasible

Esta apasionante novela de intriga,
una corrosiva requisitoria antiamericana,
es el relato de la lucha
que sostiene un hombre
para mantener su libertad
y su condición humana.

ERNEST HEMINGWAY
Adiós a las armas

Tras su participación
en la Primera Guerra Mundial,
Hemingway escribió
esta novela pacifista
en la que se trasluce
su desencanto amargo
de aquellos años.

JUAN MARSE
Si te dicen que caí

El tema de la generación española
de posguerra le sirve a Marsé
para ofrecernos
un cuadro estremecedor
de la vida y destino de unos niños
de la calle en un intento inútil
de supervivencia.

RAFAEL ALBERTI
La arboleda perdida

Las memorias de Alberti
constituyen un lúcido y personal testimonio
de la historia cultural española
de las primeras décadas del siglo
y del proceso de formación
de un poeta universal.